聖剣アルスルと傷の王

鈴森　琴

人間を滅ぼすほど危険な人外《じんがい》、六災《ろくさい》の王討伐をかかげる鍵の騎士団。その評判を聞きつけたのは、六災の王自身――地動《ちどう》王《おう》だった。眷属《けんぞく》のドブネズミ人外を遣わした王は、騎士団長アルスルが王の病を癒すことができたなら、かつて地下域《ヘル》の城郭《じょうかく》都市エンブラから奪った花の大図書館を与えるという。大図書館をとり戻すため、南域《サウス》にむかった騎士団一行。自らの大剣に翻弄《ほんろう》されるアルスルをまち受けていたのは、巨大な長城オーロラ・ウォール。そして人狼と恐れられるアスク公爵だった。変わり者の少女アルスルの戦いと成長を描く、好評シリーズ第三弾。

アルスル＝カリバーン・ブラックケルピィ……鍵の騎士団の団長
プチリサ……アルスルの普通種の白猫
キャラメリゼ号……アルスルのケルピー人外《じんがい》
コヒバ号……アルスルのケルピー人外
ルカ＝リコ・シャ……アルスルの護衛官、恋人
ラファエル……ルカのハクトウワシ人外
バドニクス・ブラックケルピィ……アルスルの大叔父。人外研究者
チョコレイト・テリア……鍵の騎士団の鍛冶職人長《ブラックスミス》
ヴィクトリア・アビシニアン……空域《ヘブン》のアンゲロス公爵
クレティーガス二世……第五系人帝国の皇帝
ノービリス＝ヘパティカ・コッカァ……鍵の騎士団の団員。皇帝の息子

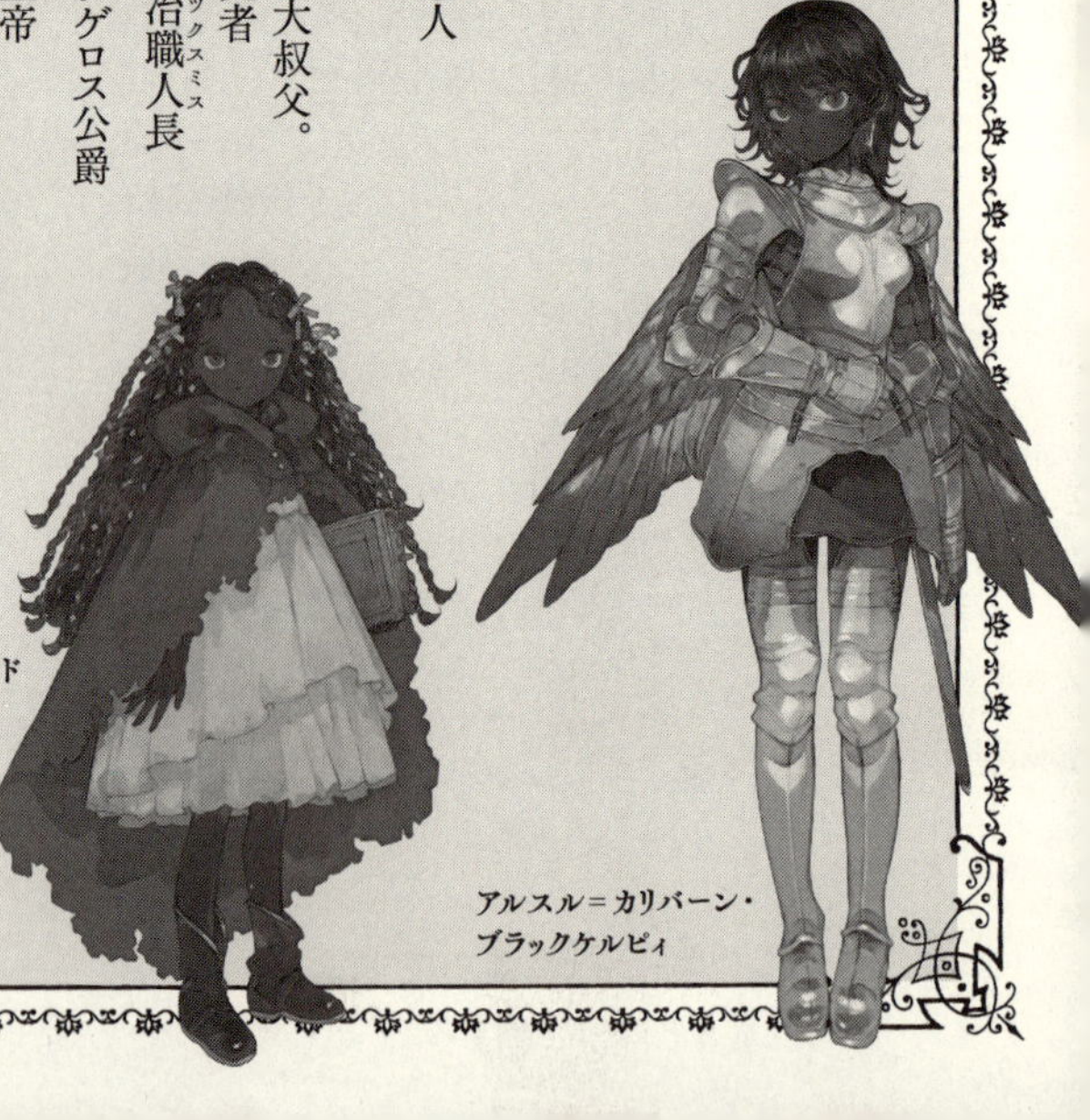

スカルド

アルスル＝カリバーン・ブラックケルピィ

The Characters

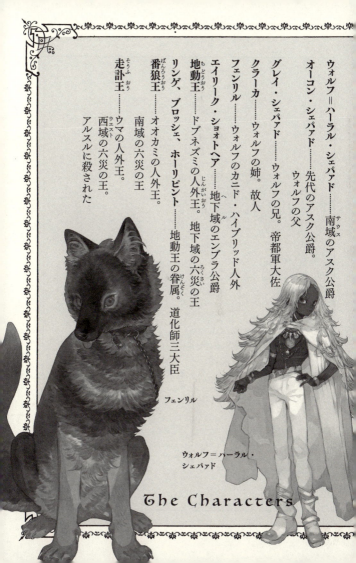

ウォルフ＝ハーラル・シェパァド……南域《サウス》のアスク公爵
オーコン・シェパァド……先代のアスク公爵。
ウォルフの父
グレイ・シェパァド……ウォルフの兄。帝都軍大佐
クラーカ……ウォルフの姉。故人
フェンリル……ウォルフのカニド・ハイブリッド人外
エイリーク・ショォトヘア……地下域《ヘル》のエンブラ公爵
地動王《ちどうおう》……ドブネズミの人外王《じんがいおう》。地下域の六災《ろくさい》の王
リンゲ、ブロッシェ、ホーリピント……地動王の眷属《けんぞく》。道化師三大臣
番狼王《ばんろうおう》……オオカミの人外王。
南域の六災の王
走訃王《そうふおう》……ウマの人外王。
西域《ウェスト》の六災の王。
アルスルに殺された

フェンリル

ウォルフ＝ハーラル・シェパァド

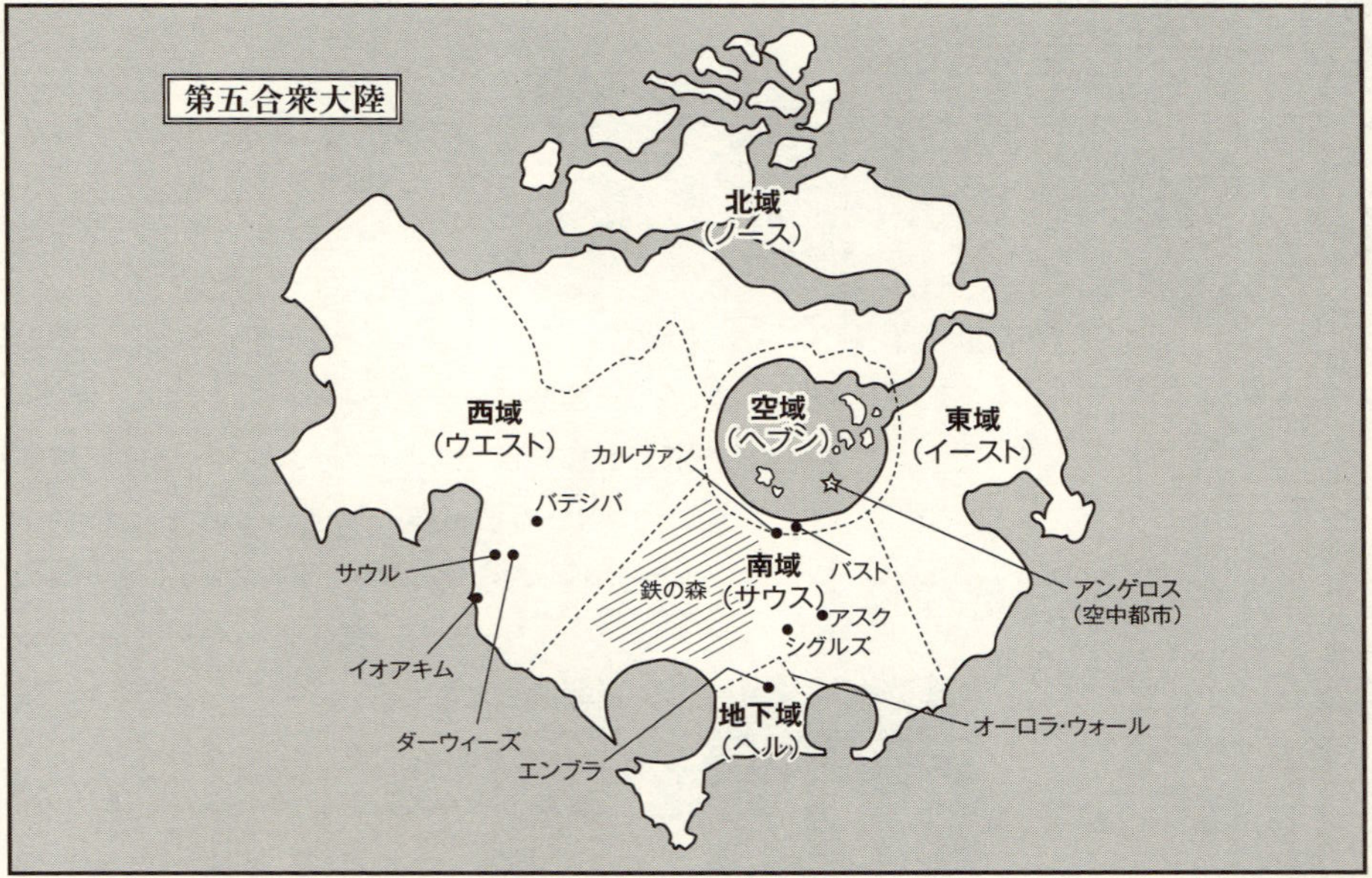
第五合衆大陸
北域
(ノース)
西域
(ウエスト)
空域
(ヘブン)
東域
(イースト)
カルヴァン
バテシバ
サウル
イオアキム
ダーウィーズ
鉄の森
南域
(サウス)
バスト
アスク
シグルズ
アンゲロス
(空中都市)
地下域
(ヘル)
エンブラ
オーロラ・ウォール

☆本《ほん》の感想《かんそう》、ファンクラブ通信《つうしん》への投稿《とうこう》など、好《す》きなことを書《か》いてね！

ご感想《かんそう》を広告《こうこく》、書籍《しょせき》の PR に使用《しよう》させていただいてもよろしいでしょうか？

1．実名《じつめい》で可《か》　2．匿名《とくめい》で可《か》　3．不可《ふか》

郵　便　は　が　き

ここに切手《きって》を
貼《は》ってね！

1 0 4 - 8 0 1 1

朝日新聞出版　生活・文化編集部
「サバイバル」「対決」
「タイムワープ」シリーズ　係

☆**愛読者《あいどくしゃ》カード**☆シリーズをもっとおもしろくするために、みんなの感想《かんそう》を送《おく》ってね。
毎月《まいつき》、抽選《ちゅうせん》で10名《めい》のみんなに、サバイバル特製《とくせい》グッズをあげるよ。

☆**ファンクラブ通信《つうしん》への投稿《とうこう》**☆このハガキで、ファンクラブ通信《つうしん》のコーナーにも投稿《とうこう》できるよ！
たくさんのコーナーがあるから、いっぱい応募《おうぼ》してね。

ファンクラブ通信《つうしん》は、公式《こうしき》サイトでも読《よ》めるよ！ サバイバルシリーズ 検索《けんさく》

お名前《なまえ》		ペンネーム	※本名《ほんみょう》でも可《か》		
ご住所《じゅうしょ》	〒				
電話番号《でんわばんごう》		シリーズを何冊《なんさつ》もってる？	冊《さつ》		
メールアドレス					
学年《がくねん》	年《ねん》	年齢《ねんれい》	才《さい》	性別《せいべつ》	
コーナー名《めい》	※ファンクラブ通信《つうしん》への投稿《とうこう》の場合《ばあい》				

※ご提供《ていきょう》いただいた情報《じょうほう》は、個人情報《こじんじょうほう》を含《ふく》まない統計的《とうけいてき》な資料《しりょう》の作成等《さくせいなど》に使用《しよう》いたします。その他《た》の利用《りよう》について詳《くわ》しくは、当社《とうしゃ》ホームページ https://publications.asahi.com/company/privacy/ をご覧下《らんくだ》さい。

聖剣アルスルと傷の王

鈴森　琴

創元推理文庫

ARTHUR AND THE UGLY KING

by

Koto Suzumori

2025

聖剣アルスルと傷の王

序

わたしたち第五系人の祖先は、狩猟民族でした。

たくさんの小さな部族が、それぞれ城郭《じょうかく》都市を築き、独立していました。

ところがおよそ七百年前、わたしたちをまとめ、支配し、守ってもいた第七系人の七帝《ななてい》帝国が衰退します。そのためにわたしたちは、ひとつの国となって、力を合わせなければならなくなったのです。人外《じんがい》たちの脅威から、命を守るためでした。

人外。

人間より優れた能力をもつ獣《けもの》たちのことです。

人外たちは強く、賢く、長生きで、さまざまな言葉、さまざまな力を操ります。姿を変えたり、影に溶けこんでしまうものもめずらしくはありません。

わたしたちの第五合衆大陸には、星の数ほどの人外がいます。

そして、それぞれの種を束ねる特別強力な獣——人外王も、銀河系とおなじ数ほど発見されています。

人間に友好的な王もいますが、ほとんどは人間を避け、あるいは嫌っていました。なかでも、人間を滅ぼすかもしれないほど危険な人外王は、六体。そのことから、第五系人はいつしか、大陸を六つの地域にわけてよぶようになりました。


東域《イースト》の、月雷王《げつらいおう》。

西域《ウエスト》の、走訃《そうふ》王《おう》。

南域《サウス》の、番狼王《ばんろうおう》。

北域《ノース》の、氷山王《ひょうざんおう》。

空域《ヘブン》の、隕星王《いんせいおう》。

地下域《ヘル》の、地《ち》動王《どうおう》。


六地域六体——六災《ろくさい》の人外王を駆除すること。

それが、わたしたち第五系人帝国の存在理由なのです。

そしてその偉業をなした英雄が、ただひとり、語り継がれています。

鍵の騎士団の創始者。

かの有名な、アルスル＝カリバーン・ブラックケルピィです。

西域《ウエスト》の走訃《そうふ》王《おう》を駆除した彼女と、城郭都市ダーウィーズを本拠地とする鍵の騎士団は、いくどとなく帝国を助けました。

右手に、牙の小剣——聖剣リサシーブ。

左手に、角の大剣――走る王。
二本の剣をたずさえたアルスル＝カリバーンは、どんな窮地からも生還したことから、大いなる英雄とよばれるようになったのです。人外類似スコアをもつ彼女は、すこし口下手ですが、仲間だけでなく、名も知らぬ人や人外をも大切にする人物だったので、たくさんの人々から信頼されました。

〈「帝国のなりたち」『帝国議会認定・初等教育書　改訂版』より抜粋〉

1

青々としたトネリコの葉。

その奥にある空から、色とりどりの裸石《ルース》をちりばめたような朝日がさしている。七本角のヒツジが描かれたステンドグラスが、虹のようにかがやいていた。

（真なる黒き人……）

ジェット・ヤァだ。

第五系人のシンボル。原初の人外《じんがい》使い。

救世主、英雄ともよばれている。

（……英雄か）

アルスル＝カリバーン・ブラックケルピィは、ペトロス大聖堂のステンドグラスを見上げていた。聖堂のとても広い身廊――会衆席はうす暗い。だが、人の姿はたくさんあった。みな声や音をたてないよう注意して、そわそわと明日のアコレードの準備にかかっている。聖堂の内陣にだけ、七色の光が落ちていた。人影がひとつ、祭壇の前でひざまずいているのがわかる。

「あれは……」

老女だった。

筋骨隆々として、オスの獅子《しし》のように大柄だ。いつもとおなじ男装で、フリルレースがついたシャツとズボンをまとっている。

なるべく彼女の邪魔をしないよう、アルスルは足音をたてずに近づいた。

老女は両手を結んで、創造主正典——聖書の一節を唱えている。敬虔な信徒なのだ。声にならない声で祈りをささげるその姿は、触れてはならないと思うほどに美しい。

そう。

美しいと、アルスルは思った。

(心に信じるものがあるひとは……どこかすっきりとしている)

ヴィクトリア・アビシニアンという老いた女を、アルスルは好いていた。

城郭《じょうかく》都市アンゲロスを治める公爵である。高潔で豪胆な人だが、アルスルはたびたび彼女に繊細《せんさい》な美しさを見つけることがある。

命が放つ美しさだ。

長い冬をこえて芽吹いても数日で枯れてしまう花のような、儚《はかな》さ。対照的に、百年後もこの場所で咲いているのではと思わせるような、種としての力強さ。

刹那《せつな》の美。

永遠の美。

命そのものが宿す、目には映らない美。

七十二年という時間をどう生きてきたか。自分の正義を問いつづけ、統治者としての芯をつらぬいてきた生きざまこそが、彼女をこれほどに美しく見せるのかもしれない。

「……おまえはネコのようだこと」

祈りがとぎれた。

「そばへくるとすぐわかります」

祭壇にむかって深く頭を下げたヴィクトリアが、立つ。

老いてなお、公爵の背丈は二メートルほどあった。そんな彼女を見上げて、やっぱりそうだとアルスルはうなずく。ヴィクトリアが小首をかしげた。

「なんです?」

「お美しいと」

アルスルは正直に伝えた。

「あなたはお美しいって、思いました」

ヴィクトリアがぽかんとする。

アルスルは胸ポケットから一輪の黒薔薇《ばら》——花屋台の少女からもらったものだ——を引き抜いた。腕を伸ばし、つま先立ちもして、花をヴィクトリアの髪にさす。

「……ありがとう。美しいと言われるなんて何十年ぶりでしょう」

「そう?」

「若いころ、夫に結婚を申しこまれたときくらいね……そういえば、おまえの護衛官はどうしました？　姿が見えないようですが」

アルスルの恋人のことだ。

メルティングカラー――混血が進んだために容姿では人種がわからない人々で、つまり彼は、肌の色が黒くないという理由からこの大聖堂に入ることを許されなかった。古い城郭都市ではめずらしくないことだ。それを聞いたヴィクトリアは嘆くような顔をする。老女はふたたび祭壇に祈りをささげると、たずねた。

「アルスル……おまえは創造主を信じますか？」

ピンとこない。アルスルは首をふる。

それを見たヴィクトリアもまた、首をふるのだった。

「このありようでは祭司殿が卒倒してしまいます……聞いているかと思いますが、修道騎士の第一条件とは、創造主に忠誠を誓うことですよ」

「……バドニクスのおじさまは、適当にうなずいておけと」

老女は呆《あき》れてドーム型の天井をあおぐ。

「わたくしの心にあって当然のものが、おまえの心にはない……という事実におどろくばかりです。かといって、不謹慎でしょうね。ペトロス大聖堂の大祭壇でおのれの心に嘘をつけというのも」

ヴィクトリアは苦笑した。

「おまえでも納得できるように、現実的な話をしましょう。創造主への信仰。この束縛はときに、固い結束となります。よっておまえは、これらを行う人々から好感を抱かれるよう、行動しなければなりません。強力な軍勢を味方につけること……一枚岩となることが、おまえとおまえの騎士団に課された第二の責務と言ってよいのですから」

第一の責務。

――人外狩りのほうが、よほど簡単ではないだろうか。

「めんどうに思うでしょうね。わたくしもです。しかし、人が人として生きていく以上……都会でも荒野でもすることはおなじ」

長く戦場にいたヴィクトリアは諦観《ていかん》していた。

「政治。世界への参加です……そうね、問いを変えます。聖書のなかで印象に残っている箇所は？」

う、とアルスルはたじろいだ。

創造主について学ぶようにと、義父アンブローズはいまでも、アルスルに神学の教師をつけたがる。だがその授業から逃げてばかりいるために、アルスルはあのややこしい聖書をすべて覚えているわけではないのだった。

（……ただ）

印象に残っている文なら、ある。

「あなたの目は……燭台《しょくだい》の灯」

ロウソクを思い浮かべていた。

「あなたの目が澄んでいれば、家は明るく……あなたの目がおおわれていれば、あたりも暗い。だから、あなたの内なる光が暗くならないように注意しなさい」

現代語に訳しつつ、アルスルは唱える。

「もし、あなたの光がすこしも暗くならなければ……ちょうど、灯がかがやいてあなたを明るく照らすときのように、あなたもまた明るいだろう」

「よろしい」

ヴィクトリアは満足そうにうなずいた。

「創造主を信じるか、と祭司殿に問われたときは……そう答えておきなさい」

「どうして?」

老女が断言する。

「人は、英雄に道を求めるものなのです」


第五合衆大陸、中南部――。

城郭都市カルヴァン。

大きな丘にぽつんとあるこの大都市は、草原に産み落とされたウズラの卵、とか、大皿の上のサウスレッドベリーにたとえられる。

それくらい、カルヴァンのまわりには草地しかないということだ。

なだらかな地形には、林や岩もない。獣《けもの》が隠れることはむずかしく、普通種より大きな最大種や人外種となれば丸見えだ。

これが人間にとっては幸運だった。

カルヴァンはめったに人外に襲われない安全な都市として知られていて、いろいろな文化も花開いたという。芸術、商売、医療、人外研究。カルヴァンが誇るものはたくさんあるが、アルスルはまっさきにペトロス大聖堂を思い浮かべる。

この帝国でいちばん大きな聖堂があるからこそ、カルヴァンは聖都ともよばれていた。アルスルが暮らすダーウィーズとくらべると、城壁の作りや、衛兵と投擲《とうてき》武器の配置が甘い気もするけれど——それは口にしなくてもいいだろう。

この旅の目的はべつにある。

〈騎士叙任式〉

古い言葉で、アコレードとよぶ。

〈本番だ〉

アルスルは二十一歳になっていた。

肌は炭のように、瞳《ひとみ》も黒曜石《こくようせき》のように黒い。

肩までの波打つ黒髪を耳にかけていて、その耳には、血よりも赤く動脈よりも細い忌避石《きひせき》のピアスがゆれていた。

近ごろは、〈星のドレス〉と名づけた鎧《よろい》を着てばかりいる。

カブトムシ人外素材製甲冑《かっちゅう》——プレートアーマーと、ワシ人外の翼をつなぎ合わせた防護マントーラメラーアーマーだ。

（まるで騎士だ……そのとおりだけれど）

鍵の騎士団長アルスルが、アンゲロス公爵を君主とすること。

ペトロス大聖堂の祭壇にて、ヴィクトリアからアルスルへの騎士叙任式を成功させることがこの旅の目的だった。

「アルスル＝カリバーン・ブラックケルピィよ」

祭司の声がこだまする。

「創造主の御前にて、汝《なんじ》、このときよりアンゲロス公爵を君主とすることを誓うか」

両ひざをつき両手を結んだアルスルは、おごそかに答えた。

「誓います」

「では、汝の新たな君主より……刀礼を賜《たまわ》らん」

帝国には、ふたつの騎士がいる。

帝国騎士——皇帝と帝国議会《バーク》に仕える騎士。

修道騎士——創造主と自身が定めた貴族に仕える騎士。

もともとアルスルは、現皇帝クレティーガス二世の帝国騎士だった。

ところが城郭都市アンゲロスでのアルスルの活躍を認めたヴィクトリアが、アルスルを自分の修道騎士に推薦した。昨年のことである。帝国騎士と修道騎士を兼任する者は多いから、クレティーガス二世もそれを許してくれた。クレティーガス二世とヴィクトリアの関係は良好だったし、帝国でも大きな発言力をもつ二人にアルスルが気に入られたことは、ダーウィーズ公爵である義父をもよろこばせた。

（光栄なことだ）

アルスルは、自分の考えを言葉にするのが下手だ。

鈍感で、人の心もよくわからない。相手をおどろかせるか、怒らせてばかりだ。そんなアルスルが、ヴィクトリアに仕えたいと望んだこと。それを本人や皇帝、仲間やブラックケルピィ家の人間にまで受け入れてもらえたことは、奇跡のような幸運だった。

（偉大なるヴィクトリア……あなたのそばで、わたしは見たい）

国を。

人を。

（……獣を）

叙任式を進めていた祭司がさがり、ヴィクトリアがアルスルの前までやってくる。長い白髪を結いあげて、身分の高い女性であることを示す黒の典礼用ドレスをまとっていた。その手には、アビシニアン家の紋章が入った虹黒鉄《にじくろがね》の長剣がにぎられている。

刀礼だ。

君主となる者が、自身の剣で、騎士となる者の両肩とうなじを打つ。

叙任式のかなめだった。これを終えれば、アルスルは晴れてヴィクトリアの騎士となる。目を閉じたアルスルは、すべてをヴィクトリアへゆだねた。

老女がアルスルの右肩をそっと打つ。剣の切っ先でなでられたとき、アルスルの鎧が、さらさらとベルが鳴るような音を立てた。なんてきれいな音だろう。アルスルはうっとりとした気分になる。左肩にも、おなじように剣が触れた。

（あとは……うなじだけ）

アルスルは無意識のうちに首を垂れる。

目を閉じていたからだろうか。

（……ん？）

人でも動物でもないもの——たとえるなら、影がわななく奇妙な震えを、アルスルは聞き逃さなかった。

稲妻《いなずま》のような直感が走る。

結んでいた両手をほどいて、それぞれべつの方向へ伸ばしていた。

腰の小剣と。

背の大剣へ。

「……招かれざる客ですか？」

ヴィクトリアが儀式の手を止めたので、参列者たちがいぶかるようにざわつく。叙任式がぶち壊しになることも承知で、アルスルが立ちあがったときだった。

女の悲鳴が聖堂をつんざいた。人々が凍りつく。

「ネズミよ……!!」

どこかの貴婦人が絶叫した。

「あちこちにいるわ！　あちこちに……ッ!!」

入口門のステンドグラスからあふれていた太陽の光が、消えた。上から乱暴に泥をかけられたみたいだった。直後、そのとなりにあるステンドグラスも、おなじようにおおわれる。そのとなりも、またそのとなりも。

闇が迫ってくる――！

大聖堂の天井から吊るされた王冠型のシャンデリア――何十本というロウソクの火が、それら闇の正体を照らした刹那、アルスルは総毛だった。

（……ネズミ、だ……！）

数百、いや。

数千、いや。

（数万匹は、いる……！）

ドブネズミの大群だった。

下水道を歩いてきたみたいに汚れて、黒光りする体毛。無毛のしっぽはぬらぬらと蠢《うごめ》いていて、ミミズそっくりだ。これほどの数がどこから湧いてきたのだろう。いまやありとあらゆる場所から、老若男女の叫喚《きょうかん》があがっている。卒倒する人もいた。

ネズミたちはあっという間に床、壁、天井を這い登って、大聖堂を埋めつくす。

洪水が押しよせてくるような速さだった。

『……エ、イ』

『ユ。ウ』

『サ……マ……』

雑音まじりの割れた音が。

言葉に聞こえた。

アルスルはぎょっとする。ドブネズミの群れが建物の壁面をおおいつくしてしまったせいで、陽光が完全に断たれたからだ。でも、なにかおかしい。

数で圧倒している——いつでも襲いかかれるはずのネズミたちが、動かない。

人間たちを包囲した大群から、こんどははっきり声がした。

『英雄さま……』

『英雄さま……』

『英雄さま……』

ガラスを釘でひっかくような、独特な女の声だった。

わけがわからない。でもこれだけはわかる。

(……人外)

修道女たちが叫ぶ。

「だれか……アルスル様！」

「公爵！」

「レディ・ヴィクトリアが!!」

シャンデリアを伝って聖堂の後陣までまわりこんだネズミたちが、女公爵の足もとまで迫っていた。

（……ヴィクトリアが狙い？　なぜ？）

不思議に思うが、アルスルはこれっぽっちもあわてない。左手で背の大剣——走る王をつかんでいた。

ねじれた角の刀身がゆらりと歪《ゆが》む。

すると、透明な水になった。風に流されたリボンのように舞いあがると、シャボン玉みたいに広がって、ヴィクトリアをとり囲む。人々が驚嘆した。

何十匹というネズミが、うすい水の壁にぶつかって静止したからだ。まるで蜘蛛《くも》の巣にかかった獲物のように、手足をばたつかせてもがいている。

「……ごめんね」

小さな命へ詫びたとき、アルスルは小剣——聖剣リサシーブを抜いていた。

一刀で近くにいた数匹を斬り伏せる。両断された肉片がつぶれたトマトのように石畳へ散った。それを見て怖くなったのだろう。あとからつづくはずだったネズミたちがキイキイと激しく鳴いて、後じさりする。

剣をふって血油を落としたアルスルは、ネズミたちを牽制《けんせい》した。

「ヴィクトリア」

「無事です」

公爵の表情はすこし歪んでいる。小さな刺客に襲われたからというより、無数のネズミにおののいているのだろう。

（……あんなお顔をさせてしまった）

これ以上なく美しい老女との、これ以上ない美しい時間だったのに。

「わたしの主《あるじ》に触らないで」

七日ぶりの食事を邪魔されたような気分で、アルスルが言い放ったときだった。

『怒らないでェ！』

『だって、英雄さまは大王のものとなるのにッ！』

『人間のババ……ノノノ、おばあちゃまに仕えるなんて、いけないわァ！』

キンキンとした声が、口々に申し立てていた。


貴族や聖職者、観衆すら絶句する。

それほど饒舌《じょうぜつ》で、ユーモアさえ感じさせる口ぶりだった。

正面の影が丸くふくらむ。もぞもぞと蠢いたかと思うと、普通種のブタくらいの大きさのドブネズミになった。それが三体。人々がひっとのどを鳴らした。

「……傷」

三体のネズミたちは、目や鼻、耳や首、背中と腹、しっぽ——体のいたるところに、びっしりと傷があった。自分の歯や足でひっかいた傷だけじゃなく、人間の武器で斬られ、刺されたような傷もたくさんある。

だが、血はでていない。

かわいている。

かさぶた、だ。

『英雄さまにはご機嫌お麗《うるわ》しく、祝着至極に存じ奉りまするぅッ』

三体は、這いつくばってアルスルにお辞儀をした。

『あたくしは、リンゲ!』

『わらわは、ブロッシェ!』

『あたいは、ホーリピント!』

おぞましい見た目にそぐわない美しい名前だが、アルスルは納得してしまう。

三体のネズミが、部分的には美しい体をもっていたからだ。油分でてらてらと光る毛皮のところどころから、金や銀の装飾品——サファイアやルビー、エメラルドといったカッティングされた宝石つきの指輪やネックレス、ブローチやブレスレットがのぞいている。まるで派手に着飾った淑女のようだ。

文字どおりだ。かさぶたに、たくさんのジュエリーが埋まっていた。

『道化師三大臣と申しますゥッ！　お見知りおきをォ！』

その醜《みにく》い姿から人間たちが目を背けたり、吐くような音をたてたのにもかまわず、ネズミたちは姦《かしま》しくおしゃべりした。

『バカねッおまえッ！』

『あんたこそッ！』

『いいからあなたたち、英雄さまへ伝えないとッ！』

声がそろって訴える。

『大王からのメッセージを……!!!』

ネズミたちはアルスルにひれ伏した。

『英雄アルスル＝カリバーンを、地動王《ちどうおう》の家来にむかえるッ!!!』

アルスルと人々は耳を疑った。

人間たちが唖然とするなか、道化師三大臣はつづける。

『ヒトの少女が、かの呪われしユニコーン……走訃王《そうふおう》を狩り殺したという噂は、人外たちの間でも知られつつありますわ！』

『こと、大陸中に生息するあたいたちネズミの間ではもう、語り草よ！』

『わが大王は、英雄アルスルさまが自分の願いを叶えてくれると確信しておりますの！』

いったん言葉を切ると、三大臣は顔を見合わせた。

アルスルは不思議に思う。

──妙な間、だった。

道化師たちは鼻とヒゲを震わせる。両肩をすくめたように見えた。

『……と言ってもねぇ？』

聴衆の存在を忘れてしまったのか、ひそひそ話をはじめる。

『お昼寝ばっかり』

『よぼよ……ノノノ、お年だし』

『お食事を召しあがったこともすぐ忘れちゃうのよ！　おお、いやだ！』

──地動王、のことだろうか？

三体ははっと丸い耳を立てると、もういちどアルスルへひれ伏した。

『そう！　大王の願いとは、あなたがたずさえる二本の聖剣によって、われらが王を苦しめている耳鳴りの病を癒せというもの！』

「……耳鳴りの病？」

『ヒトの英雄よ！』

『ルーン在りし日の英霊のごとくあれかし！』

『英雄アルスル＝カリバーンが地下域《ヘル》におわすジジ……ノノノ、大王と謁見し、かの病を癒したなら！　われらの大王は、汝に褒美《ほうび》をとらすでしょう！』

「ほうび」

アルスルはきょとんとする。

『花、、、、、大図書館！』

大聖堂の空気が凍りついた。

『かつて大王の宝物庫にしまわれた、、、、城郭都市エンブラの遺跡を与えるとッ!!』

ヴィクトリアが目を細める。

ほかにも二人ほどの貴族が殺気立ったのを、アルスルは視界のはしっこでとらえていた。それを知ってか知らずか――いや、いたずらを楽しむような笑いを漏らしてから、ネズミたちが叫ぶ。

『参上せよ！』

『参上せよ！』

『参上せよ！』

道化師たちは声をそろえた。

『英雄アルスル＝カリバーン！　大いなる地動王の聖剣とならんッ!!』

2

六災《ろくさい》の王がでたぞ！　ちれ、ちれ、イヌとネコ！
帝都イオアキムから、一直線にかけろ！　皇帝の命を受けて！
東域《イースト》に月雷王《げつらいおう》がでたぞ！
いけ、いけ、ウォーター・ドッグ！　クラゲの毒から、みんなを守れ！
つどえ、東の大貴族・レトリィバァ家のもとへ！
青き川と海のさき、真珠《しんじゅ》の大水族館へ！　城郭《じょうかく》都市ペラギアへ！
西域《ウエスト》に走訃王《そうふおう》がでたぞ！
いけ、いけ、ハーディング・ドッグ！　人喰いウマから、みんなを守れ！
つどえ、西の大貴族・ブラックケルピィ家のもとへ！
赤き荒野と緑の森をかきわけ、鍵の大城塞へ！　城郭都市ダーウィーズへ！

南域《サウス》に番狼王《ばんろうおう》がでたぞ！
いけ、いけ、ガード・ドッグ！　オオカミの牙から、みんなを守れ！
つどえ、南の大貴族・シェパァド家のもとへ！
銀の霧をぬけ、冠の大風車へ！　城郭都市アスクへ！

北域《ノース》に氷山王《ひょうざんおう》がでたぞ！
いけ、いけ、キャット・パンチ！　幼虫のあごから、みんなを守れ！
つどえ、北の大貴族・メインクゥン家のもとへ！
黒き猛吹雪をたえ、鎧《よろい》の大温室へ！　城郭都市イシドロへ！

空域《ヘブン》に隕星王《いんせいおう》がでたぞ！
いけ、いけ、キャット・ジャンプ！　ワシの嘴《くちばし》から、みんなを守れ！
つどえ、中央の大貴族、アビシニアン家のもとへ！
灰の火山を避け、翼の大気球へ！　城郭都市アンゲロスへ！

地下域《ヘル》に地動王《ちどうおう》がでたぞ！
いけ、いけ、キャット・ディグ！　ネズミの病気から、みんなを守れ！
つどえ、地底の大貴族・ショォトヘア家のもとへ！

金の廃墟をこえ、花の大図書館へ！　旧城郭都市エンブラを奪還せよ！

〈「キングハンティング」『王吟集《おうぎんしゅう》』より抜粋〉


王吟集。

帝国に存在する、あらゆる人外《じんがい》王の歌を集めた歌集である。

その最初のページにのっているのが、〈キングハンティング〉だ。知らない人などいないくらい有名な歌で、おなじ名前のおいかけっこ《タグゲーム》もある。ふたつのチームにわかれて、歌っているほうが狩人となり、そうでないほう——人外を捕まえる。

その、歌の最後。

「城郭都市エンブラ」

ヴィクトリアは静かに息をついた。

「……いつだったでしょうね。キングハンティングの歌詞が書き換えられたのは」

「十年前」

簡潔に答えたのは、派手なスーツ姿の男である。

バドニクス・ブラックケルピィ。

アルスルの大おじにあたる男で、著名な人外学者だった。

三日月そっくりの口髭と、顔の大きな裂傷——元娼婦の愛妻に短剣で襲いかかられたときのものだ――が印象的な男だ。ヴィクトリアより十歳ほど下だが、価値観が近いと感じたことはいくどもある。欠点をあげるとすれば、ひとつ。

　バドニクスはいらだった様子で大聖堂の従者にたずねた。

「シェパァド家はまだか？　ったくトロくせぇんだよ、この非常時に！」

　ガラが悪い。ついでに言えば、口も悪い。

　バドニクスの多岐にわたる功績を知らない者なら、彼を公爵家の人間ではなくギャングか傭兵団のボスだと思うだろう。

「ったく、ざまぁねぇ！　人外の侵入を許したことがない都市、カルヴァンが聞いて呆《あき》れる！その歴史はただの偶然にすぎなかったってんだからよ！」

「えぇ。だからこそカルヴァン伯爵が街中に殺鼠剤をまけと命じたのはもっともですし……それに皇帝クレティーガス二世側の代表として、帝都軍人であるグレイ・シェパァド大佐が立ち会うのも必要なことです。それで、アルスルは？」

　ヴィクトリアが聞くと、バドニクスは肩をすくめる。

「道化師三大臣だったか？　あいつら、ネズミ人外にしてはめずらしく、影を操る力がずば抜けてやがる。姿は見えないが……ずっとアルスルのそばに張りついているようなんで、おいてきた。この会議にまで聞き耳たてられちゃ、たまんねぇ！」

「レディ・アルスルは人外に好かれる方です……お仕えするわれら騎士団員の身にもなってほしいものだ」

帝国の皇子ノービリス＝ヘパティカ・コッカァが冷笑する。

自身も帝都に駐在する鍵の騎士団の一員でありながら、団長を非難するようなもの言いだ。

バドニクスが不機嫌に言い返した。

「あ？　嫌味か？」

「事実をのべたまで」

もともと気位の高い皇子は尊大につづけた。

「呪われしユニコーンに求婚され、双頭の熾天使《セラフイム》から賛歌を賜《たまわ》り……つぎはドワーフ王の騎士になれと？　トラブルメーカーだ、と言ったほうがよいかもしれない」

「ノービリス……息子よ。それくらいにしなさい」

皇帝クレティーガス二世・コッカァがはらはらした顔でささやく。

帝国議会《パーク》の選挙で皇帝に選ばれる前は、クロートス領を治める子爵だったためだろう。彼はヴィクトリアやバドニクスといった公爵家の者の前では、いつも腰が低かった。

そんなクレティーガス二世の最大の功績と言えば？

(だれしも認めるところね)

六災の王専門の人外討伐組織――鍵の騎士団の結成だ、と。

しかしながら彼も、アルスル率いる騎士団がこれほど活躍するとは思っていなかったにちがいない。

「よもや……彼女のすばらしい働きが、六災の王自身の耳にまで届いてしまうとは」

皇帝はがくりと肩を落とした。

地動王。

六災の人外王。その一体だ。

ドブネズミの姿をした人外で、帝国南部の洞窟地帯——地下域《ヘル》では、最大の脅威だとされている。

大昔は、ドヴェルグとか、キングドワーフ、クイーンドワーフなどとよばれた王だ。

人外にしてはめずらしく短命で、代替わりが激しい。

いまの地動王は、百年ほど前に人外王を継いだオスだ。知能は高いが論理的とは言えず、食べものと繁殖のことしか頭にないとされる。

だがこの王には、きわめて厄介なふたつの問題があった。

〈ギフト〉

まれに人外たちがもつ不思議な力だ。

人外王の名を冠するものの能力は、〈大いなる〉ギフトとよばれる。

眷属《けんぞく》にも王と似た力をもつ個体がおり、これは〈ささいなる〉ギフトとよばれていた。

「……〈大いなる終末論〉……」

バドニクスがつぶやくと、みな黙りこむ。

「ご存じだろう……ハイペストだ」

不治の病。

帝国で現存するなかでは、もっとも致死率が高い伝染病だった。

地動王の体内でしか生まれないこの病原微生物は、人や動物はもちろん、強靭《きょうじん》であるはずの人外さえ七晩とたたず殺してしまう。深刻な炎症や敗血症によって、最後には全身が黒く壊死《えし》して死亡するのだ。さらに、ハイペストのキャリア――感染個体となった眷属を操ることができると言われていた。

「王の皮膚についた最大種ノミから感染することがわかっているから、近づかなければどうということはない。だがゆえに……人外たちも地動王には近づかず、あまりに広大な土地があの王の手に落ちた」

そして、もうひとつ。

バドニクスは体を椅子へ沈めた。

「……〈大いなる宝物庫〉……」

おぞましい姿の道化師たちを思いだして、ヴィクトリアも身ぶるいする。

（あの傷）

俗に。

かさぶたのギフト、とよばれる。

ほかに類を見ない血液成分――きわめて異質な影のことだ。

傷口から染みだしたドブネズミの影は、異物を排除しないばかりか、かさぶたとして肌へとりこんでしまう。宝石に限らない。

チーズ、花、本、獣《けもの》や人、泉、家、城——街や山脈でさえ。

あらゆるものをのみこんでしまう。

(傷が増えれば増えるほど)

傷の王、と。

地動王が称されるゆえんだった。

生還者がいないから、くわしいことはなにもわかっていない。そのかさぶたの内側は、異世界やべつの次元につながっているとすら言われる。

「かの王は山より巨大だからな……ギフトの範囲も信じられねぇ規模になっちまう。忘れてねぇはずだ、十年前の惨劇を」

ヴィクトリアは同席者の一人を盗み見る。

「……忘れようがありません」

城郭都市エンブラ。

その最深部にあった、エンブラ公爵——ショォトヘア家の居城。

「花の大図書館のことは」

第五合衆大陸最古の人外研究施設でもあったかの城が、なすすべもなく地動王に齧《かじ》りとられ、そのかさぶた——王の宝物庫にとりこまれてしまった惨劇。

これは、帝国貴族にとって史上最悪の汚点だった。

「それで」

ヴィクトリアは、いま考えるべきことを口にする。

「行かせるのですか？」

一同の視線が集まった。

「アルスル＝カリバーンを……あの魔境へ」

沈黙がおりる。

ヴィクトリアはこの場でもっとも権力をもつ男にたずねた。

「クレティーガス二世。意見を」

皇帝は弱った顔を隠すこともなく、はぐらかす。

「私の考えなど……彼女はあなたの修道騎士になったのですから」

「では鍵の騎士団もまた、わたくしの配下になったと？」

「それは……いえ、そうではありませんが」

「われわれは許さない。アルスル＝カリバーンのエンブラ遠征に、断固反対する！」

煮え切らない様子の皇帝に呆れたのか、横やりが入った。

アンブローズ・ブラックケルピィ。アルスルの義父で、ダーウィーズ公爵である。彼はモップ犬そっくりのドレッドヘアから、鋭い目をのぞかせた。

「わが愛娘に、勝ち目のない賭けなどさせるものかね！　そもそもエンブラの奪還は十年前に断念されたはず。この結論……お変わりはないでしょうな？」

同意を求めるように、アンブローズはとなりの椅子にかけていた貴族を見る。

返答はなかった。

「エンブラ公爵？　エイリーク卿」

眠っているわけではない。

聞いていなかったわけでもないことを、ヴィクトリアは知っている。ただ、いつだってエンブラ公爵はこうなのだ。エンブラが陥落したその日でさえ。

「お答えを……エイリーク・ショォトヘア卿！」

アンブローズが問いただす。それで、ようやく返事があった。

「……もちろん。エンブラをとり戻したい」

情熱や意欲からはほど遠い、無関心な声だった。

「だが、それはできないと理解している」

「理解だ？」

バドニクスが低い声で返すと、エイリークはひっとのどを鳴らした。

「そっ、そうやって人をにらみつけるのはやめたまえ……っ！　き、きみの悪い癖だ、バドニクス！　歴史院でも帝国大学の人外学会でも、きみの学説はともかく、きみ自身はあまりに品がないと噂されているんだぞ……！　おなじ公爵家として、恥ずかしい限りだっ！」

「うるっせぇな！　城郭都市エギルに十年も居候《いそうろう》している分際で、公爵ヅラすんなや！」

エンブラ公爵。

エイリーク・ショォトヘアは、ずんぐりとした人物であった。

肥満の小男で頭の毛はうすい。ヴィクトリアがエイリークと知り合って五十年はたつが、彼の性格はというと、卑屈、につきる。

(帝国最高学府……歴史院の名誉教授を務めていながら、この自信なげなふる舞い……エンブラを失ってからは、さらにひどくなった)

為政者としての才覚も、ない。

当事者であるエイリークがこうした人間である以上、ヴィクトリアは内心、アルスルをエンブラへ送ることをためらってしまう。いや、エンブラ返還作戦にかかわるのがショォトヘア家だけなら、いますこし希望を抱けたかもしれない。

――しかし。

「アスク公爵閣下がおいでになりました」

報告した従者たちの顔は、やや引きつっている。

さもありなん、とヴィクトリアは思った。今日はじめてアスク公爵を目にしたのだろう。容姿は個人の能力に比例しないが、彼の場合、民衆の前ではきわめて悪く作用する外見をしている。

「遅くなりまして。謝罪いたします」

二人組の、緑の高位軍人の軍服をまとった男が入室する。

グレイ・シェパァド。

シェパァド家の長男で、現役の帝都軍大佐だった。彼の後ろから白い人影がやってくるのを見つけたヴィクトリアは、ひそかにため息をつく。

(相変わらず……人外のようだこと)

漆黒《しっこく》の肌。

長い——純白の髪。

青年とよぶにも早い、少年である。

彼はすぐさま公爵のために用意された椅子——虹黒鉄《にじくろがね》製の豪奢《ごうしゃ》な肘掛椅子を見つけると、自分より三十ほど年長のグレイをさしおいて、さっそうとかけた。その場にいるだれも異を唱えることはない。しかし、あまりにも尊大な態度だった。

子どもを諭すようなもの言いで、アンブローズが指摘する。

「アスク公よ。ごあいさつは？　皇帝と皇子をずいぶんおまたせしたのだよ？」

少年は肩ごしに兄のグレイを見やる。

それから、ひとさし指をちょいちょいと動かしてよびよせた。

「膝をつけ」

少年が命じると、グレイは召使いのように従ってみせる。

つぎの瞬間。

少年は——兄の顔を、手加減なしに叩いていた。

「アスク公……‼」

クレティーガス二世が青ざめる。

グレイはひざまずいたままだったが、そのほほと唇は裂けて血が滴っていた。

「ぼくがここへきてやった理由は？　皇帝がよんだからだ。ぼくが遅れた理由は？　皇帝がぼくの兄に仕事を与えたからだ」

少年はグレイに確認する。

「そうだろ、兄弟？」

大佐は無言でうなずいた。少年が舌打ちする。

「だからグレイはダメなんだ！　他人にもすぐ媚《こ》びる……ぼくは皇帝の権威に敬意を示してやっただけ。そこの子爵へ敬意を示す気はないぞ」

「ウォルフ＝ハーラル」

ヴィクトリアは静かによんだ。

「敬意とは、権威でなく人へ払うもの……まして、その称号をクレティーガス二世に授けたのは、われわれ貴族の総意であったはずです」

「ちがう。すくなくとも親父はクロートス子爵に票を投じていない。その王冠は、なんなら……ぼくがかぶるほうがふさわしいからな」

ヴィクトリアら大人たち――当のクレティーガス二世すら聞こえなかったふりをする。子どもの戯言《たわごと》だと聞き流さなければならないほど、反逆的な発言だった。

「……恐れながら、アンゲロス公爵閣下」

グレイが発言した。

「帝国には多種多様な城郭都市が存在しています。民主的な議会政治……シェパァド家はこのありようを尊重しますが、それはわれらの価値を否定し、あなた方の価値を押しつけていいということではない」

「否定、という言葉を使うのはおよしなさい。わたくしはそれらの多様な都市が、協調することを望んでいるだけ」

「それも押しつけでしょう」

冷静沈着だと高く評価されてきた帝都軍大佐。

だがどういうわけか、彼はかならず弟を立てるのだった。

「兄の私ではなく弟のウォルフ＝ハーラルを跡継ぎにすえたのは、われらの父ゆえ……ウォルフの言葉は、城郭都市アスクの総意と考えていただきたい」

うんざりと顔を背けたエイリークが、大きなひとりごとをつぶやいた。

「先代の正気を疑うよ……もの知らずの子どもに……爵位も領地も、オーロラ・ウォールも、オモチャではない」

少年を正面から見られないまま、エンブラ公爵は声を荒らげた。

「……わが妻……っ」

グレイから表情が消える。

感情を抑えきれない様子でエイリークはつづけた。

「貴公さえいなければ……わが妻とて、あのような最期を迎えることもなかった」

少年は眉ひとつ動かさない。

嫌悪を隠しもせず、小男は吐き捨てた。

「汚らわしい半人半狼め……！」

「エイリーク卿！」

もはやわなわなと震えるエンブラ公爵を、クレティーガス二世がなだめた。ブラックケルピィ家の二人も呆れたように顔をふる。

（いつもこうね）

アスク公爵とエンブラ公爵。

イヌ使い部族のシェパァド家と、ネコ使い部族のショォトヘア家。

この両家の――不仲は、いまにはじまったことではなかった。

建国前から紛争が絶えない。致命的な断絶は百年前のこと。ふたつの公爵家は大陸の半分の貴族を巻きこんで戦争をはじめてしまったのだ。地下資源の奪い合いからはじまった戦いは泥沼化し、最後は勝利どころか富も名誉も残らなかった。ゆえに貴族たちは慎重にならざるをえず、両家の間では中立をつらぬくべきだとされている。

（皇帝たちはみな手を焼いてきた……シェパァド家もショォトヘア家も皇帝選挙には立候補させられない……どちらかが皇帝になればどちらかを根絶やしにしかねない、と）

統率力と古い伝統をもつ大貴族でありながら。

シェパァド家は軍に、ショォトヘア家は学会にときおり名を連ねるだけ。

いまの当主であるウォルフ＝ハーラルとエイリークの相性もいたく悪いわけだが、おどろくには値しない。

（いえ……この二人にはまたべつの、、、、因縁があるけれど）

さて、どうすべきか。

ヴィクトリアは考えをめぐらせる。

（わが騎士アルスル＝カリバーンを……行かせるか、とどまらせるか）

3

ルーン在りし日の、歌よ
ルーン亡き日の饗宴に、あれかし
ルーン亡●日の、父母よ
ルーン在りし日の大地がごとく、あれ●し

傷の王よ、女王よ
その傷が癒えずと●
　　　　　　　　　　　　　　　　　　　　　　（判読不能）
ルーン　　　　　　歌
かくあれ
　　　　　　　　　　　　　　　　（判読不能）
かくあれかし

[redacted]よ

※司書のメモ
・ネズミの咬害《こうがい》。紙面に大きな損傷あり
・アンリ、ただちにネコのバーキンをつれてきて！　ありったけの罠も！
ただちによ!!

〈「地《ち》動王《どうおう》賛歌」『王吟集《おうぎんしゅう》』より抜粋〉


キンキンとした歌声が頭へひびいて、アルスルは目を覚ました。

気温は、ブランケットがなくても眠れるくらいに心地よい。遮光《しゃこう》カーテンのすき間から、金《こん》平糖《ぺいとう》をちりばめたような朝日が漏れていた。

（夏だ……）

ぼうと人外《じんがい》戦車の天井をながめていたアルスルは、ややあってから、自分が車両の床で寝ていたことに気がついた。

（……ん？）

寝相が悪いにしても、ベッドから転がり落ちるなんてことがあるだろうか。

首をかしげながらおきあがると、ほっぺためがけてなにかが飛んでくる。それをぼんやりかわしたアルスルは、なるほどと思った。

飛んできたのは、ふさふさしたしっぽだった。

短毛犬のものだが、船の錨《いかり》に結ばれている綱ほど太くて、長い。危うくアルスルを横殴りするところだったしっぽはのんびりとゆれて、垂れた。なんとなくそうしたくなったので、アルスルは鼻を押しつける。

毛の束を嗅いだとたん、干したワラみたいに香ばしいにおいが広がった。

もの心ついたときから嗅いできたイヌのにおいだ。ほっとする一方、アルスルはすこしむっとする。

「キャラメリゼ……危ない」

『あぁごめんよ、僕のキティ』

大人びた少年の声が、頭へ直接ひびく。

アルスルが四つんばいになって近づこうとすると、べつの方向から、アプリコットパイみたいに大きなピンク色の舌が襲いかかってきた。こんどはかわしきれない。直後、顔をかばった右手がなめまわされていた。熱いよだれで肘までべとべとになる。寝おきの獣《けもの》の口臭がぷんとして、アルスルはがっかりした。

「コヒバ……くさい」

『おはようなの、おひめしゃま！』

自分が床で寝ていた理由がやっとわかった。二体の巨大な牧羊犬が、アルスルのベッドを占領していたのである。

ブラックケルピー人外種。

ブラックケルピィ家が使役するイヌ人外だ。

大きさはハイイロヒグマ《グリズリー》ほど。ボーダーコリーに似た顔と、やわらかい短毛をもつ。いつもなら耳はピンと立っているが、兄貴分のキャラメリゼは枕に頭をつっこんでいるし、弟分のコヒバなどひっくり返って腹をさらしているので、どちらの耳もだらんと垂れていた。賢く従順で、警戒心も強い――とは言いがたい姿である。

アルスルは牧歌的な気分で観察した。

(右からキャラメリゼがベッドへ乗ったから、わたしが左に寝返りをうって……あとでコヒバも無理やりもぐりこんできたのかな。だからキャラメリゼも左に寝返りをうって……わたしが落っこちた、と)

アルスルははっとする。

「プチリサは……?」

大きなイヌ人外に潰されたかと思ったところで、白いものが身じろいだ。

(……もこふわ)

キャラメリゼのおしりとコヒバの横腹が、くっついたところ。いちばんあったかそうな場所で、普通種の白猫が丸くなっていた。朝日を浴びてくつろぐ二体と一匹は、すばらしくつやつやとしていて、特別やわらかそうに見える。

（……愛らしい）

誘惑に抗えず、アルスルは寝床へ飛びこんでいた。

プチリサを抱きしめ、キャラメリゼとコヒバの間に入りこもうとすると、二体のイヌはすこしずつ体をずらして、空間を作ってくれる。現役の使役犬なので見た目よりがっしりとした肉づきだが、それがかっこいい。生きた熱と毛に包まれて、アルスルの胸のときめきが最高潮に達した。

「……おまえたち、すてきだ……!!」

『そうとも』

『そうなの！』

きりりとしたキャラメリゼと自信満々のコヒバが相づちを打つ。

直後、悠々とバリトンの声がひびいた。

『然り』

おなじシャンプーを使っているはずの二体と一匹は、それぞれちがうにおいがする。白猫プチリサは清潔なシーツ。キャラメリゼはかわいた穀物。コヒバはパンくずとよだれ。うっとりしたアルスルは、みんなのにおいを堪能すべくなんども深呼吸する。

南域《サウス》中央の南端。

オーロラ・ウォール門前——。

雲ひとつない青空の下で、大地が太陽に焼かれている。

のどが痛くなるほど、空気はかわいていた。

(乾期の荒野だ)

あるのは、ごつごつした岩ばかり。その下にあるいくらか湿った土を奪い合うみたいに、背の低い雑草がまばらに生えている。だが、水が足りないことを示すように元気がなかった。よく育っているのは多肉植物——サボテンや、アロエのようにとがった葉をもつアガベ属くらいだ。

荒野には慣れっこのアルスルだが、故郷の西域《ウエスト》——鉄をたっぷり含んだ砂岩と石灰、それらが積み重なった赤い大地とは大きくちがうところが、ひとつある。

「白い……」

南域《サウス》の大地は白いのだった。

大おじによれば、あれらはすべて石膏の砂だそうだ。

へばりついている緑や黄色の草は、床にたまったホコリのように表面的でしかない。その下にはどこも純白の砂や砂利、岩がのぞいている。

その地平線が虹のような光でおおわれたのは、三日前のこと。

(はしとはしが、見えない……)

その正体はとてつもなく長い城壁だったが、いくら人外戦車で進んでもなかなかたどり着くことができなかった。逆をいえば、それほど遠くからでさえ、その巨大な壁が一点の曇りもなくかがやいているのがわかるのだ。

「……七色の壁、か」

オーロラ・ウォール。

千年以上も昔。かつて大陸の支配者だった第七系人が人外の侵入を拒むために築いた、帝国最大の長城である。建造の技術は失われて久しく、使われた合金の種類すらよくわかっていない。地下一万メートルをこえてもまだつづいているという。腐食することもない不思議な壁は、地底からの人外の侵入をも拒んでいるのだった。

まさに鉄壁だ。

その断崖のように切り立つ七色の城塞にむかって、アルスルの従者が声を張った。

「開門！　オーロラ・ウォール、開門せよ‼」

しかし、今朝もおなじ返事しか返ってこない。

「そこでまたれよ！　アスク公爵閣下の御命令である！」

おとといからこんな感じだ。

ウォルフ＝ハーラル・シェパァドの判断らしい。

建国後、七百年にわたりオーロラ・ウォールを管理してきた一族の当主である。

（……仲間とイヌを休ませたいのに）

鍵の騎士団の本拠地、城郭都市《じょうかく》ダーウィーズを出発して一ヶ月。

南域《サウス》においてもっとも危険とされる、鉄の森――南域《サウス》の西半分をのみこむ広大な番狼王《ばんろうおう》の縄張りを迂回するため、比較的安全な海岸沿いのルートをとり、やっとオーロラ・ウォールへたどり着いた。なのに、もう丸二日ここで足止めを食っている。

アルスルと騎士団をよっぽど入れたくないようだ。

警戒されているのだろう。

（……だって）

まさにそのとき。

『いつまでまたせるのよォ』

『やになっちゃうわァ』

『ひどいわよねェ』

キンキンした女の声が、頭へひびいた。

姿は見えない。だが、アルスルの足もとに落ちた影は、水面のようにゆれている。

『あたくしたちが食糧庫《パントリー》を漁《あさ》ると思ってるんじゃないのォ？』

『こんな前哨基地、シャレたチーズもビスケットもないくせにねェ？』

『ドッグフードなんて頼まれても食べないわよォ！　くそまずいったら……ノノノ、あたいたちの口には合わないんだからァ！』

姦《かしま》しいこと、この上ない。

道化師三大臣だ。

（せめて……いないふりをしてくれたらいいんだけど）

人外には、生命力が強い獣と、影の扱いに優れた獣がいるという。

前者が岩なら、後者は水だ。岩のように打たれ強いものがいる一方、水のように影に溶けることで身を守ろうとするものもいる。この三体は、どう見ても後者らしい。

アルスルがため息をつくと、三体は的はずれな心配をした。

『あらあら、英雄さまもお疲れねッ！』

『かわいそうにッ！』

『歌いましょ歌いましょッ！』

言うが早いか彼女たちはハミングする。

ちゃんと音とりをしたかと思うと、コーラスを歌いはじめた。

『ルーン在りし日の、歌よォ！　ルーン亡き日の饗宴に、あれかしィ！』

『ルーン亡き日の、父母よォ！　ルーン在りし日の大地がごとく、あれかしィ！』

なるほど。

道化師たちの音程は完璧だった。

女性三部合唱《コーラス》だ。ソプラノをリンゲが、メゾをブロッシェが、アルトをホーリピントが歌っている。今朝目覚めたときに聞こえた歌だ。音痴のアルスルは感心したものの、頭を抱えたくなる。やはり、これでは警戒されてもしかたがない。

（……まだだ）

城塞から刺すような視線を感じる。

自分が歓迎されていないことを、もっと言うなら、人外とおなじ害獣のように思われていることを理解するしかないのだった。

南からの風が吹いて、三大臣が意地悪く笑う。

『……あぁ、うれしいわァ』

『……死体の腐った香りがするぅ』

『……戦場は大好きよォ』

死臭だった。砂ぼこりを運ぶ風には、鉄と火薬のにおいもまじっている。

アルスルは気を引きしめた。

(そう……ここはオーロラ・ウォール)

これより南は。

もう、人の領域ではない。

(……南域《サウス》と地下域《ヘル》の境界はあいまいだ)

地元の人によれば、地上を南域《サウス》、地下を地下域《ヘル》とよぶことが多いという。

城郭都市エンブラが陥落してからは、このオーロラ・ウォールが最前線となった。ここから南は、地動王の版図となる。

『大王、大王……』

『いま帰りますわ……』

『ヒトの英雄さまをつれて……』

ネズミたちがハミングにのせてささやいた。


入城を許されたのは昼すぎだった。

城塞のうす暗い正門を人外戦車で抜け、石炭が詰まった木箱や油で満杯の樽が積まれた中庭から、徒歩で進むように言われる。最初のイヌ人外を見つけたアルスル一行は、ひとめでその能力を察した。

「……すごい」

「……ほんとに」

相づちを打つのは、となりを歩くチョコレイト・テリアである。

鍵の騎士団の鍛冶職人長《ブラックスミス》。ブラックチョコレート色のスキンヘッドと十三個もの金のピアスが印象的だ。優秀な人外研究者であり、アルスルの助言者であり、優しい母のような人だが、さすがの彼女も緊張するようだ。

「軍用犬シェパードね……まちがっても怒らせたくないわ」

オールドシェパード人外種。

シェパァド家が使役するイヌ人外だった。

筋肉質でがっしりとした短毛の大型犬である。ケルピー犬では平均的な体格とされるキャラメリゼより、ふたまわりは大きいだろう。さがり気味の腰は臨戦態勢を思わせる。大きな立ち耳と黒いマズルが特徴的だ。そのシェパードが城壁の影から歩みでたとき——イヌがまとっていた白銀の鎧《よろい》が、太陽のようにきらめいた。

「すごい……あの鎧」

シェパァド家のガード・ドッグは、ものものしく武装しているのだった。

胴鎧を装着して兜《かぶと》をかぶっているイヌ。モモ当て、ヒザ当て、スネ当てで下半身までおおっているイヌ。ウデ当てをつけているイヌもいた。その手甲をよく見ると、研がれた虹黒鉄《にじくろがね》の刃が溶接されている。

（踏みつけられたら串刺しだ）

そんな強面のシェパード犬たちが、アルスル一行をとり囲む。

「レディ。ご同行を」

囚人にかけるような冷たい口調で衛兵が告げた。

これには、やかましかった三大臣たちも黙りこんでしまう。助かったという気になりつつも、アルスルは違和感を覚えていた。

「……静かだ」

「静か？」

チョコが聞き返す。あたりでは屈強な兵士たちの怒鳴り声や武器を運ぶ騒音、家畜の鳴き声がひしめいているからだろう。

しかし、アルスルは耳をすましてつぶやいた。

「いっぱいいるはずなのに……ここではイヌの声がしない」

「……あぁ、それは」

チョコレイトが説明しようとしたときだ。鐘の鳴る音がした。だれかが死んだことを知らせるような、重い音がゆっくりとこだましている。

「お嬢さんは、はじめてオーロラ・ウォールにいらしたのでしたな」

口元に嘲笑《ちょうしょう》を浮かべた衛兵は、こう言った。

「あの鐘は処刑がはじまる合図です」

「……処刑？」

「愚かにも人外兵器をよその城郭都市へ横流ししようとした者がおりまして……今日もまた、アスク公がお裁きになる」

中庭を抜けたとたん、からからの熱風が吹きつける。

オーロラ・ウォールの南側を一望したアルスルは、息をのんでいた。

（檻）

なぜ、そう感じたのだろう。

実際に広がっていたのは、観客席そっくりの要塞だった。

階段状の空間が、ぜんぶで三段。いまアルスルの背後にそびえているのは、到着したときに見えた城壁だ。

その下段が、アルスルたちがいる内郭だ。オーロラ・ウォールは長城だから、城を壁で囲うのではなく、壁の内側が本営になる。つまり居住区だ。

下からの突風が悪臭を運んできたので、アルスルはそちらをのぞきこむ。

もっとも下段――そこは、前哨基地だった。

破壊と殺戮《さつりく》の痕跡がこびりついている。棒状の虹黒鉄で組まれたバリケード。火薬が爆発した焼け跡。人が潰されたり、獣が斬られたのだろうか、いたるところに錆《さび》色の染みや水たまりができていた。

「……ひどいわね」

チョコが顔をしかめる。

燃えカスのように汚れたドブネズミ人外の死骸が、たくさん転がっていた。

硝煙のにおいも腐敗臭も、あそこから漂ってきている。どす黒い油と死肉の体液が流れて、壁のふちから滴っているありさまだった。

動ける兵士が、人外戦車にも用いられるバルト人外種――牽引のために交配されたソリイヌを誘導している。イヌたちにつながれた台車へ、つぎつぎと死んだネズミが詰まれていた。荷台がいっぱいになると、バルト犬はそれを城壁のはしっこまで運ぶ。死骸を捨てるためだ。

(ヴィクトリア……)

戦場に立つのははじめてではないし、人外ともたくさん戦ってきたはずなのに。これほど恐ろしい光景を目にするのは、ひさしぶりだと感じる。

(……わたしは、成し遂げられるでしょうか)

今回の作戦――エンブラ返還作戦を。

角笛の音がひびいた。

騒がしかった内郭広場が、静寂に包まれる。

沈黙した人々はみなおなじ方向を凝視していた。アルスルは小声でチョコへ話しかける。

「あの人は？　いま、観覧席にかけた……」

「それは先代ね。アスク公爵はほら、あの、白い」

すかさずアルスルは目で探す。

大きな広場に、使いこまれた絞首台がたっている。その、下だ。

白髪の少年がいた。

アルスルとおなじ黒い肌だが、髪は不自然なほど白い。

（……南域《サウス》の大地とおなじ色……）

その白さを見せつけるように、少年は髪を無造作に伸ばしていて、結んですらいなかった。

強い風が吹くたび軍旗のようになびいて、彼がそこにいることをわからせる。

（アスク公爵……ウォルフ＝ハーラル）

十四歳のときに爵位を継いで、二年。

十六歳になったという。

広場の奥には、周囲を俯瞰《ふかん》できる観覧席があった。屈強な老人がどっしりとかけている。白い口髭とあご髭がたっぷりと生えていて、威厳ある面がまえをしていた。

(あの老人が先代……ロード・オーコン)

絞首台にはアーチのように丸太がわたされ、三本の縄がくくりつけられていた。縄の先は——牛を捕まえる投げ縄みたいな輪っかになっている。その下に木製の踏み台がみっつあり、頭から麻袋をかぶらされた男が三人立たされていた。

「オーロラ・ウォールにおいて、横領は死罪。絞首刑だ」

衛兵はなんでもないことのように言う。

オーコン・シェパァドがぶっきらぼうに手をふると、白髪の少年が動いた。

(……風使いだ)

少年は迷わず、光る風を踏んでいた。

軽やかに罪人たちの前へ着地すると、彼はこちらをむいた。目が合った——そう確信させるほど、鋭い視線を投げかけてくる。

「見つめないほうがいいと思うわ……きついわよ」

チョコレイトがアルスルを小突いた。

「本音を言えば、絶対に見るべきじゃない。見せたくないの」

処刑のことだろう。アルスルはまじまじとチョコを見てから、視線を戻す。

(でも)

少年はじっとアルスルを見ていた。

それがおまえの義務だとでも言いたげな、挑むような目つきで。

『人間が人間を殺すだけ……ありふれている』

アルスルの肩でくつろいでいた白猫が笑いをこぼす。

しっぽでアルスルのあごをくすぐると、プチリサはからかうようにつぶやいた。

『ありふれているものを目にして、おまえがなにを感じ、どう動くか……あの少年は知りたがっているのだ』

ウォルフが踏み台を蹴とばしたのは、そのときだった。

首に縄をかけられた罪人の体が、浮く。地面へ落っこちる前に縄がしなって、すべての体重が首にかかっていた。両手は後ろ手に縛られているので、動かせない。代わりに両足がじたばたと空中を掻きはじめた。死神から必死に逃げるみたいだが、十秒もすると動きが鈍くなってくる。泥のなかを走るようだった。

「アルスル……」

すでに顔を背けていたチョコのささやきが聞こえて、アルスルははっとする。死刑、というものをはじめて目撃したアルスルは、たしかに凍りついていた。

少年が二人目の後ろへ進んだ。さっきとおなじように踏み台を蹴る。足場を失った二人目はほどなく失禁したが、それを気にする様子もなく——飽き飽きだとばかり無視して、少年は三人目に近づいた。

麻袋をかぶせられた男が、くぐもった声で怒鳴る。

「汚らわしい人狼め……呪われろ!!」

眉ひとつ動かさない。

少年は、最後の踏み台を蹴った。

部下に命じたウォルフはふたたびアルスルを見やると、口角をつりあげた。

罪人たちの体が動かなくなってからだった。

「囮《おとり》部屋へ吊るせ」

(……笑った?)

だが、なぜだろう。

アルスルは鳥肌を立てる。

笑っているように見せるため、彼がわざとそうしたように思えたからだ。

少年はゆっくりと言い聞かせるように口を動かした。声はでていないが、アルスルには読唇でわかる。

オーロラ・ウォール——人外殺処分場へ、ようこそ。

人狼とよばれた公爵は、そう言った。

4

第五系人帝国には、たくさんの人外使《じんがい》いがいる。

もっとも権力を有するのは、貴族――建国以前からイヌネコの人外と共存してきた、イヌ使い部族とネコ使い部族だ。帝国の政治をおこなう帝国議会《パーク》は、すべてのイヌ使い部族とネコ使い部族の族長によって構成されている。

イヌ。

ネコ。

はるか昔から第五系人とともにあった人外たち。

長年の訓練によって野性を失っている彼らは、人外王をもたない。野生の人外なら見られる能力――人の姿をとったり、不思議な力を使ったり、影に溶けるといったこともできない。寿命も百年ほどで、人外としてはかなり短命だ。しかし、賢く丈夫で献身的なイヌネコたちは、野生人外の撃退になくてはならない存在だった。(中略)

だが南域《サウス》ほど、あの勇敢なイヌたちが恐れる地もないだろう。

言わずと知れた七色の壁——オーロラ・ウォールは、行き場を失った人外が最後にたどり着く墓場である。

害獣。意図的な人外の移動によって遺伝子汚染をおこした野生個体。人外研究に適さないとされた個体。人外ゆえになかなか殺せないそれらを速やかに処分する施設こそ、オーロラ・ウォールなのだ。イヌネコ人外といえど例外ではない。

老いたもの。

人間に従わないもの。

種の交配に失敗したもの。

治らないケガや病を負ったもの。

人間がいらないと判断したイヌネコはすべて、このオーロラ・ウォールへ送られる。

シェパァド家の統計が正しければ、イヌ人外が全体の九割をしめるという。ネコより大きいイヌたちは力も強いうえ、飼料などにかかる維持費も膨大になるからだ。やっかいな彼らをペットにしてでもそばにおこうとする貴族は、めずらしいと言わざるをえない。（中略）

オーロラ・ウォールへやってきたイヌ人外はほとんどがここで最期をむかえる。——もっと直接的に言えば、殺処分されるのだ。

〈バドニクス・ブラックケルピィ著『帝国人外使いの闇』より抜粋〉

オーロラ・ウォール内郭。

大応接室——。

石造りの大広間は、どこか牢屋に似ていた。

人外を侵入させないため、オーロラ・ウォールの窓にはどこも鉄格子がはまっているからかもしれない。だが、殺風景という感じはしなかった。広間の壁と天井には、石の部分が見えないほどすき間なく、綴《つづ》れ織《お》りのタペストリーが飾られていたからだ。

(きれい)

床には、赤い絨毯《じゅうたん》が敷きつめられている。

色鮮やかな織物には、王冠とイバラ——シェパァド家の紋章と、トネリコ、オオカミかイヌのような動物の絵柄が織りこまれているのだった。神話や物語の見せ場を切りとったかのようだ。つい、その優雅さと繊細《せんさい》さに見とれてしまう。

円卓に座していた老人が、ぎろりとアルスルをにらんだ。

「細い娘ぞ……その尻では子も産めぬわ」

出会い頭に言われて、アルスルはむっとする。

オーコン・シェパァド。先代のアスク公爵だった。

クマのように大きな人で、たっぷりとした髭が上半身をおおっている。すっかりはげた頭頂部では、獣《けもの》に噛みつかれた傷痕が勲章のような存在感を放っていた。右の中指には、白い薔薇《ばら》をかたどった大きな指輪をはめている。忌避石《きひせき》――人外よけの石で作られたものだろう。

アルスルの代わりに言い返したのは、大おじのバドニクスだった。

「あんたこそすっかり爺さんじゃねぇか。瘦せちまったなぁ！　ヒマならまたスポーツでもすりゃいいのに。え？　オーコンさんよ」

いつも不機嫌な大おじにしてはめずらしく、悪態に愛嬌がある。

いぶかるように眉根をよせた老人が、破顔した。

「ブラッド・バドニクスか……?!　よくきた、よくきた！」

オーコンは豪快に笑う。

立ちあがった彼はミズナラの幹のように太い腕で、ばしばしとバドニクスの背中を叩いた。

これで瘦せたというなら、若いころはどれほどの恰幅《かっぷく》だったのだろう？　大おじもまた、いてぇうるせぇとがなりつつオーコンを叩き返している。

二人は五十年来の親友だった。

ブラッド・バドニクスとは、大おじがブラッド・スポーツ帝国大会のチャンピオンチームに名を連ねていたためについた異名だ。イヌネコ人外を使って野生の人外狩りを競う競技である。

当時、このチームのキャプテンだったのがオーコンらしい。

再会の喜びをわかち合う二人だが、ふとバドニクスが広間を見まわした。

「エンブラ公爵は？」

「はっ！　どうせこんよ、あの臆病者は！」

オーコンが吐き捨てる。

直前に見せた親しみは嘘だったのかと思うほど、ころりと表情が変わった。

「あいつの親父はまだすこうしマシだったんじゃが。そうでなければ、エイリーク・ショォトヘア！　だれがあんな腰抜けなぞに……！」

嚙み殺してやろうかとばかりにオーコンが歯ぎしりをしたときだ。アルスルは廊下のむこうから人がやってくるのに気がついた。三体ほどのシェパード犬に囲まれている。

（白い髪……）

ウォルフ＝ハーラルだった。

白い獣の革を縫い合わせたズボンとブーツ。おなじ素材のマントを肩にかけていて、全身真っ白だ。マントの下は裸だが、たくさんの首飾りがゆれている。少年が歩くたび、石や金属がこすれ合うじゃらじゃらという音が聞こえてきた。

獣の骨と金のビーズをつないだネックレス。

丸い金のプレートを重ねて磨いた胸飾り《ペクトラル》。

見事な水晶玉そっくりのペンダント。

不思議な白の鎖でできたラリエット。

どれも父とおなじ純白の忌避石をあしらった装身具である。少年についてくる男を見つけて、アルスルははっとした。

グレイ・シェパァド大佐だった。こぎれいな緑の軍服を着ている。

「おひさしぶりです、大佐」

授業がはじまるときのようにあいさつする。帝都イオアキムで生まれ育った元皇女のアルスルは、二歳から十六歳まで、彼に剣術《ソードマンシップ》を師事していたのだ。

しかし。

返事はない。

(大佐……?)

「小娘よ。無礼ぞ」

オーコンが気を悪くしたような声で注意した。

「きさまはこの場所で、この土地で、だれの力がもっとも強いかまるでわかっておらん！　わしか、わしの末の息子だ。わかるか？　オオカミの群れとおなじじゃ。アルファ個体……群れの長を理解できない者は長生きせん」

「……わたしはレディ・ヴィクトリアの騎士です」

どんと大きな音がした。

「黙れ《サイレンス》」

オーコンが円卓を殴りつけていた。アルスルは困惑する。

「ウォルフ＝ハーラルに従え」

老人は断言した。

「そこなグレイはな……ろくに罪人も処刑できぬ男よ。やれ人権だの恩赦だのと御託《ごたく》をならべ、おのれの手を汚すまいとする。シェパァド家の風上にもおけぬ臆病者じゃて……帝都のひ弱な皇帝たちには好まれようがの」

オーコンは自分の長男をにらみつける。

グレイは反論しなかった。

「わしはいまの皇帝が嫌いだ。クレティーガス二世、あいつのやり口が好かん！　話し合いでの解決を望むあまり、おだやかで民衆に好まれる見た目の者ばかり重用しよる……鍵の騎士団とておなじじゃ」

アルスルを見下ろしたオーコンは、せせら笑った。

「女が統率者だと？　笑わせる」

「……おいおい。酒も飲んでねぇのに口がすぎねぇか？」

バドニクスがたしなめるが、老人はさらに機嫌を悪くした。

「女がみなヴィクトリアのように傑物であるわけではないのだぞ、バドニクス。そもそもおぬし、なにゆえここへきた？」

オーコンの敵意は、いまやバドニクスにもむけられていた。

「小娘の働きによって西域《ウエスト》が平和になり、外地へちょっかいをだす時間ができたか？　おぬしこそ、ヒマならさっさと引退せんか！」

自分にはそれができたと、オーコンは若き次男ウォルフの肩を叩く。

「子のおらんおぬしには無理な話か？　あるいは権力にしがみついているだけか？　前皇帝ウ

ーゼルはたしかに優れた男であったが、その実子を担ぎださねばならぬほどブラックケルピィ家は領民の支配に窮《きゅう》しておるのか？　見ればそこな小娘、嫁にもだせる年ごろではないか。女の幸せを摘みとっているとは思わんのか……」

アルスルはちらりとバドニクスを見やる。大おじは力なく首をふった。

なるほど。

この老人は激しく怒っている。

それも今日とつぜんそうなったのではないらしい。もの言いが攻撃的なのは、彼がその怒りに固執《こしつ》しているからだ。

（これでは……地動王《ちどうおう》との謁見なんて、わかってもらえないかもしれない）

協力どころか説明の時間さえ与えられないことを予想して、バドニクスはこの作戦に参加してくれたにちがいなかった。

（ロード・オーコンは……なにに怒っているのだろう？）

アルスルが老人を見つめたときである。

「親父」

白髪の少年が鉄格子の外をながめた。老人から怒りが消える。

「獣だ。ぼくがでる」

「……行け。首尾ような」

オーコンはしかめ面のままだが、バドニクスは表情をゆるませたような気がした。アルスルもほっとしかけたものの、すぐよばれる。

「アルスル＝カリバーン。ついてこい……アーキ号。ソバニツケ《ヒール》」

ウォルフは自分のシェパード人外へ、連続してあるリクエストを与えた。

「チンモク」

バドニクスが露骨に嫌そうな顔をする。

沈黙《サイレンス》――？

大きなイヌは無言で従った。


三つの隔壁《かくへき》を抜けて、アルスルは屋外へでる。

ぎらぎらとした太陽と空の白さに目がくらんだときだった。

「知らないのか」

ウォルフに話しかけられた。

「チンモク。イヌ人外に会話を禁じるリクエストだ」

「え？」

「話すな、逆らうな……不満を抱いても、痛みを感じても、達成できない任務を与えられようとも、黙って従えという命令」

アルスルはぎょっとする。なぜそんなことをと不可解に思うが、納得した。

（だから……ここは静かなのか）

オーロラ・ウォールでイヌの声がしない理由。

シェパード犬たちは話すことそのものを許されていないのだ。アーキとよばれたウォルフのイヌも、言葉をまったく口にしない。

「……イヌにも言いたいことがあるかもしれないのに？」

「それが人間の聞きたいことだとは限らない……だろ？」

ウォルフは説明した。

「公爵の位をもつ貴族のなかで、このリクエストを使っているのはもうシェパァド家だけだ……うちが使いつづけているせいで撲滅《ぼくめつ》されないリクエスト、ともいうが。そっちのサー・バドニクスはまっこうから反対していて、西域《ウェスト》全域の城郭《じょうかく》都市で署名活動までしているくらいなんだぞ」

——知らなかった。

アルスルは自分の無知を反省する。

「帝国議会《パーク》もゆくゆくはチンモクを廃止していきたいんだろうが、うちの親父がしつこく反発しているから、どうだかな……親父の話は長いだろ？」

アルスルはきょとんとした。

「いちどキレるとずっとああ。時間の無駄」

少年はずけずけと言ってのける。風にそよがせた白い長髪が、レースのカーテンそっくりに見えるせいだろうか。彼に緊張はなかった。

「獣は……？」

「そのうちでるだろ。早く着きすぎたってだけ」

あたりを見れば死骸の片づけは終わったようで、兵隊たちは武器を数えたり、物資を運んだり、訓練をしたりしている。アルスルの聖剣リサシーブにも異変はない。

父の怒りから逃げた──ようだった。

オーコンとの対話から遠ざけられたとわかり、アルスルは不満に思う。

「わたしには……すべきことがあったのに」

「かわいくないやつ」

少年はまた口角をつりあげた。

笑っていないのに笑ったことにする、あの顔だ。

つかみどころがない。

──得体が知れない。

のんびりとした様子で、ウォルフはアルスルを散歩に誘う。

オーロラ・ウォールは活気があった。

鍛治屋からは金属を鍛《きた》えるハンマーの音がいくつも聞こえるし、野戦病院では看護師と兵隊がせわしなく行き来しているのも見える。

（城塞。ううん……街だ）

最前線とはいえ、ここには人々の生活があった。

食堂や酒場からは、できたてのサトイモのパテや骨付き羊肉を煮こんだスープの湯気が漂っている。屋台にかかっている欠けた黒板のメニューによると、揚げたバナナに豚バラ肉のローストとアボカド、デザートマンゴーと生タマネギをのせたものや、うすいパイ生地に、サラミやグリーントウガラシ、オリーブオイルに漬けこんだサウスナスなど、冷たい具をはさんだものもあるらしい。

どの料理も山盛りのスパイスを使っていて、空腹に訴える香りではあるのだが、そばを通るとくしゃみが止まらなくなるのだった。外にでるからとキャラメリゼとコヒバをつれてきたのは、失敗だったかもしれない。

『お鼻かゆいのぉ、ひりひりするのぉ……』

『厨房《ちゅうぼう》のそばを歩くときは、息を止めたらいいじゃないか!』

だらだらと鼻汁を垂らすコヒバを、キャラメリゼが呆《あき》れながら舐めてやっている。それでもとりきれない水分をアルスルがちり紙でぬぐったときだった。

屋台の前を通りすがったウォルフが、値段が書かれた札の奥に盛られた揚げパンをとった。そのまま無遠慮にパンをほおばると、支払いもせずに行ってしまう。

(ん?)

だれもなにも言わない。

だが、屋台の老婆も近くにいた衛兵もこちらを見ていた。ウォルフはまたべつの屋台から飲み物と果物を勝手にとっている。公爵だからそうした自由が許されているのかもしれない。アルスルはとまどいつつ彼の背中を追いかけた。

「いいの？」

「なにが？」

ウォルフは口角をつりあげる。

とぼけた様子の少年は、たまたまそばにいた中年の女性をつついた。何気なくふり返った彼女は、相手がウォルフだとわかったとたんに凍りつく。

「いいに決まってるだろ」

ウォルフは女のひざの後ろを軽く蹴ると、その場にひざまずかせた。彼女は完全に萎縮《いしゅく》していて、逆らえない。周囲からどよめきがあがっていたが、少年はおかまいなしに女の頭をなでた。飼い犬にそうするようだった。

「……なにをするの？」

「おまえにわからせようと思って」

ウォルフは女の胸もと——そのポケットで光っていた銀のバッジに触れた。

王冠とイバラ、七本角のヒツジを模した紋章はオーロラ・ウォールの衛生兵であることを示している。

「わからせるって？」

アルスルがたずねた瞬間、少年はそのバッジを力任せに引きちぎっていた。女のシャツが破れ、歪《ゆが》んだピンの針が彼女の肌を傷つける。

「オーロラ・ウォールにあるすべてがぼくのものなんだ。いいか？　すべてだ」

アルスルはどう答えてよいかわからなかった。

女は悲鳴をあげることもできず、ただ震えあがっている。

彼女の血がついた針を舐めた少年は、急にどうでもよくなったという顔をしてバッジを投げ捨てた。


ウォルフの後ろをついていくと、進むのが楽だった。

その白い髪ゆえだろうか。行きかう人々は遠くからでもウォルフの存在に気づくようで、道をあけてくれる。アルスルはウォルフより頭半分ほど背が高いからよく見えた。磁石のおなじ極を近づけたときのように、ざっと少年から人が離れていくのだ。

ウォルフへ声をかける者はだれもいなかった。目すら合わせない。みんな彼を認めると、気づかなかったように無表情になるか、うつむくかをしてやりすごす。

（……恐れられている）

人狼。

少年はそうよばれていた。

（ホワイトシェパード、ならわかるけど……）

アルスルには不思議に思っていることがある。口にしてよいかどうか迷ったが、思いきってたずねることにした。

「アスク公。あなたの髪はどうして白いのですか?」

少年はぽんと自分の腰を叩く。

「こいつのせい」

彼のベルトには、革が巻かれた不思議な筒がつられていた。

武器を収めるための鞘《シース》だが、やや太い。剣やナイフではなく、もっと幅のある武器が入っているようだ。ウォルフは着いたと言って前方をゆびさした。

「ここの景色が好きなんだ」

砲台として使われている展望台だった。

ウォルフはでこぼこの城壁をのぞきこむように言う。ここからだと、前哨基地のさらに下がよく見えるらしい。言われたとおりにしたアルスルは、息をのんだ。

(……檻、だ)

雨ざらしの牢屋がならんでいた。

半島の東から西まで一直線に、どこまでも。

「先人が遺したホコリまみれの砦《とりで》……井戸水のように湧くネズミ……それを無駄にしないため、この場所を闘技場にしようって考えたのは、わりと早い時代の皇帝だった。ぼくらが立っているこの内郭は、鑑賞席《アリーナ》として改修された」

ウォルフが口角をつりあげる。

アルスルは胸が苦しくなるのを感じていた。

――ネズミ、だ。

星の数ほどのドブネズミがひしめいていたのだ。

「ドブネズミは空腹に弱いんだ……罠だとわかっていても、食べられそうなもののにおいを嗅ぎつけると近づいてくる習性がある」

人外種だった。

鉱物や金属を皮膚にとりこんでいるものがいる。

矢や松明《たいまつ》が刺さったままのものもいた。

延々とつづくオーロラ・ウォールの監獄で、ぎゅう詰めになっている。

「檻に閉じこめると楽なんだ。共喰いする。生き残っても雨季がくれば溺死するんだが……問題は乾季だ。あんな環境でもドブネズミの幼体は生まれる。格子を通れるほど小さい子ネズミや、たまに影になってすり抜けるやつもいて……たがいの体を足場に前哨基地まで登ってくるんだ。そうなると駆除しなきゃならない」

戦場が血まみれだった理由を知ってアルスルは鳥肌を立てる。

けれど、アルスルを打ちのめしたのはネズミではない。

牢獄のネズミたちが群がって蟻塚のように盛りあがっているところがある。大きな動物の死骸だろう。そのいくつかが――死んだ、イヌのように見えたからだった。

「殺処分場っていうのは……」

「あそこにイヌやネコ……いらなくなった人外を落っことすんだ。すると飢えたネズミが襲いかかってくる。どちらかが死ぬまで殺し合う。本来、人外は人外喰いをしないもんなのに……腹ペコのネズミどもには関係ないんだろうな」

アルスルはキャラメリゼに体をよせ、コヒバの耳をそっとつかんだ。

彼らがあの場所に落ちたときのことを想像してしまう。

助けを求める吠え声。とても登れない高さの壁を死にものぐるいでひっかく音——絶望の音が聞こえた気がして、アルスルは耳をふさいだ。

「ぞくぞくするだろ? すばらしいと思わないか?」

アーキ号とよんだ自分のシェパード人外には目もくれず、少年はつづけた。

「ぼくにはわかる。あらゆるものを手に入れたはずの皇帝が、なぜオーロラ・ウォールを愛したか……それは欲をひとつ満たすと、またつぎの欲が生まれるからだ」

「欲?」

「帝国の支配者となる。これだけでも計り知れない優越感が生まれるよな? だが、人間は何事にも慣れてしまう。するとつぎはこう思うんだ、全能の神になりたいと」

それはまったくアルスルの心にない考えだった。

しかしウォルフは、自分が人間の代弁者だとばかりに力説する。

「かの皇帝はな、きっと生死をにぎる側になることで、神になれた気がしたんだ。さぞ快感だっただろう。自分のひと声でだれかの運命が決まるのは!」

「そう……なのかな」

「そうに決まってるだろ。おまえだって王冠をかぶればわかるさ」

ウォルフは空腹のオオカミのように顔をぎらつかせた。

「……飢え、だよ」

アルスルは鳥肌を立てる。

「欲しいという本能……これが人に神をも望ませるんだ。自分の欲望を叶えることができる強者と、それができず搾取《さくしゅ》される弱者とに選別されるが……弱者にもチャンスはある。強者の欲望を満たせば生き残れるからな。おまえのイヌどもだって。おまえの欲を満たしているから必要とされているんだろ？」

「……そんなことない。彼らは家族だから」

「イヌが？　おまえの親は、よっぽどおまえにかまってなかったのか？」

アルスルの胸がちくりと痛む。

それはたしかにアルスルの心に残る傷だ。しかし、べつのあたたかい人々によって厚く手当てされた古傷でもある。

「そうだけど。そうじゃない」

いまのアルスルになら言える気がするのだった。

「わたしが親に愛されていたかどうかと、キャラメリゼやコヒバ……イヌたちがすばらしいということは、あまり関係がないと思う。彼らは群れ想いで、誠実で」

生まれたときからそばにいたこともあるし、自分がさびしさや不安を感じたとき、なんどもよりそってもらったからかもしれない。この存在を使役犬、ましてや弱者という言葉で表現するのはふさわしくない。

「愛すべき家族だよ。愛している」

断ち切れぬほど深い絆だ。

「わたしは彼らに支えられているから。わたしも彼らの支えになりたい……それだけ」

ウォルフが動かなくなる。

触れてはいけない記憶に触れてしまったような、不自然な硬直だった。

「……気に入らない」

どくん、と。

聖剣リサシーブが脈打つ。

(なに?)

少年がしゃがみこんだ。

「獣に味方する英雄とはな……ちょっぴりいじめてやるよ」

ウォルフは口角をつりあげる。

彼の掌中《しょうちゅう》には――白い杖のような武器があった。

(アスク公?!)

アルスルは目を疑う。杖をクリケットバットのように両手持ちした少年は、アルスルの足もとにしかれた石畳をえぐりだしていた。

奇妙なことがおきていた。

白い武器が石畳をすり抜けたのだ。実体がない。空気をかくように地面をかいたそれは、一秒とあけず、なにかに行き当たった。

「いた《ヒット》!」

少年が目をかがやかせる。遊びに夢中になる若いイヌのようだったが、彼はすぐさま両腕に力をこめてふり抜いていた。

『アギャッ』

くぐもった悲鳴が聞こえて、アルスルははっとする。

すくすくと育ったキャベツのようなかたまりがひとつ、地面からかきだされていた。鍋からシチューの具をすくうみたいだったが、空中を舞うそれは大きなドブネズミである。無理やり影から追いだされた丸い毛玉に、ウォルフは狙いを定めた。打ち殺すつもりだ。舌なめずりをする彼の前では、ネズミがシャボン玉のように柔らかく見えてしまう。

アルスルの影から金切り声がした。

『ホーリピントッ!』

『だめェッ!』

アルスルはとっさに小剣を抜いて応戦する。

しかし、すばやく動いたウォルフが、下から聖剣リサシーブをはじいていた。

使い慣れた小剣があっけなく飛ばされて、アルスルは目を丸くする。

（このこ）

とんでもなく、速い。アルスルはうろたえたが、ホーリピントらしきネズミは着地するやいなや一目散に逃げだした。

ウォルフがあっと声をあげる。

「逃げるなよ！　苦しまないように頭を潰してやるから！」

アルスルは呆れたが、それどころではない。恐れをなしたリンゲとブロッシェも飛びあがって姿をあらわしたかと思うと、縦横無尽に駆けだしたのだ。

「まって！」

道化師たちが不治の病ハイペストのキャリアではないことは、バドニクスとチョコレイトが行った事前の病理検査でわかっている。それでも前哨基地でせき止めているはずのドブネズミが内郭にでたとわかれば、大騒ぎになるだろう。

「行き止まりへ追いこんで。無傷で」

アルスルの指示と同時にキャラメリゼとコヒバが走りだす。

ところが。

「アーキ！　ホエロ、フミツブセ！」

ネズミたちの行く手へまわりこんだシェパード犬が、ばうんと吠えた。

バスドラムを打ったような重い振動が伝わって、ネズミたちが悲鳴とともにUターンする。

そこへあの溶接された爪ごとアーキが飛びかかったが、彼女たちはゴキブリよりすばしこくツバメほどに速いため、すんでのところで避けられてしまった。

「アーキ、遅い！　だからおまえはダメなんだ！」

悪態をついたウォルフはついでにアルスルもにらみつける。

「ブス！　おまえが邪魔するからだぞ！」

アルスルは眉をひそめる。

——面とむかってブスと言われたのは、はじめてだった。

(このこ。めちゃくちゃ)

説明も相談もなくひとりで先走ったくせに。アルスルは思うが、戻ってきたドブネズミの一体がアルスルの後ろへ逃げこんだせいで、事態はよりいっそうまずくなった。

疾走してきたウォルフが、アルスルの視界から消える。

まわりこまれたと直感してふり返ったときには、顔の前にウォルフの白いブーツが迫っていた。頭を潰される。そうわかるのに間に合わない。アルスルが目を閉じることもできずにいた、そのときだった。

がくんと少年の体がつんのめって、止まる。

「ヘイ、閣下」

ウォルフが目を丸くした。

いきなりあらわれた男が、少年の足首をつかんでいた。

「雑な足技は死角を生むぜ？　ガラスの靴を履いているつもりでやらないと」

フードをかぶった男はすばらしい足さばき――左の義足で、地面についているほうのウォルフの足を払った。転倒しかけたウォルフは、すぐさま地面に片手をつくと、器用に側転して距離をとる。曲芸のような身のこなしだ。

男は称賛の口笛を贈った。

「この任務も骨が折れそうだ……同情するよ、おれのご主人さま！」

アルスルの盾だと示すように、彼――ルカ＝リコ・シャが少年に立ちはだかった。

目だけで自分のイヌを探したウォルフは、舌打ちする。

「使えないヤツ……」

シェパード犬のアーキは、下半身を地面につけて踏んばったまま動けなくなっていた。鎧《よろい》のすき間からほんのすこしだけ露出した脚に、ルカの投げナイフが刺さっている。城郭都市ダーウィーズで開発された特性のツタしびれ薬がぬってあるにちがいない。

「……どいつもこいつも。気に入らないな……」

ウォルフは半身を下げてかまえた。いらだっているようだ。

護衛官であるルカの大きな体ごしに、アルスルは少年の武器を観察する。

（……メイス、だ）

短い杖に見えたそれは――鎚矛《つちほこ》だった。

殴打用の合成棍棒だ。純白の素材でできている。柄の頭部には、こぶしくらいの王冠とイバラの装飾がついていた。

アルスルは違和感を抱く。

腹を立てたウォルフの瞳が、南域《サウス》の太陽みたいにうすい金色へ変色していた。

「ぼくの思いどおりにならないなら……殺されてもしかたないんだぞ」

「……わたしたちはあなたの駒じゃないもの」

アルスルは迷うが、やはり言葉にすべきだと思った。

「ここにあるすべてのものは……たしかにあなたが支配すべきものかもしれない。でもそれは、人や獣の心までも思いのままに動かせるということじゃない」

ウォルフを恐れている人々やイヌたちのことを思いだしながら、アルスルはつぶやいた。

「心を通わせなければ……あなたの欲しいものは、手に入らないかもしれないね」

「……ぼくの欲しいもの、だ？」

メイスから。

水蒸気が立ちこめていた。

「おまえにそれがわかるとでも？」

アルスルは凍りつく。とり返しのつかない不幸、まがまがしさを秘めたなにかが心臓に絡みついたような気がした。背中へ手を伸ばしたのは、本能だ。

背に担いだ大剣——走る王がわななく。

刹那《せつな》。

ウォルフの体が、崩れた。

（ま、ぼろし？）

霧散したのだ。少年のふくみ笑いだけが聞こえてくる。

「おまえが何者であろうと……ここは、ぼくのオーロラ・ウォールだ」

結論づける声は、人外のもののように反響していた。

「……羅針盤の破片よ……」

あたりが銀色の霧でおおいつくされていく。自分の靴さえかすんで見えないほどの濃霧だ。

アルスルは腰をかがめようとしたが、ルカに抱きあげられる。

「ルカ……?!」

護衛官は無言で走りだしていた。応戦ではなく逃走すべきだと彼が判断したことを知って、アルスルはさらに緊張する。風使いのルカはなにかを飛びこえて、着地して、またべつの方角へ飛んだ。一瞬で何十メートルも移動したのは明らかだったが、いつまでたっても彼の足は止まらなかった。

「おかしい……なんだ？」

ルカが低い声でつぶやいた、つぎの瞬間。

こんどは——ルカの体が崩れた。

「ル、カ？」

男の腕の力からいきなり解放されて、アルスルは空中へ投げだされる。

風を踏んで着地を狙ったものの、受け身をとりきれずに地面へ叩きつけられていた。〈星のドレス〉を着ていたにもかかわらず――右の腕と肋骨が折れる。このところ無縁だった激痛が、アルスルの脳を焼いていた。

その場にうずくまって声を殺す。だがそうしている間にも銀の霧は濃くなっていた。さし迫った脅威からくる焦燥が、アルスルをなんとか立ちあがらせた。

(……逃げなきゃ)

それだけ思いついた頭から、鮮血が流れる。

顔面のどこかを切っていたが、たしかめる余裕もない。前哨基地に落っこちたらしい。燃えるような痛みで麻痺《まひ》した腕をおさえながら、アルスルは迷路のように入り組んだ血まみれの戦場を無我夢中で駆けた。まるで、手負いの馬のように。

痛みのせいか、まぼろしか。

アルスルの考えそのものみたいに、その声は自然と心に入りこんできた。

い、い、い、
やりかえす――?

ざわりと耳鳴りがする。

優しいだれかに手を差しだされたような、そんな気分になった。

（でも……）

姿が見えなくても絶対に助けてくれるとわかるような、甘いささやき。そうかもしれない、とアルスルは思う。殺されかけているのだから。やり返してもよいのかもしれない。

その手をとってしまおうかと考えたとき。

背後でじゃらりと音がした。

――首飾り。

直感してふり返ると、ウォルフがいた。

もう数歩で追いつかれそうな距離なのに、少年は近づいてこない。銀の霧をまとったメイスを突きだすようにかかげて、ただじっとアルスルをにらみつけている。

ちからをかそうか――。
ふぇ、ぁーた――。

二人とも、動かなかった。

――いや。

先に、ウォルフがメイスをおろした。

突風とともに霧がとつぜん消し飛んで、アルスルは息をのんだ。

金色だった少年の瞳が、すっと黒曜石《こくようせき》の色へ戻っていく。とうとつな興味の消失は、狩りに見きりをつけたときのオオカミそっくりだった。
（あのメイスは……獣の、部品？）
少年は踵《きびす》を返して去っていく。
アルスルはわけがわからないまま、その白い背中を見つめていた。

5

黒い霧が立ちこめていた。

よく覚えている。

壊れかけた断頭台。その下に、寝そべる大きな動物。

とがった耳。長い鼻。黒と茶と灰のまだら色の毛は、古い血と新しい血で汚れていて、強い異臭がした。長いしっぽもかわいた汚物でかぴかぴになり、はげかかっていた。

「おおかみ？」

ぼくはおそるおそるたずねる。

すると、まだ元気だったころの姉が言った。

「カニド・ハイブリッドよ」

その獣《けもの》はオオカミ人外《じんがい》のように大きいが、まぎれもなくシェパード人外の血を引くイヌだった。錆《さ》びて茶色くなった鎖と金具によってその場につながれている。

イヌは元気がなかった。

毛のつやもないし、骨が浮くくらい痩せている。断頭台の下には、割れた陶器の水入れが無造作におかれていた。茶色く濁《にご》った水にハエの死骸が浮いている。

（……ショケーといっしょ）

ちびだったぼくにも、すぐわかった。

こいつは、死ぬのをまち望まれているって。

イヌの首には鑑札がかかっている。アルミニウム片を切っただけの手作りのタグには、七本の角と、Uという記号が刻まれていた。

七本角——創造主の使いを表すマーク。

それは、このイヌが医療従事犬であることを示しているという。

姉はイヌの前脚を調べる。バリカンで乱暴に毛を刈りとられた脚には、採血用の針を刺したあとがいくつも残っていた。まだ鮮血がにじんでいる傷もある。

「あなた……供血犬《きょうけつけん》なの？」

姉が聞く。

頭へ直接、子どもの声がひびいた。

『そうです。麗《うるわ》しの君』

そのイヌらしき獣の声だった。

供血犬。

輸血用の血をしぼりとるためのイヌだ。

Uという記号は、血液型に制限《アンリミテッド》のない供血犬、という意味。

混血のイヌ人外にときどき見られる特性で、免疫学的な副反応をおこさない血液だとかなんとか。戦場では重宝されているが、雑種なので使い捨てにされるとも。

よくわからない。

ただ、姉は衝撃を受けていた。

「他のイヌを助けるために身をささげたイヌを、こんな劣悪な環境におくなんて……」

優しい姉が責任者をよびにいったとき。

あの声がささやいた。

『……ケガをしていますね？　白くて小さな君』

ぼくはどきりとする。

とっさに体で右腕を隠していた。

今朝、ぼくの髪を見て震えあがった新しい召使いを殴ったとき。ちびなりに呆《あき》れるほど力をこめたので、自分のこぶしまで傷つけてしまったのだ。

かわいた鼻の穴をひくりと動かすと、そのイヌ人外——らしき獣は、閉じていた瞼《まぶた》をそっと開いた。青みがかった茶の瞳《ひとみ》が、鮮血のように赤くうるんでいる。

『どうぞお使いください。ぼくの血でよければ』

傷を癒せと。

イヌは言った。

ぼくは不思議だった。

「……おまえのほうがひどいケガをしているくせに。いま出会ったばかりのぼくを心配するなんて、ばかか？」

『小さな君よ。小さなものが傷ついていると、ぼくは怖くなります』

「怖いだって？　オクビョーモノめ！」

『そうです』

こいつもぼくが怖いんだ――。

ぼくはふてくされそうになったが、イヌはぜんぜんちがうことを言った。

『子どもはいちばんどきどきします……すぐ壊れてしまいそうで』

イヌがしんどそうに頭をもたげる。不衛生なにおいが鼻をついたが、それよりもっとくさいよだれがぼくの顔にべったりとついた。

イヌは、ぼくの口を舐めていた。だから、ぼくの血をどうか
『壊れたら悲しくなります。だから、ぼくの血をどうか』

「……かなしい？」

『もとに戻らないから』

大切なものを見るような目で、イヌは言った。

『白い君……ぼくの父君とおなじ色の、特別な君よ。あなたがこの世界からいなくなってしまったら、ぼくはきっと悲しいです』

はじめてだった。

姉ではないものに惜しまれたのは。

「……ばか！」

たじろいだことを隠すために、ぼくは憎まれ口をきいた。

「こんなところで死にかけてる駄犬に言われるまでもないんだからな！　ぼくは特別なんだ。南域《サウス》のものは、ぜんぶぼくのもの。おまえだってぼくのものなんだぞ！　あぁもう……この黒い霧をなんとかしろよ！　おまえのことがよく見えない！」

イヌは首をかしげる。どうせ知らないのだろう。

ぼくは思いついていた。

ぼくのためになり、姉もよろこぶようなやり方を。

これ以上すばらしいひらめきはないとさえ、あのときは思えた。

「ちょうどいい。ぼくはまだ、ぼくだけのイヌをもってないんだ。だから……ぼくがおまえを飼ってやる！」

イヌがさっきと反対側へ首をかしげる。

黒い霧が、うすくなった。

ぼくは言いつけていた。

「使ってやる。血じゃなくて、おまえそのもの！」

6

ワイルドハントをご存じだろうか？
秋の終わりから春にかけて空を駆ける狩猟団の伝説だ。猟師たちは古き軍神や死者、妖精だという。この狩猟団を目にすればたちまち戦や疫病《えきびょう》といった災厄に見舞われる。彼らを見てはならない、狩りを邪魔するなどもってのほかだ。

ところで、元皇女のアルスル＝カリバーン・ブラックケルピィ氏（21）がオーロラ・ウォールへ足を運ぶらしい。むかえるのは、二年前にアスク公爵を継いだウォルフ＝ハーラル・シェパド氏（16）だ。これまでアルスル氏の行く手には常にトラブルと人外《じんがい》がまっていたが、その彼女を若き公爵がどうもてなすのか？　南域《サウス》の民衆はかたずをのんで見守っている。

※若い女性と少年の肖像画
アルスル＝カリバーン・ブラックケルピィ騎士団長（右）

アスク公爵ウォルフ＝ハーラル・シェパァド（左）

その生い立ちと容姿のために、ウォルフ氏を陰で「人狼」「半人半狼」などとよぶ者はあとを絶たない。にもかかわらず彼が公爵家の跡とりに選ばれたことを不思議に思う読者は、シェパァド家におきた不幸へ目をむけるべきだろう。先代のアスク公爵オーコン氏（72）は生涯で三人の妻をめとったものの、いずれも番狼王《ばんろうおう》の眷属《けんぞく》の餌食となった。それぞれの妻との間に三人の子を授かったが、長女クラーカ氏は病死。長男で帝都軍大佐のグレイ氏（45）は次期公爵と目されていたが、二十年におよぶ帝都ぐらしの末、先の皇帝ウーゼル＝レッドコメット・ブラックケルピィ氏（故人）との癒着が伝えられるようになったことで父親のお気に入りではなくなってしまった。次男のウォルフ氏がとりたてられたのも必然といえよう。

ウォルフ氏が公爵の地位を継いだことについて、南域《サウス》の人々はそれほど悲観していない。すべりだしの二年間は、彼が食事のマナーと年長者へのマナーを無視しがちな点をのぞいておおむね評価されている。彼の働き――あくまで殺処分場での活躍のみだが――は、積み重ねた死骸の数が証明している。

元皇女は、どちらのシェパード犬と狩りをともにするのだろうか？皇帝の忠実な軍用犬とたたえられるグレイ氏か。

血濡れた狼犬と恐れられる若きウォルフ氏か。

だがどちらにせよ、帝国一の軍事力を誇るシェパァド家との同盟関係を築けないようでは、今後、彼女の狩りはうまくいかなくなるだろう。災厄をまねく狩猟団だと忌み嫌われるはめになるかもしれない。

鍵の騎士団がワイルドハントとよばれる日がこないよう、祈っている。

〈キース・ケリー寄稿「元皇女　むずかしい舵とり」

『日刊サウス・タイムズ』九六六八号より抜粋〉

エイリーク・ショォトヘアが新聞をたたむ。

人外戦車のゆれで酔ったようだ。

初老の小男は老眼鏡を外すと、しごく優美な手つきで、剣とブドウの刺繡《ししゅう》が入った銀のジャケットへしまう。ところがその指が焦げたソーセージか黒い芋虫ほども短く太いため、エンブラ公爵はなにをしようと滑稽《こっけい》さがつきまとう人物なのであった。

エイリークは外の景色——純白の荒野がぐんぐん後ろへ流れていくのをながめる。

いや、そう見えただけかもしれない。彼の心はここにないようで、古い記憶をたどるように景色ではないどこかを見つめていた。ネコそっくりな顔つきだが、彼自身はネコ人外をつれていない。

歴史上まれなことに、エイリークは人外使いではない公爵だった。

その理由は彼自身でさえ笑ってしまうところである。ネコがいるとくしゃみとかゆみが止まらなくなるなんて、まるで道化ではないか。

(ネコ使い部族の長が)

――猫アレルギーとは。

それでもエイリークがエンブラ公爵になれたのは、血筋による。

あるいは、彼が考えたハイペスト予防用品――最大種ノミよけ首輪の功績だ。イヌネコ人外への副作用が低い研究として高く評価されたが、オーロラ・ウォールより南へ行かなければ使うこともない。エンブラ陥落から十年。今後、エイリークの存在感はどんどんうすくなっていくだろう。

なにしろエイリークは、今回の作戦がうまくいくなどとは毛ほども信じていなかった。

(万が一にもありえない。しかし、皇帝も無視はできまい。選挙が近いからな……人外の討伐に兵をださないのは印象が悪い)

だが、クレティーガス二世も人間らしい。

彼はこの作戦で、嫡男――ノービリスを出兵させなかった。皇子を地動王《ちどうおう》の疫病から遠ざけるためだろうが、そういう保身こそがウォルフとオーコンから信用されないのだということを、あの皇帝はわかっていない。

(クレティーガス二世がエンブラ公爵に手を貸さないとわかれば、下級貴族はこぞってべつのだれかへ票を投じるだろうに……）

小さな城郭《じょうかく》都市をも人外から守ってくれるだれかへ、だ。

エイリークが皇帝の政敵ととらえているのは、実のところアンゲロス公爵——ヴィクトリア・アビシニアンだった。

（あれが皇帝の座を狙うとは思えない、が）

エイリークからすれば、ヴィクトリアは生まれついての人格者だ。

高潔な彼女を尊敬する者は多い。そんな貴族たちに頼みこまれれば、老体をおして皇帝の役割を引き受けるかもしれない。

（……いや。ヴィクトリアより注目すべきは……ア、い、い、アルスル＝カ、い、バ、い、い、ーン）

没落貴族のエイリークでさえ肌でわかる。

この数年、鍵の騎士団は目覚ましく成長していた。

帝国有数の民間企業であるシクリッド社の協力を得たことで、貴族ではない入団者と協力者がおどろくほど増えたからだ。くわえてアルスルの父は元皇帝だ。彼の暗殺から五年しかたっていないブラックケルピィ家には、幅広い人脈と選挙戦略が十分残っている。

（アルスル＝カリバーンはヴィクトリアの剣……求心力という名の武器だ。いまや鍵の騎士団を手もとにおくことこそ、貴族たちの信認を得るための条件となりつつある）

かがやく希望だ。

それに引きかえ。

（……わが生涯の、なんとむなしいことか）

彼は知っている。

自分が生まれついての卑屈であること。

鍵の騎士団が動いたいまでさえ——すこしも心が躍らないこと。

「……愛しい人よ」

小男は両手を結んで祈った。

「私は地獄へ落ちるだろう……せめて地の底で、きみに逢わんことを」


オーロラ・ウォール内郭。

大応接室——。

「だからぁ」

ウォルフ＝ハーラルがめんどうそうに答える。

少年がわざと子どもっぽい口調で話していることを、アルスルは見抜いていた。

「ほんのちょっぴりじゃれ合っただけだっつーの」

「……このクソガキ、たいがいにしろや!!」

バドニクスが青筋を立てている。

なにしろアルスルの胴には、医療用コルセット。

頭は包帯でぐるぐるまき。

おまけに右腕は石膏ギプスで固められ、首から三角巾でつっていた。

ウォルフとじゃれ合ったせいだ。全治三ヶ月とのことらしい。アルスルを娘のように可愛がってきた大おじバドニクスの剣幕たるや、逃げだしたくなるほどだった。

「ブラックケルピィの娘を傷つけやがって……なんもかもぶっ壊されてぇか？　あ？」

ウォルフはしれっと説明する。

「オーロラ・ウォールに処分予定のない野生人外を入れるなんて、前代未聞だ。非常時には非常時のやり方がある。アルスルの戦闘能力をはかる必要があった。ネズミどもが姿をあらわすかも知りたかったし、悪さをするなら叩き潰すぞって教えないといけなかった。動物には力を見せつけるのがいちばんだからな……サー・バドニクス、このオーロラ・ウォールが落ちたらどうなると思う？　南域はおしまいだ」

「ガキに聞くまでもなく承知してんだよ！　マスター・オオカミ少年、それで？　なんの罪もない女が傷ついているわけだが、どんな気分だ？」

「最高だ！」

もとより極悪人のような人相をしているので、バドニクスがすごみを利かせるとほとんどの人がすくんでしまう。ところがさすがといおうかやはりといおうか、ウォルフ少年は悪びれもしないのだった。

「ぼくは強いヤツが大好きなんだ！　あんたんとこの娘、試してよかったよ！」

ウォルフは口角をつりあげて言ってのける。アルスルは思った。

本気でアルスルを殺すつもりだったくせに。ウォルフは長椅子にかけたアルスルへ近づいてくる。どっかととなりに座ったかと思うと、腕をアルスルの肩へまわした。

「そうだろ、兄弟？　アルスル、おまえなかなかイイ線いってたぞ」

ウォルフは父そっくりの遠慮ない態度でアルスルの肩を叩く。うちとけたことを示したいようだが、アルスルの体に激痛が走った。

「痛い。放して」

むっとして告げると、少年はわざとらしくおどろいた。

「怒ってるのか？　ぼくが意地悪だったから？」

「……べつに」

腹を立ててはいない。そうではないのだが、嫌な思いをしなかったというわけでは断じてない。しかし説明しようとしたときには、ウォルフはピンボールのような勢いでバドニクスに言い返していた。

「ほらな？　ぼくは悪くないだろ？」

アルスルはくらくらする。

（……このこ。苦手）

こちらが話すいとまをくれない。自分の口の重さが欠点のように思えてきて――実際にそうなのだけれど、アルスルはやや疲れを感じてしまう。

（このこ。嘘つき）

いったい、彼はどういうつもりなのだろう？

いちどは殺そうとした相手に、こうも友情を抱けるものだろうか。

ウォルフの本心が見えないために、アルスルは不安だった。

「……ロード・オーコンは？　エンブラ公爵も。昨晩到着されたと、朝聞きました」

「申しわけございません。父は体調が優れないようでして……」

控えていたグレイが答える。バドニクスがほとんど怒鳴るように言った。

「あのジジイ、殺したって死なねぇくらいの鍛《きた》え方してんだろうが?!　目ん玉ほじくりだしてやっからつれてきやがれ！」

「できない」

落ち着いた声でウォルフが応じる。

「死病なんだ。もう長くない」

バドニクスの顔から感情が消えた。

おどろいたにちがいなかった。アルスルもそうだったからだ。

癌《がん》だとつけたした少年は悲しみなど感じていない様子だが、中年のグレイは弟より憂いが濃くなったように見えた。大佐はそれでも務めに徹する。

「エンブラ公爵閣下は……処分研究室に」

地鳴りのようなごろごろという振動が、靴の裏から伝わってくる。

内郭のいたるところに増設させた風車で井戸水を引いている音だった。

（心臓の音みたい）

オーロラ・ウォールはあまりに硬い。だから改築ができないという。

いまむかっている大広間を、大陸の支配者だった第七系人たちは、女帝の巣、とよんでいたらしい。砦《とりで》を闘技場に作りかえた皇帝は創造主をたたえる聖堂にした。シェパァド家の手にわたってからは、王冠の間、ともよばれたという。その広くて緻密《ちみつ》なレリーフがあふれる荘厳な空間を、処分研究室、というおもしろみのない名前にしてしまったのは、先代のアスク公爵オーコンだった。

回廊から聖堂へ入ると、音が反響する。

陽光が入らない処分研究室は、かすむくらいに天井が高かった。

「なんじゃこりゃ……前より檻が増えてやがる」

バドニクスが毒づく。

何本もの支柱を囲んで、あらゆる大きさの捕獲檻が山積みになっていた。それらの檻は聖堂の半分を占領していたが、ほとんどは空っぽだ。紛争がおきたり城郭都市が陥落したりすると、飼い主をなくした人外や最大種が実験動物として送られてくるという。

中央におかれた大きな長机に、小さな男がついていた。

「エイリーク！　到着のあいさつもしねぇのか、この引きこもりがよ！」

「……やぁ」

エンブラ公爵。

エイリーク・ショォトヘアだ。

アルスルより背が低く、ずんぐりむっくりな体つき。

「まぶしいところは落ち着かなくてね。ここなら太陽の光も届かない……彼女がウーゼル＝レッドコメットの娘だね？」

アルスルは社交界でなんどかエイリークを見かけているが、話すのははじめてだった。

変わった形のペンダントが彼の腹でゆれている。カーブを描いた六枚の耐熱ガラスを銅色《あかがねいろ》の金属で接いでいて、見た目も大きさもオレンジにそっくりだ。

（……ランタン？）

なんとはなしにアルスルがそのランタンを見つめていると、エイリークは咳払いとともに胸ポケットのハンカチを引き抜いて、口元にあてた。

「きみ。ネコを飼っているそうだね」

アルスルをじっとりと見てから、エイリークは一歩さがる。

「きみのマントや靴の裏にネコの毛一本フケひとかけらでもくっついていると、困るんだ……アレルギーでね。きみの主《あるじ》ヴィクトリアのアビシニアン猫ときたら好奇心旺盛で……前回のセレモニーでは私の人外戦車の屋根で昼寝をしていたことも、もちろんよく覚えている。おかげで帰り道は地獄だった。用心しないと。きみのネコをきちんとキャリーに閉じこめていると、たのむからそう言ってくれ」

恨めしさをたたえた顔で、エイリークはくどくどと不満をのべる。

なにやらめんどうな感じがしたので、アルスルはおとなしく聖堂のはしまで歩いていき、よく体をはらった。体質とはいえ、ネコ嫌いの公爵もいるのかと意外に思う。

「さて……それで？」

アルスルが戻ってくるなりエイリークはたずねた。

「きみは、その、本気なのか？」

おどおどと聞くエンブラ公爵の目はネズミの鼻のようにせわしなく動いていて、ひとつのところを見つめつづけることができない様子だった。

「本気で……あの、あれを？」

「あれ？」

「つまり、その……地動王と謁見し……エンブラを返還させると？」

「はい」

そのときだった。

『さすが英雄さまですわッ！』

『お優しいのねッ！　大王もよろこびますッ！』

『きっとまちきれなくて、すぐそこまでいらしてるはずよッ！』

キンキンとした声がはやしたてる。

三大臣だ。今日は三体とも姿をあらわしていて、長机の上にならべられたステンレス製の実験用バットにちょこんと座っている。彼女たちは影の扱いがうまく、男性の頭よりすこし大きいくらいまで体を小さくしていた。顔をしかめたのはウォルフである。

「忘れてたな……やっぱり殺しておくべきだぞ、兄弟？」

「だめ」

アルスルは即答する。

「彼女たちは地動王への道しるべです。だからこうしませんか、アスク公。三体には、常に実体化していてもらいます。それを兵士たちに監視させてください。もし一体が一瞬でも姿を消したら……そのときは、あなたの自由にすればいい」

「……なるほど？」

「リンゲ、ブロッシェ、ホーリピント。できそう？」

三体はきゃあきゃあと騒ぎたてた。

『できますことよォ！　でも、わらわはブロッシェですのッ』

『英雄さまのためですものォ！　あたいはホーリピントですわッ』

『おまかせあれェ！　あたくしリンゲでしてよッ』

——頭がこんがらがりそうだ。アルスルがネズミたちの個体識別をできないでいると、エイリークががっかりする。

「まさか、見分けがつかないのかね……？」

「おまえはつくのかよ」

バドニクスがからかうように言うが、エイリークは当然だとうなずいた。

「右がリンゲ。皮膚病の痕が無毛になっているからすぐわかる……まんなかがブロッシェ。静脈瘤《じょうみゃくりゅう》によるコブとかさぶたがいちばん多いからこれも一目瞭然だ……左がホーリピント。痩せ型で、先天性の骨格異常かもしれない」

さすがはエンブラ公爵。

地下域《ヘル》出身の人外研究者だった。

「埋まった遺物で見分けようとしてはいけない……個体によってはかさぶたを変形させられるので、遺物が移動や埋没することもあるからだ。よって骨格や歯形などで見分ける……たとえばここだ」

うすい手袋をはめたエイリークはいちばん左にいたネズミの首をそっとつまむと、胴体のあたりをなでまわした。保定の手つきがしっかりしているためか、ホーリピントだといわれた彼女は暴れない。おそるおそるアルスルも手袋をして触れてみると、たしかに骨の形が左右対称ではなかった。宝石や貴金属が埋まっているせいもあって、でこぼこだ。だがそれより、肉厚のたぷっとした触り心地がくせになる。金魚草そっくりの小さな手足がにぎられたり開かれたりしていて、思わず握手をしたくなってしまうのだった。

(ぷにぷに……これは)

――かわいい、かもしれない。

よくよく見れば瞳《ひとみ》はつぶら。丸耳の内側と鼻はうすいピンク色で、四本の前歯が特にとがっている。小さなものへの慈愛がわいてくるが、ウォルフはというと、ぶっきらぼうにネズミたちをさして言った。

「左からキャベツ、カボチャ、スイカだ。それでいいだろ。あぁ、気もち悪い！」

エイリークがじっとりとにらむが、三大臣たちは黙っていない。

『んまッ、失礼ねッ！』

『野蛮人のくせにッ！』

『白カビチーズみたいな髪してッ！』

「なんだと⁈」

飛ばされた悪態のひとつがウォルフのしゃくに障ったらしい。それがわかったとたん、三大臣は意地悪なキンキン声で冷やかした。

『やいやァいッ！』

『忌避石《きひせき》臭いのよッ、白カビッ！』

『このカビっ子ッ！』

少年がいまにも腰のメイスに手をかけそうだったので、アルスルはあわててネズミたちを黙らせた。

7

ネズミ捕りにかかったドブネズミはあまりにもかわいそうだ。ムラサキグモのタランテラは慎重に罠を解いて彼を解放してやった。彼はとても疲れているようだった。

タランテラは自分の巣にドブネズミを泊めてやることにした。

食堂から強奪してきたエメンタールチーズでタランテラの網のベッドを食べかすまみれにしながら、彼は訛《なま》りの強い南ネズミ語で話してくれた。

ダイオウサマ、ノ、
ホウモツコ、ニ
シマワレタラ、モドレナイ
ソコハ、ザイホウノ、メイキュウ
ダイオウサマ、ハ、ミニクイカラ
ウツクシイ、モノヲ、アツメテイル
ウツクシイ、カラ、ジブンダケノモノニ、シタガル

ダイオウサマ、ハ、ミニクイカラ
ウツクシイ、ダイトショカン、タベチャッタ

〈クリス・ブラウン著『タランテラの冒険・魔法のチーズを求めて』より抜粋〉


王様には王冠がいると、子どものころ読んだ本にあった。タランテラの冒険シリーズだっただろうか。それとも、レジとビビの鼻魔法シリーズ？ 帝国しっぽ戦記か、盗賊王子コッカテイルだったかもしれない。

処分研究室の奥には、創造主の祭壇がある。聖堂だったころのなごりだ。壇上には、かつてシェパァド家からでた皇帝が自分のために作らせたという、すばらしい王冠のレプリカが飾られていた。

（あれが……孤高の王冠）

シロテンの毛皮を使ったホワイトベルベット帽に、純金のアーチを十字にかけたものだ。てっぺんには、シェパァド家の紋章であるイバラに囲まれた王冠がついている。

（きれい。レプリカとは思えない）

南域《サウス》の中央からすこし東へ進むと、この地域最大の都市——城郭《じょうかく》都市アスクがあった。山岳と森林に囲まれたアスクは、オーロラ・ウォールとは打って変わり、豊かな四季と自然の恵みにあふれた美しい街である。

（シェパァド家の居城……冠の城）

そこには、本物の、孤高の王冠があるという。

アスク近郊でしかとれない一粒で五色にかがやいて見えるグランクラウンダイヤモンドと、内包物がほぼないホワイトサファイアを三千一個もちりばめてあるらしい。いまここにあるレプリカでさえ、おなじ数の希少なノンエンハンスルビーをあしらっている。どちらも、国宝に選ばれている逸品だ。

「とっとと作戦会議を進めろ。兄弟」

自分がいちばんえらいのだと疑いもしない態度で、ウォルフが言いつける。

もはや反論する気にはならないアルスルだが、あの王冠は彼に似合うだろうと思った。

「……地道王《ちどうおう》の願いとはこうです。王と謁見し、耳鳴りの病を癒せ」

「耳鳴りの病ってのはいつごろからだ？」

少年が三大臣へたずねる。

『知らないわよぉ。最近じゃないのよぉ』

『英雄さまがユニコーンを狩り殺す前じゃなかったァ？』

『あァ、あれよォ！　とても大きな地震があったころよォ！』

「地震……？」

エイリークがびくりとする。バドニクスが聞いた。

「十三年前のエンブラ大震災か？　それとも、九年前の南洋大地震か？」

南洋とは、オーロラ・ウォール以南の海である。三大臣はたがいを見つめ合った。

『海のほうだったわよねェ?』

「エンブラが陥落したあと……か」

考えこむようにうつむいたのはエイリークだった。

「地震が気がかりですか? エンブラ公」

「……それをたずねるということは、きみは詳細を知らないらしい」

アルスルは小首をかしげる。

「そもそも……なぜエンブラが陥落したか」

地下域《ヘル》では、酸性雨が染みこんでできた石灰岩の洞窟が、三千ほど発見されていた。そのうち二千六百はいまも侵食が進んでいる。小さすぎるか、硫化水素のガスが酸素と反応して発生する硫酸によって満たされているため、とても近づけない。しかし残りの洞窟では人間が暮らせる基準を満たしていて、実際に百くらいの城郭都市が作られたという。

エンブラは、地下域《ヘル》ではじめて築かれた都市だった。

距離でいえば、ここから百キロほど南にある。

「ヘルフジ――エンブラウィステリアの木陰とたたえられた石灰生成物の防壁……地底の銀河系とうたわれた最大種グローワームの夜空……火の精ローゲのゆりかごとあがめられた石膏大結晶の広場……地下随一の美しさを誇る洞窟の最深部にあったのが、私の故郷」

人々は親しみをこめて、こうよんだという。

「……花の大図書館」

エイリークはきつく結んだ両手を見つめて、つづけた。

「花の大図書館には、帝国中からきわめて貴重な書物が集められていた。それに……守護者も暮らしていてね」

アルスルは聞き返した。

「ガーディアン?」

「ドブネズミ人外《じんがい》が攻めこんでくると、その守護者がエンブラを守ったんだ。花の大図書館で飼われていた……とてもめずらしいヘビ人外だよ」

へび──。

アルスルのなかで、未知なる獣《けもの》への好奇心がふくらむ。

「そのヘビは……長生きというだけでなく、あまりに長かった」

「長い?」

「頭と尾が見えないほど。城の基礎に装飾柱のようにして巻きついていたし、なんなら私は、彼のしっぽの先を見たことなどいちどもないよ。それくらい長いんだ。ゆえに……ヨルムンガンド。あるいはニドホッグとよばれていた。ところが十三年前のある日、エンブラ大震災がおきた……エンブラ陥落の序章だ」

エイリークの語り口がどんどん重くなっていく。

「地下ゆえ、エンブラの気候は変化にとぼしく、いつもあたたかく湿っていてね……地下のマグマだまりから漏れでる過熱空気によって、最下層は気温四十八度、湿度九十パーセント。爬《は》虫類《ちゅうるい》にとっては、最高の環境が整えられていた。ところが大地震による地殻変動で、おそらくはマグマの流れが変わってしまったんだ。地熱はみるみる低下した。三年後には、エンブラの平均気温も十度を下回るほどになっていたよ……さまざまな弊害がでたが、もっとも悪い影響を受けたのが、あのヘビだ」

「ヨルムンガンドが……？」

「ヘビとは変温動物だ。つまり、自分で自分の体温を調節できない。気温が高ければ活動しつづけ、低ければ冬眠する生物なのだよ。ヨルムンガンドもまたこの気温変化に耐えられず、冬眠してしまった」

　アルスルはようやく理解する。

「そのすきを突いて……地動王が攻めこんできたのですね」

　エンブラ陥落だ。

　罪の意識などもたない三大臣たちが、世間話をするようにつけ加えた。

『大王は美しいエンブラを大変気に入ったのですぅ』

『地盤ごと大図書館を齧《かじ》りとるほどにィ』

『そしてご自身の宝物庫へしまいこんでしまいましたァ』

　エイリークは消え入るようにつぶやいた。

「おそらくは……図書館の利用者と……ヨルムンガンドもいっ、い、い、い、い、い、い、っしょに」

当時、エンブラの人口はおよそ百二十万人。

そのうち十万人ほどがドブネズミに襲われたか地底の裂け目へ落下したとされている。命からがら逃げだした人々も、ハイペストによって死んでいった。最終的な死者数は五十万人にのぼり、まさに帝国史上最悪の大災厄とされたのである。

地獄のような惨劇は、人の心に刻まれた。

(王吟集《おうぎんしゅう》の歌に残るほど)

バドニクスが話を戻す。

「知りたいのは地震のあとだ。地動王にどんな症状がでた?」

『はじめは頭が痛いとおっしゃるだけだったのだけれど、そのうち、ほかのネズミたちにうるさいと噛みつくようになったのォ! いつもブチギ……ノノノ、おかんむりよォ!』

『でも、あたくしたちにはなにも聞こえないんですのォ。ねェ?』

『大王には奥方が何体かいたのに、だァれも近よらせないくらいだったわァ』

「過去形だな。いまはちがうのか?」

バドニクスが聞くと、ネズミたちは鼻をひくつかせながらうなずいた。

『おだやかなものよォ』

『ずっとお眠りだわァ、目を覚ますのは七日にいっぺんてとこォ』

『そのせいでとてもこまったことになってるのにィ』

アルスルは首をかしげた。

「こまったこと……?」

ネズミたちはそろって肩を落とした。

『宝物庫ですよォ』

『開きっぱなしですからァ』

『そのうちみんないなくなるゥ』

アルスルとバドニクスは顔を見合わせる。つづけてグレイ、ウォルフ、エイリークを見まわしたが、だれひとり三大臣の言葉を説明できる者はいなかった。

「……開いたままって?」

なんだろう。聞き流してはいけない気がする。

アルスルが注意深く耳をかたむけるとブロッシェは答えた。

『よくわかりませんのォ……』

『大王が眠るときィ、お傷から漏れることがあるのですゥ……』

『あの、不吉な歌がァ……』

アルスルはどきりとする。

つぶらだったはずのホーリピントの目がむかれていた。黒目がそれぞれあらぬ方角をむいている。白目がむきだしになるほど、ドブネズミの様子はおかしくなっていた。

「ホーリピント?」

『……イマワ、シイ……』

釘でガラスに文字を綴るような、不快な音が声にまじる。

『イマワシイ……ッ』

『イマワシイッ！』

『イマワシイッッ‼』

急に落ち着きをなくした人外たちは、錯乱したようにわめき散らす。

おびえた一体が、とつぜん自分の体に齧りついた。無毛のリンゲだ。彼女は動転した様子で自らの肉を力任せに嚙みちぎる。

鮮血が散ってアルスルは青ざめた。みなもぎょっとする。

「リンゲ……！」

さっきまであれほどおとなしかったのに。アルスルは手を伸ばそうとしたが、それをエイリークが引っぱった。男はジャケットの胸ポケットへ手をしのばせると、銀の包み紙でくるまれた立方体のようなものをみっつとりだした。バドニクスがたずねる。

「フェロモン・キャンディか？」

「きみらしくもない。ほかになにがある？」

フェロモン・キャンディ。

人外のフェロモン——分泌物を練りこんだ、特別なにおいのするエサだ。

フェロモンとは、生物の体内で作られ、においとして放出されて、同種個体の行動や発育に影響を与える化学物質である。

攻撃的にさせる、攻撃フェロモン。

交尾行動をおこさせる、性フェロモン。

仲間を集合させる、集合フェロモン。

捕食者・侵入者を知らせる、警報フェロモン。

巣から餌場までの道を教える、道しるべフェロモン。

第五系人帝国では、これらを採取して加工する技術を発達させてきた。それによって生まれたのがフェロモン・キャンディだ。これを使えばイヌネコ人外はもちろん、野生人外すら操ることができる。

エイリークが包み紙を開くと、角砂糖そっくりの立方体があらわれた。彼はそれをピンセットでつまんでリンゲの口へもっていく。ヘビイチゴをもぎとるようにキャンディを奪ったリンゲは、一心不乱に齧りついた。エイリークはブロッシェとホーリピントにもキャンディを与える。三体はみるみる冷静さをとり戻したかと思うと、数十秒後には、おしゃぶりに夢中の赤子みたいにうっとりとキャンディをしゃぶっていた。

バドニクスが目を見張る。

「こりゃすげぇ、ドブネズミの安寧《あんねい》フェロモンか?!」

「……まぁ。そんなところ」

「完成していたのか?　いつ?」

エイリークは答えない。そのかわり質問した。

「リンゲ、ブロッシェ、ホーリピント……きみたちはなにを恐れている？」

はっとした三大臣は食べかけのキャンディをぎゅっと抱きしめる。ぬいぐるみにすがる子どものようだったが、やがて震える声でつぶやいた。

『……頌歌《しょうか》……』

がたんと。

椅子が倒れた。

「……エンブラ公？」

後じさりしたエイリークがたてた音だった。

ウォルフとグレイが、おどろいた様子で小男を見つめている。

「……頌《たた》える歌、だと？」

ネズミたちはうなずいた。

『大王が聞いていないときィ……』

『おぞましい歌が、ネズミたちの頭へ入りこんでくるのですゥ……』

『おそれよ、おそれよ……去れ、去れってェ……』

ふ、と小さな男の体から力が抜ける。

「エンブラ公爵……!!」

エイリークは卒倒していた。

わけがわからないことばかりだ。

会議が中断されてから五日たっても、つぎの招集はなかった。

オーロラ・ウォール外郭。

人外戦車五番車庫――。

見張りが数人いるだけのうす暗い車庫へ足を運んだバドニクスは、ブラックケルピィ家が所有している人外戦車をめざしていた。数十両とならぶいかめしい戦車もいまは無人で、バルト犬もつないでいない。がらんとした倉庫のなかで、奥にひっそりと停められているひとつの車両から、細い光が漏れていた。鍵の騎士団検診車両である。

バドニクスが符牒《ふちょう》のノックをすると、人が通れるくらいのすき間が開けられる。なかへ入るやいなや、チョコレイトが扉を閉めた。

「エンブラ公の御容態は？」

「ったく……人騒がせな引きこもりめ、ただの脳貧血だ！　人外戦車酔いで、長旅の間まともに食ってなかったんだとよ！　もうほっとけ……うちのはどうだ？」

バドニクスは舌打ちとともにソファへ腰をおろす。

となりのクッションで、白い先客が答えた。

『わが友に異常なし』

白猫プチリサだ。ひっくり返った無防備なすがたで、クッションのふさ飾りにパンチをおみまいしている。バドニクスは脱力した。

車両の中央には――大きな卵が固定されている。

人がひとり入れるほどで、青緑色に光っていた。いまはアルスルがなかに入り、おそらくは眠っているだろう。傷を癒すためにだ。

「〈ラファエルのゆりかご〉にも異常なし……ルカ？」

そばで卵を愛おしそうにながめる男が、ひとさし指を口にあてた。

おきちまう――唇だけがそう動く。

卵は、ひびでまんべんなくおおわれていた。

数百という割れた卵の殻を集めて削り、ひとつの卵に見えるよう成形したものだからだ。

使われているのは、六災《ろくさい》の王の一体である隕星王《いんせいおう》の眷属《けんぞく》――空域《ヘブン》に生息しているハクトウワシ人外の卵殻《らんかく》だった。

継ぎ目がわからないほどくっついた卵はいま、閉じている。

その卵を温めるため、小さなクジラほどもあるオオワシがおおいかぶさっていた。

車両を埋めつくさんばかりだが、なんとか体をちぢこませ、もっさりとふくらんだ股の間に卵を抱えこんでいる。

「ご苦労さんなこった……猛禽類《もうきんるい》のオスにしちゃ胴がすわってやがる」

個体名ラファエル。

運命のいたずらから、ルカが従えた人外だった。

彼が抱卵したときだけ、卵はなかに入った生物の傷や病を癒すことができる。

「ラファエルがもつ癒しの力を活かせている……成功事例だな」

「本当に。学会で発表できないのが残念ですわ」

癒しの力。

文字どおり、他者のケガや病を治癒させる力である。

長寿だったり位の高い眷属に見られる能力で、ギフトとみなさない学者も多い。

この力をもつ個体が捕まることはめったになかった。ラファエルはまれな存在なので、この研究結果も秘匿《ひとく》されることが決まっている。

チョコレイトがため息をついた。

「すんなり卵を抱えてくれた確率は、今日で四十八パーセント……せめて六割くらいにはしたいのですけれど、なかなか……フェロモン・キャンディに興味がないうえ、飼い主であるルカの言うこともほとんど聞きませんし」

ラファエルに、どうやって癒す対象への関心をもたせるか？

その工夫の産物こそが、あの卵であった。

（人外の卵は衝撃に強い。オオワシの卵も、亀裂《きれつ》くらい復元させる回復力をもつ）

おおざっぱにいえば、その性質がよくでている殻を選んで、卵の形に組み立てたものが〈ラファエルのゆりかご〉だった。ラファエルが触れていないとき、ゆりかごは割れた皿みたいにバラバラで無価値である。

「大いなる発明ってやつは、大衆には行きわたらねぇもんなのかね？　恩恵を受けるのはいつも特権階級ときた」

「アルスルにはそれだけの価値がある……そう妥協することにアタシは賛成ですわ。あの子がゆりかごに入って一時間。このまま経過観察を」

そこでチョコは表情を曇らせた。

「どうした？」

「アルスルの健康診断をしました。外傷に異常はないのですが……オーロラ・ウォール到着前の検査とくらべて、その……髪が」

「髪？」

バドニクスは聞き返す。チョコは低い声で言った。

「五センチほど伸びています」

「五センチ？　十日で五センチか？　原因は？」

女は、反射的に目を動かした。

見ることもためらうようなその瞳は、アルスルの旅行鞄《トランク》を凝視している。なかに安置された——大剣を。

バドニクスは眉をひそめた。

「……走る王に異常が？」

「いいえ。出血性ショックをおこしたアルスルを蘇生《そせい》させたとの報告もありましたが、その兆候も見られませんでした」

立ちあがったルカが二人のほうへやってくる。

「それも二年前の話だぜ……ずっとなにごともなかったってのに、なんでいまになって?」

ルカも気味悪さを感じているようだった。

「おれがいけなかったんだ。アスク公を甘く見てた……」

アルスルが傷つくたび、ルカは自分を責める。

だがウォルフの件はしかたないだろう。いくつも護衛計画を練っているルカだが、まさか同盟関係を結ぼうとしているアスク公爵本人に襲われるとは——それも人外兵器をもちだしてくるとは想像しなかったにちがいない。

(……人外兵器?)

仮説がバドニクスの頭をかすめた。

「あのガキが使っていたというメイス……なにかわかったか?」

「それが……」

ルカは頭を抱える。

「どうも……あれが伝説にある、緑の歯、らしいんです」

バドニクスは眉間にしわをよせる。あっけにとられたのはチョコだった。

「……たしかなの?」

「オーコン閣下が特別に許可していると。内郭では周知のことだとか。まさか、城郭都市アスクからもちだしていたなんて!」

城郭都市アスクには秘宝がある。

緑の歯、と名づけられた人外兵器だ。

その歴史は古く、番狼王《ばんろうおう》――雌雄一対であるオオカミの人外王の子からはじまる。マーナガルム、とよばれるオスのオオカミだ。

有史以前、この一匹狼は野生の習性から父母に離反した。

それからは大陸を流浪していると語り継がれていたが、五百年前、シェパァド家が飼うシェパード人外に命を救われた見返りとして自身の裂肉歯《れつにくし》を授けたという。

この奥歯から削りだされたメイスこそ。

――緑の歯、だった。

「聖剣リサシーブや走る王とおなじものって考えていい?」

ルカがたずねる。アルスルの二本の剣を鍛《きた》えたチョコレイトがうなずいた。

「原理はね。だからこそ信じられない」

「それほどの力をキャラメルかビスケットのように気安くガキに与え、好き勝手ふりまわさせていることが、な」

バドニクスは舌打ちする。

「ウォルフ＝ハーラルは、歴代のシェパァド家のだれよりも緑の歯を使いこなすと評価されているそうです。だからオーコン閣下もウォルフがあのメイスをもち歩くことを許したらしいけど……これほど私物化されていたとはなぁ」

ルカは記憶をたどるように宙をあおぐ。

「……ひどく妙だった。からくりはわからないけど、アスク公の瞳が金色になったんだ……すると銀色の霧が立ちこめた。すごく嫌な感じが……うーん、不吉で、猛毒がまき散らされたような感じがして、おれはアルスルを担いで逃げだしたよ。オオカミに見つかったベイブかバンビみたいな勢いでさ。ところが」

ルカは男前の顔を歪《ゆが》ませた。

「いくらか逃げたところで、アルスルの体が消えてなくなったんだ。水蒸気みたいに溶けて、気づいたらおれは一人だった。正直……最悪の事態がおきたと思ったよ」

チョコはいよいよ疑うような顔をしていたが、異論をはさまない。なにしろルカの説明はアルスルの話と矛盾していなかった。

バドニクスは考える。

「緑の歯は……番狼王のギフトに似かよった性質をもつという。詳細はシェパァド家によって秘匿されているが、想像できなくもない。歌にもあるじゃねぇか」

三つ目をもつ、オオカミ夫婦
鉄の森にすむ、オオカミ夫婦

美しき草海原の毛皮
銀の霧をまとう巨人
オスを畏《おそ》れよ、大いなる世界地図を
メスを畏れよ、大いなる羅針盤《らしんばん》を

王吟集にもある有名な歌をそらんじると、チョコがつぶやいた。

「〈大いなる世界地図〉……自他の位置把握をするギフト。そして〈大いなる羅針盤〉……自他の進路操作をするギフト、でしたか？」

「あぁ。この連中は六災の王のなかでもとびきり冷酷で、縄張り意識も強い。人外や人間とかかわらないことを望み、そのためにのみギフトを使うという……緑の歯に見られる力もこんなところだろうな」

「霧……進路操作、か」

チョコはメモを見返している。バドニクスは私見をのべた。

「今回、走る王とその使い手になにがおきたか？　これまでの二年間の沈黙を考えれば、内的要因ではなく外的要因だと考えるのが自然だ。ウォルフ＝ハーラル、というより、緑の歯との接触だと俺は考える」

ルカとチョコが緊張する。

「だがこれは、現時点で騎士団の作戦を中止するほどの理由にはならねぇだろ？　おまけに俺たちはよそ者だからな。ウォルフに緑の歯をもつな、アルスルに近づくなと言える立場でもねぇ。よって、走る王とアルスルは経過観察。異変があれば対応する」

ルカはお手上げだとばかりに両手を天へむける。

バドニクスは複雑な気分で〈ラファエルのゆりかご〉を見た。

（もし、オーコンを……いや。よせよせ）

心のゆらぎをふりはらう。

（癒しの力を使ってシェパァド家に肩入れすれば、おなじことをショォトヘア家にもしてやらなきゃならなくなる……そうなったら、ラファエルの争奪戦だ。下手すりゃ帝国戦争に発展しかねない。あのブラッド・オーコンだぞ？）

あれほどすばらしいリーダーだったオーコンでさえ、ショォトヘア家への憎しみは克服できなかった。老いてからはもとの好戦的な性格がこうじたのか、かえって闘争心が増したように見える。

（よせ。あきらめるべきだ）

自分に迷いがあることをバドニクスは自覚していた。

快癒といかなくとも、痛みをとることは？

すこしでも生きている時間をのばせるのではないか？

（オーコン……）

十代でオーコンに出会ったバドニクスは、この賢くて勇敢な青年こそ帝国のすべてを手に入れるにふさわしいと思ったものだ。自分の相棒であるパルタガス号とともにオーコンのチームに入り、彼と助け合い、ぶつかり合いながら、ブラッド・スポーツに明け暮れた。かけがえのない仲間の一人だったと、いまでも思う。

(……ただ)

光に照らされたオーコンの人生は、より影も深かった。

死にどっぷりと浸かっていたのだ。

オーコンの三人の妻はオオカミに喰い殺されている。愛娘が病死したころには悲しみも涸れ果て、髭まみれの口から怒りしか語らなくなっていた。

(ウォルフ＝ハーラルに力を与えたのは……若き日のあんたと似ているからか？ あの息子なら、あんたの怒りを晴らしてくれると？)

バドニクスは胸の内で問いかける。

もちろん返事はなかった。

8

それは嵐だった。

受けた屈辱を一挙に晴らそうとする復讐者のように暴力的で、一夜にして人と家畜をのみこむ荒波のように悪魔的だった。

しかしそれは、復讐者でも悪魔でもない。

昼と夜にあわせて生を反復するだけの、散歩者でしかなかった。当の本人たちに自我があったなら、自分たちはありきたりな存在だと答えるだろう。

嵐の正体は、ヘルオヒキコウモリの群れだった。

小さな獣《けもの》たちはいま、上下逆さまの豪雨が吹き荒れたかのように、いっせいに地底の洞窟から飛びたった。われ先にとこぞって寝床をでたものと、のんびりと最後に出発したものとの間には、時間にして数十分もの開きがあった。

十万、二十万、いや、その倍以上ものコウモリたちが、黒いうねりとなって日没後の空へあふれる。最後尾のものをまって大群となってから移動をはじめた。長はいない。それぞれの気分によって進み、停滞した。

食欲という名の本能に突き動かされて、彼らは飛ぶ。

——はずだった。

なにひとつ、まえぶれもなく。

わめき散らすことで合図し合っていたコウモリたちが、静まり返った。

雷が落ちたのでも、毒を吸いこんだのでもない。コウモリの特別な器官は、耳ではない場所でなにかを聞きとっていた。数十万もの命がいっせいに声を奪われた反響で、殴りつけるような突風が発生する。

飛ぶことをやめてしまったコウモリたちは、失神していた。こんどこそ本物の雨のように、巣穴としていた洞窟へ降りそそぐ。

そのときである。

『……み、み……』

大地に空いた大穴から、影があふれた。

津波のように広がったかと思うと、漁師の網が大量の魚を引きあげるかのごとく、一瞬でほとんどのコウモリたちを捕える。そのまま、地底へと引きずりこんでいった。

『耳鳴り……』

コウモリたちが消えていった洞窟の暗がりで、なにかが蠢《うごめ》いている。

ひくりと痙攣《けいれん》したのは、ごつごつした岩そっくりの——鼻。

大樹の枝のようなものが、入口あたりの地層をつかんだ。これは、五本の指。土と砂利に汚れた古い爪は、錆色《さび》に変色してボロボロに欠け落ちていた。

馬鈴薯《ばれいしょ》の根のように土まみれの毛をまとった、それは、巨大な獣であった。

獣はほんのすこし警戒心を残していたが、死が近いのか、動きは散漫で、目も見えていないようだ。必死に洞窟から這いでようとしているものの、体のどこかがつかえているらしく、なかなかかなわない。

傷だらけのなにかは、虚《うつ》ろな声をあげた。

『……つが、継が……せ』

一瞬、遅鈍《ちどん》だった動きが止まる。

——刹那《せつな》。

洞窟が崩落した。

巨大な獣は、老いて弱った皮膚が傷つくのもかまわずに身をよじっていたのだ。

前脚がちぎれ、片耳が破れてどす黒い血がふきだしても、その獣は地中から這いでようとすることをやめなかった。大きなゆれのあと、洞窟はすっかり崩れ落ちてしまったが、すり鉢状にえぐれてよじ登れるようになっていた。

『……おおい、なる……』

山ほどもある獣は地底を脱出する。

泥か、血か、影かもわからない背の肉に——それが埋まっていた。

黄金の門だ。

不自然なほど美しく整った二枚扉がついている。

ネズミがビスケットかクラッカーを担いだようなのに、その門は、小さな城郭《じょうかく》都市よりもゆうに大きかった。閉ざされた二枚扉の継ぎ目からは、鮮血があふれだしている。彼の全身をしとどに濡らし、赤黒く汚していた。

いま、門の片側はわずかに開いている。

すき間の奥は真っ暗闇だった。たとえ太陽が降りそそぐ青空の下でも、なかの様子はわからなかっただろう。

ただ。

その獣にだけは届いていた。

おのれが背負う門からかすかに漏れる、その声が。

『……頌《しょう》、歌《か》……』

溺れる。

、、、、、、
頭が溺れてしまう。

傷だらけの獣はとうとう逃げだした。

この歌が聞こえない地へ。縄張りの外へ。

――北へ。

9

ネコのなでなで、運まかせ
イヌのなでなで、いつでもどうぞ

ほしがるときはいつまでも
いやがるときはすぐやめて

しっぽ、つまさき、耳と鼻
さきっちょには気をつけて

おでこと首は、まぁ許す
おしりまわりは、大歓迎

おへそはあなただけのもの

おへそはあなただけのもの
〈「なでなでのうた」『肉球入門講座』より抜粋〉

平和な朝。

プチリサのおへそを探すのがアルスルの日課だ。

だらけきった大開脚を見せびらかして、白い毛玉は惰眠《だみん》を貪っている。なでるついでにノミや肌荒れがないかていねいに確認しつつ、アルスルは手のひらから伝わる命のぬくもりを楽しんでいた。

(すてきな一日になりそう)

ヒマワリの花が咲くように荒々しい夜明けを、アルスルは見つめる。

寝台であぐらをかいていたアルスルの太ももで、プチリサが身じろいだ。刺すような黄金の陽射しに目を射抜かれそうになったからだろう。わずらわしそうに寝返りをうったネコは、当然のようにアルスルのパジャマをまさぐって、黒い胸もとへ顔をうずめる。

『かぐわしいしょ……友のかおり』

ネコは深呼吸した。

愛おしいのだが、なんとなく恥ずかしくなる。

アルスルはプチリサをなでつつ、その鼻をそっとふさいだ。時間があるのでグルーミングも

してあげよう。机においてあるプチリサお気に入りのブタの毛ブラシへ、アルスルが手を伸ばしたときだった。

『右手だ』

ネコが指摘した。

さっそくやってしまった。

「……右手だ」

うっかりをごまかすため、アルスルはプチリサへキスをする。

石膏ギプスで固定された右手は、すっかり治っていた。あばら骨と頭の傷も。ルカとラファエルのおかげだ。コルセットや創傷被覆材《そうしょうひふくざい》はそのままにしているものの、こうして無意識に動かしてしまうのがいけない。もうすこし慎重でなければ。

朝のしたくを終え、首から三角巾をかけたときである。

すさまじい女の悲鳴があった。つづいて、けたたましく吹き鳴らされるホイッスルの音が朝の街にこだまする。

鍵の騎士団長をよびつけるための、虹黒鉄《にじくろがね》でできた笛の音だった。

オーロラ・ウォール。

第六六宿舎の厨房《ちゆうぼう》——。

こけつまろびつアルスルが参上するなり、飯炊き女長が怒鳴った。

「英雄だかなんだか知らないけどね、アンタがなんとかしておくれ！　その……ッ、その汚らしいドブネズミをだよ‼」

厨房のすみで戦々恐々とする女たちの対角線上を見て、アルスルはぎくりとする。

スイカそっくりの毛がはげたドブネズミが、配膳された朝食を食い散らかしていたからだ。耳まで皿につっこんでいる。その腕や背には、黄金の指輪や腕輪がめりこんでいた。

「……ええと、リンゲ？」

『まぁまぁ、英雄さまッ！　朝がお早いのねッ！』

ざぁと砂利っぽい音とともにこちらをむいたリンゲの顔には、トウモロコシや小麦、大麦といったシリアルがびっしりくっついていた。揚げる直前の豚ロース肉みたいだ。

「……テーブルから盗み食いをしてはいけない」

アルスルがリンゲをつまもうとすると、女たちから悲鳴があがった。

「およし！　ネズミに素手で触るバカがどこにいるんだい⁈　ほら、これを使って……いいかい、絶対に触るんじゃないよッ！」

飯炊き女長が、ジャガイモが入っていた麻袋を投げつけてくる。右手を使わないという考えにとらわれたアルスルの顔の右側に、ぺしりと袋が当たった。

「……入って。リンゲ」

麻袋に収まったドブネズミを抱えて女たちに頭を下げていたときである。

こんどは、南の方角から警笛が聞こえた。

同、第六六療養所——。

「困るのですよ。あなたが貴族階級にある方であろうと。ただでさえ野戦病院は衛生問題ととなり合わせで……ともかく、さっさとあの醜《みにく》いケダモノをこの施設から排除してください。ええ、いますぐ」

元兵士だという隻眼《せきがん》の医者が、万年筆で壁ぎわを示す。

オーロラ・ウォールの回廊をそのまま大病室にした療養所のすみっこに、布や薬品をおいておくためのバスケットがあった。そのなかでいま、宝石が埋まった毛むくじゃらの生きものがもぞもぞと動いている。背のコブがカボチャそっくりだ。

「ブロッシェ……」

『あひゃッ?!』

ドブネズミが飛びあがったとたん、ガラスの入れものが倒れる音がした。

甘いにおいが漂って、カゴの下に茶色の液体が染みだしていく。薬瓶のようだが、中身はブロッシェが舐めてしまったのかほとんどなくなっていた。

『やだわァ、見ないでェ、恥ずかしいィ』

「それ……おいしいの?」

アルスルが聞くと、呆《あき》れた医者が補足した。

「もとが苦い滋養強壮剤なのでシロップをまぜてあるのです……なんと卑しい」

回廊中の人々から刺すような視線をむけられて、アルスルはうなだれる。

謝罪してまわってから、医者にたずねた。

「その……バスケットはお返ししますか？」

「けっこう。もう使いものになりませんので。いますぐお立ち退きください」

にべもなく突き放されてしまったときである。

こんどは西の方角から警笛があがっていた。その理由が予想できて、アルスルはがっくりと肩を落とす。


同、第六六武器庫——。

麻袋を抱きかかえ、その腕にカゴを下げたアルスルが駆けつけると、笛を鳴らした兵士があわてて武器庫へ案内してくれる。地下へ降りると、目に憎しみをたたえた兵士のひとりが木箱へ最後の釘を打ちつけているところだった。

「英雄さんか。あんたにゃ悪いが、この箱は焼却炉へぶちこませてもらう！」

「こいつらドブネズミがオレたちのダチを殺しやがったんだ！」

兵士たちが吐き捨てる。

木箱はがたごとと動いて、なかから小動物の鳴き声がひっきりなしに聞こえていた。

「よく……捕まえられましたね」

「このネズミがマヌケだったのさ！」

「アンドリューのやつがたまたまこの箱に十年もののハードチーズを隠してたんだ。それを嗅ぎ当てたこいつは燻製《くんせい》になる運命だった。創造主のおぼしめしだよ！」

念のため、アルスルは木箱へ話しかける。

「……ホーリピントだね」

箱のすき間からつぶらな瞳《ひとみ》がのぞいた。

『え、英雄さまッ！　影になっちゃいけないのよねッ?!　おまちを、ただいま箱をぶっ壊……ノノノ、食い破りますことよッ！』

「おいおい、殺せ！　すぐに殺しちまえ！」

アルスルは二時間ほどかけて兵士たちを説得しなければならなかった。

最終的に彼らはホーリピントを焼き殺すことを思いとどまったが、木箱から釘を抜くことは断固拒否した。アルスルはしかたなくロープを箱のすき間に通してななめがけする。逃げるように階段を駆けあがると、ホーリピントがキャベツみたいに箱のなかで転がった。

へとへとになったアルスルが騎士団の駐屯地で釘抜きを借りたときには、もう夕刻になっていた。

一番星がかがやきはじめる。

街からすこし離れたところにある砲台に座ったアルスルは、赤から紫、そして群青へと変化していく夕日をながめていた。

雪山と見まちがえるほどの白い砂丘。

だが、太陽がかたむく時間になると、とたんに色彩のサーカスがはじまる。白い砂が目の粗いざらざらのリングとなり、高低や角度によって、フラミンゴの群れみたいなピンクや、食べごろのパパイヤとその種そっくりのオレンジとブラウン、夜の美術館に飾られている青白磁のようなブルーグレー、カットした晶洞《ジオード》にひしめく紫水晶のアイリスやラベンダー、オーキッドに染まって、一瞬ごとにアルスルを魅了していくのだった。

(……きれいだ)

この感動をひとつもこぼしたくないと願っても、涙となってあふれてしまう。ネズミたちはそんなアルスルに声をかけようとはせず、太陽が沈みきるまでおとなしく毛づくろいをしていてくれた。

三大臣の首には、クルミそっくりの小さなランタンがぶらさげられている。エイリークの提案だ。アルスルはそれぞれのランタンにマッチで火を入れる。じっとしていてくれたご褒美《ほうび》に、ポケットからオスワリイチジクのドライフルーツをとりだして与えた。三体はよろこんで報酬を受けとった。

「この土地で……あなたたちはずいぶん嫌われているみたい」

『地上のどこであってもそうですよォ』

『あたいたちは醜いですしィ』

『だから地下で暮らすのですゥ。人間がいないからァ』

リンゲが麻袋の上で言う。カゴで丸くなったブロッシェもうなずいた。木箱に腰かけたホーリピントも首をふる。

『人間は、美しくあることを喜ぶ生きものですぅ』

『人間は、醜くあることを嘆く生きものですぅ』

『人間は……美しいものを愛し、醜いものを憎む生きものなのですぅ』

はたしてそうなのだろうかと考えこむアルスルに、ドブネズミたちは問いかけた。

『ヒトの英雄さま？』

『あなたは、ご自分を愛せなかったことがあるでしょう？』

くすくすと彼女たちは嗤《わら》った。

『ご自分を醜いと思っていたころがあるから』

アルスルは目を丸くする。心の内を言い当てられたからだった。

三体のネズミはそれぞれの入れものから立ちあがると、アルスルをとりまく。

首を垂れたのはホーリピントだった。

『心からの感謝を、英雄さま……あなたは醜いあたいを救ってくださいましたね。あの野蛮で美しい公爵から。美しいものではなく、醜いものを守ろうとしてくださった』

ネズミたちにひれ伏されたアルスルは、たじろいでしまう。

「……ごめん。わたしはただ……」

アルスルは恥ずかしくなった。

彼女たちの醜さ——おぞましさを嫌悪した自分はたしかに存在していたからだ。

それだけじゃない。アルスルはありのままの彼女たちを受け入れず、ねじまげて理解しようとしていた自分に気がついた。傷だらけのいびつな彼女たちから、愛らしい部分を無理に探しだそうとしてはいなかったか。

それが見つかれば、彼女たちを好きになれるとばかりに。

「……お父さまやお母さまとおなじ、だ」

なんのことかとネズミたちは首をかしげる。アルスルは苦笑した。

美人でも秀才でもない娘にがっかりし、無理にでもなにかしらの才能を見つけだそうとしていた両親について思いだす。

「醜いことは悪で……美しいことが善だと思っている人たちだった。たしかに悪は醜いし、善は美しいのだけれど」

無意識のうちに、愛されなかったころの自分と三大臣を重ねていたのだろう。

「わたしは……あなたたちが醜いから、守ろうとしたのかもしれない」

アルスルはそんな自分を傲慢《ごうまん》だと思った。

(まだとらわれている……ずいぶんと会っていないのに)

ひさしぶりに母のことを考えた。

父を喪《うしな》ったことで心を病んだ母は、もうずっと女子修道院で暮らしている。

父を思いださずにすむためか、娘たちと会わない日々がつづくほうが、予後はよいと聞いていた。笑ってすごす日もあると。

ぽつぽつとそんな話をする間、ネズミたちは不思議そうに耳をかたむけていた。

『つまりお母さまは、英雄さまのことも忘れたいのねェ？』

「……そうかもしれないね」

母が苦しまずにすむのなら。それでよいのだろう。

アルスルが抜け殻のようなさびしさをのみこもうとしたときだった。

『なら、あたいがお母さまになってあげましょうか？』

なんとはなしにホーリピントが言った。

「え」

アルスルはきょとんとする。

『お礼にはほど遠いけれど、かまいませんことよ？　あんたたちだって、ねェ？』

『もちろんッ！　英雄たる方をわらわの子ネズミとよぶのは失礼だけどォ』

『美しいお母さまから疎《うと》まれる日があったならァ！　醜いあたくしたちがあなたのお母さまとなりましょうともォ！』

リンゲとブロッシェも大はしゃぎで賛同する。

――なんだろう。

アルスルの胸が、ぽっと温かくなった。

それは三本のロウソクを灯したほどのささやかなぬくもりだけれど、アルスルが直前に感じたさびしさをぬぐうには十分すぎるほどだった。

「……あなたたちは美しいと思うよ」

心から、アルスルは口にした。するとネズミたちはほほを染めたかのように、ふっくらした顔を両手でおさえる。

『あらまッ、いやですわッ』

『ちょっとッ、英雄さまはわらわをほめてくださってよッ』

『いいえッ、このあた……ノノノ、そうよ、いまこそお伝えするときじゃなくってッ?!』

うれしそうに走りまわった三体は、アルスルの前できれいに整列した。

『そうですとも、醜く美しいあなたこそ……!』

『地動王《ちどうおう》の聖剣にふさわしい……!』

『だから、あたくしたちお願いがありましてよ……!』

アルスルは小首をかしげる。

秘密の取引をもちかけるように、彼女たちはキンキン声をひそめた。

『英雄さま?』

『ねぇ、あなた?』

『大王を狩り殺してくれませんこと?』

『い、い、い、い、い、い、い、い、い、』

アルスルは息をのむ。

すぐにつぎの言葉がでてこなかった。

「……どういう、こと?」
ついさっき優しい言葉をかけてくれたネズミたち。
それが、おなじ個体とは信じられないほど意地悪くまくしたてる。
『だぁってェ。もう老いてらっしゃるものォ』
『群れをまとめる力もないほどにィ……あたくしたちの反発がいい証拠ォ』
『わらわたちは獣《けもの》ですゥ。弱くなった王は、玉座から引きずり下ろすべきなのですゥ』
それは。
そうかもしれない、けれど。
「あなたたちは……あなたたちの王を愛しているのかと思っていた」
アルスルがつぶやくと、三体は激しくわめいた。
『愛しておりますともッ!!』
『でも、大王は変わってしまいましたッ!!』
『大王こそ、もうあたいたちを愛していないッ!!』
はっきりとした怒りをぶつけられて、アルスルはとまどった。
愛していない——?
ドブネズミたちは、たがいの心をたしかめるようにうなずき合っている。
その決意はダイヤモンドのように硬かった。
『もし、あなたが大王を狩りィ……!』

『億といるドブネズミたちの前で三大臣のだれかァ……！』

『そう、このあたいをつぎの地動王に推薦してくれたならァ……！』

三大臣は口をそろえた。

『すばらしい贈りものをさしあげましょうッ!!!』

荒々しい語気にアルスルは気おされる。

まっさきにリンゲが進みでた。

『あたくしリンゲは、富……眷属《けんぞく》とおなじ数の金貨を！』

ネズミはアルスルに背をむける。

そこから、にゅるりと黄色いものがのぞいた。

アルスルはぞっとする。背のかさぶたが黒く染まったかと思うと、そこからみるみるウジが湧いてくるではないか。思わず顔を背けたくなるが、そのウジはこぼれ落ちて石畳に当たった瞬間、キン、と透きとおるような音をたてた。

美しい音に、アルスルははっとする。

（……ウジじゃない！）

金貨だった。

変質したかさぶたから、十枚、二十枚と金貨があふれてくるのだ。

それを見たブロッシェが歯ぎしりする。ならばと、彼女はリンゲを押しのけた。

『わらわブロッシェは、土地……眷属とおなじ数のブドウが実る畑を！』

ぼこんと、ブロッシェのコブが盛りあがる。

とりわけ首のあたりが奇怪にふくらんだかと思うと、やはりそこからなにかがあふれでた。排泄物《はいせつぶつ》そっくりのつやつやとしたかたまりは、肥沃な土塊だ。まるで畑から掘り返してきたばかりのように、ミミズや虫が頭をのぞかせている。土はとめどなく積もっていって、最後にはブロッシェをおおいつくしてしまった。

するとこんどはホーリピントが割って入る。

『あたいホーリピントは、食糧……眷属とおなじ数の花びらの砂糖漬けを！』

これにはアルスルも言葉を失った。

ホーリピントが反り返ると、黒く染まった彼女のあばら骨がぱっくりと開いたのだ。つぼみが咲くように、青い花束が飛びだしてくる。

よだれのようなとろとろの蜜《みつ》がかかった花びらを一枚、ホーリピントはアルスルへ差しだした。アルスルはそれを受けとったが、とても口に入れる気にはなれなかった。

『われこそをつぎの地動王にッ!!!』

三大臣は約束する。

『さすれば、われらの財宝をつつしんで献上いたしまするッ!!!』

みっつの小さなランタンが狂喜乱舞する様は、せわしい小人《ドワーフ》の狂宴のようだった。

アルスルは即答できない。

むきだしの欲望に衝撃を受けていた。

王の使いとして地の底からアルスルのもとまでやってきたのは、忠誠のためではなかったらしい。ドブネズミはおなじ種同士で縄張りを争うくらいには凶暴《きょうぼう》な生きものだと聞いていたが、まさか、はじめから王を差しだす——老いて弱った群れのアルファ個体を淘汰《とうた》するつもりだったとすれば。

（……獣、だ）

共存——できるのだろうか。

アルスルは思った。

（わたしは……甘すぎたのかもしれない）

あれから幾日がすぎたろう。

空っぽの檻に腰かけたアルスルは、あのレプリカの王冠をながめていた。

灯りの炎を反射した金の輪とちりばめられた宝石が、火花のようにきらきらとかがやいている。

（冠……いちばんえらい人がかぶるべきもの）

頂点にある存在だと示すもの。

「……王、か」

三大臣やウォルフに思いをめぐらせていたアルスルは、ため息をついた。自分とは天と地ほどにもちがう考えをもつ者たちの心が、あまりにも遠くにあるように感じる。

（……心の空気を入れかえよう）

アルスルは、自分の膝で丸まっていたプチリサにつっぷした。

深呼吸すると、猫好きの本能に訴える上品な香ばしさが鼻いっぱいに広がる。

幸福を感じたアルスルは、しこたまネコを吸いあげた。

「……すさんだ心にネコがしみる……」

『哀れな』

プチリサは極上のお腹をさらしてくれた。

脱力して液体のようになった毛皮から漂うやわらかな芳香が、これでもかとアルスルを癒してくれる。

思えば、近ごろ気を張りっぱなしだった。

長い遠征。血まみれのオーロラ・ウォール。アスク公爵とエンブラ公爵はぎすぎすとした関係を省みようともせず、騎士団の任務は遅々として進まず、目に入ってくるのは死体と死骸ばかり。人外《じんがい》たちは人外たちで、骨肉の争いを望んでいるらしい。――鈍感だと言われるアルスルだっていやになる。

「……聞いてもいい？」

二人にだけ聞こえる声でたずねた。

「人間が王になるときは……戴冠式や、サインをするけれど」

アルスルは知らなかった。

「人外が……人外王を継ぐときは、どうやって?」

プチリサは答えなかった。

もう五年のつきあいになる。彼の沈黙にはいくつかの種類があることをアルスルは知っていたが、今回はハズレのほうだ。

答えたくない——答えることを許されていない話題らしい。

それが決まって彼の王の秘密にかかわる問いかけであることも、アルスルはわかっていた。

すまない気もちになる一方で、知っておきたい謎でもある。

アルスルはあきらめきれずに沈黙を守った。

かた焼きのベーコンエッグができあがるくらいの時間がすぎたころだろうか。バリトンの声はひそやかに教えてくれた。

『人外王の継承とは……〈大いなるギフト〉の継承』

ひとつも聞きもらしてはいけない。

アルスルは背筋を伸ばす。

「なにか儀式を?」

ネコはまた黙りこむ。

パンケーキが焼きあがるほどの時間をかけてから、彼はようやく返した。

『友よ。私もひとつ聞こう』

プチリサがアルスルをあおぐ。

金色の瞳に正面から見つめられて、アルスルはどきりとした。

『もし。おまえが王になる日がくるとすれば』

白い獣は問うた。

『継ぐか？』

謎に満ちた言葉だった。

アルスルは自分に問いかける。

（……王？）

そっと胸のまんなかへ手をあててみる。

（わたしが？）

アルスルにとって。

王と言われてまっさきに思い浮かぶのは——父だった。

六災《ろくさい》の王とよばれる獣も見てきた。それでも、アルスルが生まれる前から皇帝だった父ウーゼルの存在を忘れることはできない。父ははっきりと自分の意見をもっていたというだけでなく、その考えを法律にしてみせる力に長けていた。

（よい法にせよ……悪い法にせよ）

無駄のない人。

実行してみせる人。

完璧であることを望む人。

ついでに言えば――贅沢《ぜいたく》をよろこぶ人でもあったが。

アルスルが思い描く王とは、そんな存在だ。だからこそ考えるまでもない。

「こんなわたしが王になる日なんて……こないと思うけれど」

より道ばかり。

狩りしかできない。

自分にとっての完璧がなにかもよくわからない。

ついでに言えば――宮殿より、荒野や森にいるほうがほっとする。

アルスルは答えた。

「もしそれでも、わたしに王冠が与えられるとすれば。それは、わたし以外に継ぐ人が見つからなかったということだから……継ぐしかないね」

継ぐだろう。

親からはぐれた獣でも、生き残れば、いずれはべつの獣の親となるように。

あたりまえのように答えたアルスルは、ふと、自分の心に尻ごみがないことに気がついた。

きっと、父みたいにはものをよく知らないからだろう。それでも、たくさんの準備をしておくべきだということはわかる。為政者に必要となる――戦う覚悟と、選ぶ覚悟だけは、生まれつきアルスルに備わっていることも。

白猫は動かない。

ただ、わずかに目を細めた。

『……獣に似た女よ。獣もそうだ』

アルスルの答えは彼が望むものだったろうか。

どこか腹を決めたような口調で、プチリサは語りだした。

『〈大いなるギフト〉を継げる獣は、そうない』

しかし。

『ただ……兆《きざ》しはある』

「きざし？」

プチリサは唱えた。

『……うた』

歌——？

アルスルは聞き入る。

『〈大いなるギフト〉とは歌のごときもの。言葉では語れず、知恵では理解できない。ゆえに……歌に愛されし獣が継ぐという』

星の神秘について説くかのごとく。

バリトンの澄んだ声が、アルスルの胸を打った。

『歌わずにはいられぬもの……われを忘れて聞き惚れるもの……逃れられぬものが、継ぐという』

アルスルはぞくりとする。

「逃れられない……？」

なにから？

『愛だ』

白い獣は、獲物の命を絶つかのような、冴え冴えとした声で示した。

歌を愛する獣。

歌に愛された獣。

大いなるうたとは。

――大いなる存在からの贈りもの《ギフト》。

『この……深遠なる愛から逃れられぬものが。古き王より、大いなるうたを賜《たまわ》りしとき……新たな人外王になるという』

きらりと王冠のレプリカが光る。

白い獣の託宣は。

アルスルの胸に刻まれ、消えることはなかった。

10

『ウォルフ。特別な君』

あいつはいつも、ぼくのことをそうよんだ。

『また、お友だちを殴ったのですか？』

「友だちなもんか！」

あんなやつら。

おなじ貴族の子どもってだけ。

ぼくの前ではシェパァド家のつぎの当主さまと媚《こ》びるくせに、裏ではぼくを半人半狼のバケモノだと蔑む連中ばかり。

ぼくのいないところでぼくの頭をからかったやつらがいて、でも、ぼくにはしっかりと聞こえるんだ。だから、みんな殴って蹴って噛みついてやった。

ぼくの体のいたるところにも傷やこぶができて、熱く痛んでいる。

それでも、この胸の痛み、腸《はらわた》が煮えくり返りそうなほどの怒りにくらべればぜんぜんマシなんだと言ったって、大人は信じない。

ひどく腹が立っていた。

(どいつもこいつも)

ぼくを嫌う。

ぼくのことをよく知りもしないくせに、この見た目だけで怖くて悪いものだと決めつけて、だからぼくを傷つけてもいいのだと思っている。

まだら色のイヌが言った。

『特別な君。あなたがケガをすればクラーカの姉君も悲しみます』

「……うるさい！　あんなやつ知るもんか!!」

目も悪くて、すぐ病気になるくせに。結婚してどこかへ行ってしまった。ぼくとこいつをおきざりにして。

ぼくのことが恐ろしくなったのだろう。

ぼくが――ときおり、人間ではなくなってしまうから。

姉のクラーカは、母親のいないぼくが世界でひとりだけ、大好きだと思っていた人だった。

彼女に捨てられた怒りと悲しみがまざった涙をまき散らしながら、ぼくはあいつを怒鳴りつけた。

「チンモクだ、ザッシュめ、チンモク！」

『いやです』

「ぼくの命令を聞かなくちゃ、おまえなんかすぐ殺されちゃうんだぞ！」

あいつはぼくが泣きやまないと、いつも言った。

『ウォルフ。大好きです』

そう言われるたび、ぼくはもっと泣いた。

『あなたは人ではないときの自分を醜《みにく》いと言うけれど、ぼくからすれば、あなたほど美しい生きものなんていない。ぼくの父君にそっくり……いいえ、父君よりすてきです。それにあなたは、ひとりぼっちでもない。ぺろぺろしてあげるぼくがいます。ぼくはウォルフのイヌですから』

ひとりぼっちじゃない。

その言葉が、ぼくの胸のいちばんやわらかいところに刺さってくる。

自分がそれほど弱っていること。あいつにそう言われて――うれしくて涙が止まらなくなっている自分もいることを認めたくなかったから、ぼくは吠えた。

「……おまえのよだれはくさいんだよ、ばか！」

ぼくたちは、ぜんぶが憎くてたまらないはずじゃないか。

人とちがうというだけで、疎《うと》まれ、傷つけられてきたんだから。

なのにあいつは、そんな気もちを毛ほども顔にださない。まるで、ぼくといればそれで幸せなのだとばかりに。

（こんなの……傷の舐めあいだ！）

泣き疲れたぼくが眠っても、あいつはまだら色の体をくっつけたままだった。

（傷の……）

姉のにおいとくらべれば、悪臭といってもいいイヌのにおい。

でも、いつからだろう？　もうない香水や薬のにおいに焦がれるより、砂まじりの剛毛に顔をうずめてしまったほうが楽だと感じるようになったのは。

あきらめが安らぎに変わるころ。

ぼくたちは、いっしょに眠るようになっていた。

安らぎが許しに変わるころ。

ぼくは、照れ隠しのふくれっ面で、姉に会いたいと言えるようになっていた。

11

オーロラ・ウォール。

内郭、闘犬訓練場——。

ごぉん、と。

銅鑼《どら》の鳴るような音がこだまする。

「うぉ！　かっこいいなぁ！」

ルカが歓声をあげる。

シェパード犬たちが体当たりの特訓をしていた。

ひっきりなしにあがる重たい衝突音は、鎧《よろい》をまとったシェパード犬たちが豪快にぶつかり合うときのものだ。鎧のすき間からのぞく筋肉のおこりは、焼きたての食パン《ホワイトブレッド》のように熱を放っている。荒々しい鼻息と合わせて、まるで闘牛だ。そのすさまじい迫力の前には、よく訓練された騎士団のケルピー犬たちでさえよちよち歩きの子犬に見えてくる。

事実、アルスルのキャラメリゼとコヒバは早々に白旗をあげていた。しっぽを内股にしまいこんで、知らんぷりを決めこんでいる。

『いや……あの鎧はちょっと』

『反則なの!!』

おなじイヌとは思えない。

(牧羊犬と軍用犬で、こうもちがうとは)

見学席で訓練の様子を観察していたアルスルは、感嘆した。

何十キロという重さの装甲は、敵の攻撃だけでなく、ハイペストのキャリアである最大種ノミを防ぐためでもあるという。

シェパァド家がイヌに課す訓練は帝国でもっともきびしいと言われているが、冗談ではなさそうだ。鍛《きた》え抜かれたイヌたちは、それぞれが王者のような覇気をまとっていたが、統率もとれている。彼らはみな自分をコントロールするハンドラー――人外《じんがい》使いを注意深く視界におさめていて、いつでもその指示に応えられるように備えているのだった。そして彼らを使役する人外使いたちもまた、ある一点を常に確認している。

訓練場の上段に見える豪奢《ごうしゃ》な椅子だった。

いまはだれもいない。

だがきっと、ウォルフが座るためのものだろう。

「にしても……焦らしてくるよなぁ」

護衛官がうなった。

「最後の会議から二十日もたつのに。まだ招集がないってどういうことよ?」

エイリークは回復したと聞いたが、こんどはオーコン・シェパァドの体調が思わしくないらしい。じっとりとした焦りを感じはじめているのか、ルカがこぼした。

「獣《けもの》はまってくれない……腹が減れば動きだすぜ？」

ルカの立腹ももっともだった。なにしろウォルフ少年ときたら、父の不調を理由にアルスルを避けているようだから。この数日、失礼にならないよう気をつけながら面会を申しこんでいるのだが、のらりくらりとかわされるばかりである。

（……凪《なぎ》だ）

アルスルにはわかっていた。

まだ、そのときではないと。

「……自分が一歩も前へ進めていない気がする日ってある？」

「ん？　ま、ときどきはな。そういう日もあるだろ、人生なんて天気みたいなもんさ」

「つまり……そういうことだ」

ルカが首をかしげる。アルスルは背もたれにゆったりと上半身をあずけた。

「風が吹くのをまつしかない。あのヴィクトリアだって……最初はわたしを家に帰そうとしたもの」

まつことも狩りのうち――。

アルスルがつぶやくと、ルカはぽかんとした。

「……あんた。どんどんかっこよくなっていくよなぁ」

アルスルの前へとまわった彼は、片膝をつく。

「軽率でした！　惚《ほ》れなおしたぜ、おれのご主人さま！」

ルカは気どったウインクを飛ばした。アルスルの手をとると、その甲に熱っぽい口づけをする。アルスルがほんのりとほほを染めたときだった。

「ヘイ、ご主人さま……根も葉もない噂話に興味あるか？」

耳打ちする声こそ恋人らしく甘かったが、ルカの瞳《ひとみ》は真剣だった。

「アスク公爵がなぜ人狼とよばれているか、さ」

なるほど。

興味深い。

アルスルがうながすと、ルカは語りはじめた。

「オーコン閣下の三人目の妻……ウォルフ＝ハーラルの母親は、乳飲み子の息子をつれてアスクを離れたことがある」

その旅の道中。

番狼王《ばんろうおう》の眷属《けんぞく》である若オオカミに襲われて、亡くなった。

「噂じゃ……彼女は死ぬ直前、王にウォルフの命乞いをしたんだと」

「番狼王に？」

「そう。そして赤子は見逃された……そのときは」

おさないウォルフは。

——白髪になって帰ってきた。

「オーコン閣下もぶったまげたそうだが、そのときはすでに長男のグレイと険悪な関係になっていたから……次男のウォルフに金と期待を注ぎこむことにしたらしい。髪の色には目をつぶってな。でも、オーロラ・ウォールの連中は陰でこう言ってる」

ルカは声を小さくした。

「ウォルフの髪が白くなったのは……番狼王の眷属に数えられたからだ、ってな」

ぞくりと悪寒が走った。

アルスルは肩ごしにルカをふり返る。

「……眷属？」

「あぁ。いずれ……ウォルフは番狼王の巣へ還るんだと」

半人半狼。

——人狼。

「その宿命と引きかえに、彼は緑の歯を使いこなす力と白狼のような髪を与えられた……とまぁ、庶民の間じゃまことしやかに語られてるわけよ。怖がられるはずさ。オオカミ人外かもしれない子どもが、人間のなかで暮らしているんだから」

アルスルは理解した。

オーロラ・ウォールの人々が、なぜあれほどにウォルフを避けるのか。

「そうそう。こんな話も聞いた……こっちは噂じゃないぜ！」

護衛官は言いそえた。

「うちのボスが、オーコン閣下とブラッド・スポーツで大活躍してたって話は聞いたろ？　で、閣下の息子もやっぱりすごかったらしい」

「すごかった？」

「ブラッド・スポーツ帝国大会」

アルスルが聞き返すと、ルカは熱っぽく言った。

「ウォルフ＝ハーラルはさ、ジュニア個人の実戦部門で優勝したことがあるんだ！　なんと六歳！　あとにもさきにも、出場した公式戦はその一回だけ！」

アルスルはおどろいた。

個人の実戦部門。

それは、緊急時の対人外戦——一騎打ちを想定している。

（ということは……相棒がいたはず）

個人の実戦部門への出場届には、ふたつの名前を登録しなければならなかった。

人外使いと。

使役人外の。

アルスルはたずねた。

「ジュニアクラスは見落としていたかも……イヌの名前は？」

「えーと。ふぇり、ふぇん、とか言ったかな」

アーキ号じゃない――？

アルスルが意外に思ったとき、ルカはぽんと手を打った。

「フェンリル号！」

それは――とても古い神話にでてくる、きわめて不吉なオオカミの名だった。

ルカがにやりとする。

「このフェンリルがさ、すごいんだ。なんとなんと……カ、ニ、ド・ハ、イ、ブ、リ、ッ、ド、だったっていうんだよ」

「……え？」

アルスルは耳を疑った。

（カニド・ハイブリッド？）

イヌ科における交雑種の総称だ。

オオカミ、ジャッカル、コヨーテ、ディンゴ、そしてイエイヌ。これらの混血として生まれた獣である。チョコレイトによれば、南域《サウス》ではときおりこうした交雑種のイヌ人外が誕生するという。

シェパード人外と。

――番狼王の眷属。

その混血として生まれる子犬が。

「まさか……」

「ご主人さまもそう思うよな？　公爵家の跡とり息子がさ！　雑種犬を率いて、人外使いの祭典……帝国大会に殴りこんだってんだから！」

それがどれほどめずらしいことか、帝国人ならわかる。

血統と伝統を重んじる貴族たちの頂点にあるのが、公爵家なのだ。

その価値観はイヌネコ人外にもあてはまる。血統書つきの種同士の交配種ならともかく、オオカミとの交雑種が大会にでるなんて許されるはずもない。ここはそういう国だ。

（ジュニアクラスだから記録として残ったのか……）

シェパァド家の子であればこそ、委員会も断れなかったのかもしれない。

「そのフェンリルはどこに？　まだ会っていないけれど」

「……死んだって話だ」

アルスルは目を細める。

すこし元気をなくしたルカが、つぶやいた。

「エンブラ陥落時にさ。当時……ウォルフとフェンリルはあそこにいたんだと」

寝床からでられない父が咳をしている。

老いた父は、ウォルフが生まれたその日からすでに老いていた。

父の若いころを想像するのはむずかしいが、きっと乱暴な自信家で欲望を満たすことしか頭になかっただろう。一族のなかでだれよりも父に似ていると言われてきたウォルフが、そんな人間だから。

「ウォルフ……ウォルフよ」

石造りの寝室に備えつけられた天蓋《てんがい》つきのベッドで上体をおこした父オーコンは、壁にかけられた豪華なタペストリーをにらみつけていた。緻密《ちみつ》なシェパァド家の紋章の下に、黒のドレスをまとった女の絵が織りこまれたものだ。

いまは亡き愛娘——クラーカの肖像画である。

黒い帽子をかぶった彼女は、目もとに黒いレースを巻いていた。

光から目を守るためだ。本物の姉を覚えているウォルフは似ていないと思っていたが、いまの父には、つきかけたロウソクのような命を奮いたたせるために必要なものだった。

「ウォルフ、明日だ。明日にはバドニクスらを招集せよ……!」

「わかった。でも親父はここで寝ていろ」

数日前、父は大量に下血した。

末期の癌《がん》にくわえて貧血もあり、とても座っていられない。

「ふ、ひよっこが……偉大なる親を耄碌《もうろく》扱いできるようになったとはのう?」

「自分の足で歩けもしない病人だろ。体に障る」

「それがなんだと……ッ」

また父が咳こむ。

「父上」

兄のグレイが侍ろうと近づいた。やめればいいのにとウォルフは思うが、もう遅い。

オーコンが机の水差しをひっつかんでグレイへ投げつけた。ぱんと陶器の割れる音がして、部屋のすみにいたメイドがびくりと肩を震わせる。

「きさまはでしゃばるな……臆病者めが！」

「……失礼をいたしました」

兄は水びたしになっていたが、動じない。

いつもこうなるからだ。それがわかっていても父の命じたように動かない兄は、つくづく愚かなのか、頑固なのか。天蓋のすそで寝そべるアーキのほうがもの覚えがよいのは明らかで、ただじっとしている。チンモクのリクエストを受けているから当然だが、たぶん、そういったシェパァド家のしきたりの数々が兄はだめだったのだ。

「親父。言っておく」

ウォルフは告げた。

「親父はもう狩りにでられる体じゃない。そして……ぼくは、地動王《ちどうおう》と取引をするつもりもない。耳鳴りの病？　エンブラ返還？　獣の言葉を信じるバカがどこにいる」

「負け犬の言葉じゃの、ウォルフ……！　戦う前にしっぽをまくか！」

「ぼくたちはシェパァド家だ。執念深いオオカミの群れじゃない。親父、いちど負けたゲームをとり戻すことはできないんだ」

父の寝室には、若き日の栄光をたたえる勲章やメダル、ブラッド・スポーツ大会のトロフィーや盾がいたるところに飾られている。

これまで多くのゲームに勝ってきた父は、息まいた。

「きさまはもっと気骨のある若者だと思っておったわ……だれがきさまをアスク公爵にすえてやったか、忘れたか?!」

「親父こそ、もっと賢い男だと思ってた。鍵の騎士団なんてうさんくさいやつらの手を借りてまで、花の大図書館を探したがっていたとはな」

ウォルフはタペストリーの姉をながめると、父を嗤《わら》った。

しわだらけの顔。吐いたもので汚れた髭。白目は黄色くなり、黒い瞳は人生の虚《むな》しさをたたえるように濁《にご》っている。

これが父の晩年だ。

おのれが欲するものを得られなかった男の末路を哀れだとは思う。

だが、父が死んでいくことは悲しくなかった。自分が死ぬとき、こうなりたくないと思うだけ。

「いまのアスク公爵はぼくだ。ぼくのやりたいようにやる。もっとも……親父が自分の足で処分研究室までたどり着けたら、考えなおしてやってもいいぞ?」

オーコンは怒鳴りかけたが、咳しかでない。

部屋の外で人の気配がした。

控えていた側近が伝言を受けとり、それを兄に耳打ちする。

「……レディ・アルスル＝カリバーンがおまちとのことだ。いい加減、会ってさしあげてはどうか？」

ウォルフはうんざりした。

シェパァド家のやり方は、先手必勝だ。初対面で実力差を見せつけ、痛みとともに上下関係を教えこむ。これでおおかたのイヌや人間はウォルフの命令を聞くようになるが、まれに萎縮《いしゅく》せずに近づいてくるやつもいる。

（元皇女。育ちのよさそうなおとなしい女）

てっきりウォルフに気おされて、言いなりになると思っていたのに。

（ふつうの貴族は、好んでオーロラ・ウォールになんてこない。きたとしても、イヌネコを引きわたすか、視察が終わればそそくさと帰っていく……それが、長期滞在だ？　よほど強い意志があるのか……）

甘噛みのような抵抗をかわいいと感じる一方、あの、イヌでいう耳やつま先——触れられたくない場所をなでられたような感覚がよみがえってくる。

——あなたの欲しいものは、手に入らない——。

いらだちを顔にだしたくないために、ウォルフは口角をつりあげてごまかした。

（ぼくが欲しいもの、だと？）

南域《サウス》のすべてがウォルフのものだというのに。不満といえば、家族のことくらい。

兄の繊細《せんさい》さを嫌う父と、父の粗暴さを嫌う兄だ。彼らに共通の感情があるとすれば、ウォルフをつぎのアスク公爵にしたいという願いだった。ウォルフは労せずして絶大な権力が手に入ったことを喜んだが、だからこそ自分は父と兄を軽蔑しているのだろう。

（どちらもぼくをあてがって逃げたんだ。相手を愛することから）

姉もまた、ウォルフから去っていった。

その理由もいまとなってはわからないでもない。貴族に生まれた女の役目があったのだ。だからこそウォルフは達観していた。

——本当は、欲しいものなど永遠に手に入らないということ。

（ぼくにはもうない）

宿命でもなく。

血縁でもなく。

ただ、そこにあっただけの愛情で。

心の根っこがつながっていたような——あの安らぎは。

「ウォルフ」

兄がよぶ。ウォルフは舌打ちした。

「……騎士団長を通せ」

いまだけは、アルスルからのよびだしをありがたく思うことにしよう。

これで父の泣き言から解放される。

「じっとしてろよ、親父」

「ウォルフ……！」

目玉を血走らせた父が、呪うように言った。

「群れからはぐれた者には……ささやくぞ、孤独という名の悪魔が！」

ウォルフは指で耳に栓をしてみせると、巣穴のようにうす暗い寝所をでた。


同、大応接室——。

あまりにもすんなりとウォルフがやってきたので、アルスルはびっくりした。

今日の彼はマントを脱いでいる。白い革ズボンの上は裸だった。首飾りを幾重にもかけただけの肌は若々しく、黒い絹のようにつやつやとかがやいている。三つ編みにした白い髪を無造作に結いあげていて、水遊びを楽しむかのようだった。

アルスルは思う。

（……きれいなこ、ではある）

若さに加え、自信に満ちあふれていることがウォルフをよりまぶしく見せていた。それは親の威光や富によって飾りつけられたはりぼての自信ではなく、ウォルフ自身が決断し、戦ってきたことで磨かれたものなのだろう。

「よぉ、兄弟！　遊びにきたのか？　酒でもどうだ？」

「……お酒は飲まないから」

「ハサミイヌは？　菓子が好きだってな」

トウモロコシ粉クッキーのサンドイッチだという。キャラメルやクリームをはさんで黒ゴマをかけたものらしい。その色がシェパード犬の毛色とそっくりなのだそうだ。

「メシはどうだ？　オーロラ・ウォールのメシなんかゴミみたいなもんだけど、城郭《じょうかく》都市アスクよりよっぽどぼくの好きなものがでる」

うすいパンで、豚バラの焼肉に辛いトマトソースとライムとチーズを巻いたものが最高なのだという。――ウォルフは不気味なほど愛想がよかった。

（ご機嫌、なのかな？）

これならいけるかもしれない。

「またぜひ……それより、お願いがあって」

ウォルフは一瞬うっとうしげな顔をする。エンブラ返還作戦の話し合いをせっつかれると思ったのかもしれない。そう頼みたいのはやまやまだが、いまアルスルの目的はべつのところにあった。

「……稽古をつけてくれませんか？」

思わぬ申し出だったのか、ウォルフがきょとんとする。

「稽古？」

「あなたの戦いには見習うべきところがたくさんありました。だから、あなたの動きを観察させてもらいたくて。それと……わたしのイヌもしごいてほしい」

アルスルはそれとなく言いそえた。

「あなたのアーキ号に」

口角をつりあげたウォルフが——目を細めた。

「アーキはぼくのイヌじゃない」

即答だった。

「親父のおさがりだ。親父が戦えなくなったから、代わりにぼくが見てやってるだけ。あいつだってそれはわかってるし、ぼくを主人だとも思っていない」

アルスルの心に冷や汗のようなとまどいがにじむ。なんだろう。ウォルフの説明はくどいほどで、なにかへ言いわけするみたいだった。

「……なら、あなたにはイヌがいない？」

「アスク公爵のイヌだぞ。これだというやつに出会うまで、アーキでがまんするさ」

はぐらかされた。

アルスルはそう感じる。

「こいよ……今日はかわいがってやる」

口角をつりあげたまま、少年は外へでる。

彼の本心が見えない不安と闘いながら、アルスルはつづいた。

つれてこられたのは、シェパァド家の庭だった。

そこは城壁のくぼみ——殺風景でだだっ広いバルコニーのような場所で、床に塗料で試合場《コート》を示すための線が何本も引かれている。

「これ……ブラッド・スポーツの？」

「一族の練習場だよ」

ウォルフは言うが、この場所がしばらく使われていなかったことはたしかだった。

地面には外から吹きこんだ白い砂が積もっていたし、おかれた木箱や樽は黒ずんでホコリまみれだ。アルスルがそう言うと、ウォルフは肩をすくめた。

「親父はあんなだし、他の親族はぼくに遠慮して近づかないんだ。グレイにもブラッド・スポーツの趣味はない。野蛮なんだと」

言われてみればそうかもしれない。

アルスルの記憶にあるシェパァド大佐は、ファルシオン号という名のシェパード犬こそつれていたものの、彼を進んで人前にだそうとはしなかった。

だからだろうか。

ウォルフはどこか楽しそうでもあるのだった。

「よくきた」

彼はアーキに目配せする。

すると、イヌは青くて四角いコートのすみっこ——実戦部門でいうところのスタート位置についた。少年は自分のメイスを武器が収められている棚へ立てかける。かわりに、包帯のような薄布が巻かれた木の棒をとった。

「ぼくにいじめられたいやつなんて、そういない……いい度胸だ、アルスル！」

いじめられたい、わけではないけれど。

アルスルは嫌な予感を覚えるが、実のところ、好奇心が勝っていた。

少年にならって小剣と大剣を外したとき。

アルスルもまた——すこしだけ、楽しいと感じた。

聖剣リサシーブとおなじほどの長さの棒を選ぶと、練習場の入口で怖気《おじけ》づいているキャラメリゼとコヒバをよぶ。まずはキャラメリゼをスタート位置につかせると、アルスルは人間のリング——赤い円のなかに入った。

「三回ダウンしたチームが負けだ。いいな、兄弟？」

「どうぞ」

ウォルフの合図とともに、キャラメリゼとアーキが駆けだした。

アーキの突進をあわててかわしたキャラメリゼは、やや逃げ腰ではあるものの、アーキの背中へ飛びかかる。

人外使いを傷つけさせないため、まずは人外同士でとっ組み合う——。

それがブラッド・スポーツの定石だった。

イヌやネコたちの力が互角なら、人間同士の戦いがはじまる。

人間が人外に襲われればほぼかならずダウンをとられてしまうため、こちらの人外がどれだけ相手の人外を抑えられるかで勝敗が決まるようなものだった。

だからこそ――イヌとイヌ、人と人、イヌと人の駆け引きが鍵になる。

ウォルフがさっそく意地悪した。

「アーキ！　ザコ犬にかまうな、女の折れた右腕を狙え！」

ぎょっとしたのはキャラメリゼだ。

兄のようにアルスルを見守ってきたケルピー犬は、勝手に攻撃を止めてしまったかと思うと、アルスルへ駆けよろうとする。

「キャラメリゼ。いけない……」

アルスルはリクエストをだそうとしたが、遅すぎた。

わき目もふらずに動いたキャラメリゼの横っ腹に、アーキが体当たりした。

十分に手加減しているとわかる力だったが、重心がぶれていたキャラメリゼはあっけなく飛ばされて、ボールのように転がっていってしまう。

場外。

これもダウンだ。

『ずるいの、公爵さま！』

コヒバがなじるが、ウォルフは笑ってバカにした。

「だからおまえらはダメなんだ。野生人外には、口が達者なやつもごまんといるんだぞ……ほら、ダウン一回目」

急いで立ちあがったキャラメリゼは、くやしそうにスタート位置へつく。

『ご、ごめんなさい！　キティ、ケガはない?!』

「平気だよ」

なるほど。

思っていたより、人外使いの機転が試される競技らしい。これまでブラッド・スポーツにはほとんど関心がなかったアルスルだが、考えをあらためる。

（ジュニアクラスでウォルフが優勝したのは……彼の賢さや雄弁さがあったからかもしれないな）

つぎの合図がある。

アーキとにらみ合ったキャラメリゼは、じりじりと距離をつめた。さっきより強気なのがすこしうれしい。アルスルはウォルフから視線を外さないまま、つぶやいた。

「あなたは……何者なんだろう」

ウォルフが首をかしげる。

「あなたに興味があると言ったら……へんかな？」

「バケモノ同士だから？」

ウォルフは皮肉を言うと、もっていた棒で走る王をさした。

「あいつ」

アルスルははっとする。

心当たりがあるという顔で、ウォルフは忠告した。

「信用しないほうがいいぞ。そもそもおまえは、よく知りもしない相手を信じすぎる。ぼくのこともだ」

「……わかるの？」

「あの大剣が油断ならない獣の一部だってことと……おまえが、どこかであいつに心を許してるってことくらいはな」

アルスルは息をのんでいた。

「そんなこと」

――ないはずだ。

だが、どうしてか反論できない。

「人も獣も、おんなじだ。弱みを見せすぎれば、隙をつかれる。裏切られることもある」

信じすぎてはならないのだと、彼はくり返した。

「……あなたはだれも信じないの？」

アルスルが聞くと、少年はふんと鼻を鳴らしてみせる。

「オオカミは自分の群れしか信じない」

「お父さまとお兄さま？」

「あいつらはぼくの群れじゃない。言うなら……負け犬と負け犬さ」

アルスルは不思議だった。

ひとりぼっちだと断言するのに、この少年はなぜ、恐れやおびえを見せないのだろう？

（……自分の群れ？）

アルスルは迷った。

——まずい、かもしれない。

ウォルフの怒りの分岐点がわからないのに、言ってもいいことなのだろうか。

バドニクスやヴィクトリアでさえ深入りしたがらないシェパァド家とショォトヘア家の確執に、触れてしまったら？

（……でも）

それでも。

いま、アルスルはたずねなければならない気がした。

凍てついた過去から——未来へ進むため。

「……あなたの群れって」

アルスルは聞いた。

「フェンリル？　あなたの……カニド・ハイブリッド」

つりあがっていた少年の口角が、さがる。

——当たり《ヒット》、だ。

ウォルフがこちらへ体をむけた。アルスルは、はじめてウォルフがまともにこちらを見てくれたと感じた。

「……その名を口にするな」

「どうして？」

もう、いないから？

「あなたの命令に従って……死んだから？」

アーキがびくりとする。

ウォルフから表情が消えていた。

彼の古傷をえぐっているような罪悪感があったが、アルスルはつづける。

「あなたとフェンリル……城郭都市エンブラにいたのでしょう？　エンブラへ嫁いでいった、あなたのお姉さまと会うために」

クラーカ・シェパァド。

（のちに）

エンブラ公爵夫人とよばれた。

「クラーカ・ショォトヘア……ミスター・エイリークの奥さまを助けたために、フェンリルは殉職したと聞きました」

突風のせいで、窓が大きな音とともに開け放たれた。

手紙をしたためていたエイリーク・ショォトヘアは、びくりとする。

風にあおられた厚手のカーテンがインク瓶を倒して、特別製の青インクが血のように広がった。ほとんど書きあがっていた手紙が台無しになる。

エイリークは呆然としてしまった。

「……品性のない砦《とりで》だ」

立って窓を閉めると、カーテンをまとめるタッセルで取っ手をきつく結ぶ。

こうしたことをするのは十回目だった。使用人たちは、わざとエイリークを窓のたてつけが悪い部屋へ案内したのだろう。

でてくる食事もひどいものだ。もともと南域《サウス》の味つけは塩辛いので舌に合わないが、ことオーロラ・ウォールでは、汗と涙が止まらなくなるくらい辛いものばかりでてくる。昨晩の豆と豚肉のシチューなど、食道に潰瘍《かいよう》ができるほどの刺激だった。

シェパァド家の指示かどうかはわからない。

エイリークは、南域《サウス》で歓迎されたためしなどなかった。

それだけではない。

(……わが民にすら)

エイリークは地下域《ヘル》の人々からもよく思われてなどいなかった。

地動王が攻めこんできたとき、まっさきに逃げた臆病者。エンブラの民百二十万人を助けようともしなかった無能な公爵だとののしられ、憎悪すらされてきた。今回つれている護衛の兵士たちにも、エイリークを守ろうという意欲は見られない。

(……たまたま帝都での学会発表から、家路についた日だった)

エイリークが帰還したのは、エンブラがドブネズミに占拠されたあと。

（私は……自分の領地に入ることもできなかった）

故郷の地を踏んだのは、ネズミたちが一時的にフェロモン・キャンディで追い払われたあと。それでも三日ととどまれず、着の身着のままに城郭都市エギルへ避難した。

（陰謀などかけらもない）

エイリークはただ、思慮深いために決断が遅く、自信がないために声が小さく、そして経験がないために動くことができない――そんな小動物そっくりの男だった。

しかし。

そうした言い分をならべたところで、家族や親しい人を亡くした者たちが納得できるはずもない。この十年でショォトヘア家は散り散りとなり、エイリークは執拗《しつよう》な敵意にさらされ、命の危険を感じることもたくさんあった。

ほかでもない。

愛すべき民の手によって。

（だがそれでも……故郷か）

窓ガラスに手をあてたエイリークは、外の景色になつかしさを覚える。

白い砂丘も、竜のように大きな岩々も。

（天空以外のすべて……鍾乳洞《しょうにゅうどう》に眠る宝石、水脈、コウモリ一匹にいたるまで）

なにもかもがショォトヘア家のものだと、父は言った。

たしかにエイリークは、貧しさから隔絶された世界で育った。絹以外の服は毛皮しか着たことがない。家庭教師を六人つけて高等教育を受けられることも、成人してすぐに大学教授の椅子や公爵の椅子が用意されていることも、自分にとってはあたりまえのことだった。

(まぁ……そのせいだ)

人間は、あって当然のものに感謝をしない。

どれほどの贅沢《ぜいたく》をしても、エイリークが幸福を感じることなどなかった。

(ありふれた考えしかもたない……つまらない人間だよ、私は)

一匹のネズミみたいなものだ。

いや、ネズミのほうがよほど奥深いにちがいない。

エイリークは父母にとっては特別な存在だったが、帝国という気が遠くなるほど広い大陸では、ただの小柄で太った少年だった。おまけに走るのが遅く、泳げず、猫アレルギーで、激しい人見知り。勉強も得意というわけではなかった。

――ただ。

エイリークにもひとつだけ、世界中の人間に自慢できることがあった。

それは自分の生まれ育った場所が、帝国でもっとも大きな図書館だったということ。

(……本だ)

エイリークは本が大好きだった。

物語。

知識。

記録。

およそ帝国の人間が必要とするすべての文字情報が、あそこにはあった。

エイリークはエンブラが陥落するまで花の大図書館でしか暮らしたことがなかったが、不満はない。あふれる本がエイリークを大陸中へ――あるいは空想の世界やべつのだれかの人生へと導いてくれたからだった。

席についたエイリークは、だめになった手紙を捨てる。

愛用してきた古いペン先をインク壺へひたした。万年筆や鉛筆ではなくつけペンを使っているのは、エイリークの唯一といってもいいこだわりだった。オーケストラを指揮するように。流れるような手つきで筆記体を書き連ねていく。

（……文字を書くたび、思いだす）

妻を。

――なんと美しい文字でしょう――。

自分の筆跡が乱れないよう、エイリークはいつもより集中しなければならなかった。ヘビのようにのたうつ筆記体を凝視する。

――あぁ、早く見せてあげたい。わたしたちのこの子にも――。

なにかに心をのっとられたかのような形相で、エイリークがつぎの行へペンを走らせようとしたときだった。

『……パパ』

エイリークは両肩を震わせた。

蝶のため息のようにかぼそい少年の声が、ひびいていた。

客室にはエイリークのほかにだれもいない。

ネズミ一匹すらも。

「……怖がらせてしまったかな？　グンヒルダス……」

エイリークはペンダントにしているオレンジ型のランタンをなで、そっとわびる。

火が灯っていないはずのランタンが、淡く明滅した。

『地震だよ……地震が』

——地震。

エンブラの最後を知る者にとって、それは不吉の前兆を意味する。青ざめたエイリークは、そんな自分をとりつくろうべく三半規管に集中した。

「……いまはゆれていない。気のせいだ」

しかし。

『地が動く』

い、い、い、
泣きそうな声が告げていた。

『王がくる』

窓の外を見たエイリークは、凍りついた。

青い空も白い砂丘も。暗黒が襲ってきたかのような影にのまれていた。

12

オーロラ・ウォール中の鐘が打ち鳴らされるのを。

そこに暮らす人々は、信じられない思いで耳にしていた。困惑がふくらむ。泥のような不安が這い上がってきたときには理解していた。

——前哨基地が突破された、と。

しかし、なぜ。

朝からいままで、獣《けもの》の襲撃すら知らされなかったのに。

どこから？

どの地区がやられた？　被害は？

あらゆる情報が錯綜《さくそう》するなかで正確な状況を把握できている者は、オーロラ・ウォールに一人もいなかった。恐怖にせきたてられただれかが叫ぶ。シェパァド家でも鍵の騎士団でもない、戦う力をもたないだれかだった。

「逃げろ！　砦《とりで》を捨てて北へ！」

「ドブネズミがあふれるぞ……！」

「オーロラ・ウォールを封鎖してしまえ‼」

弱く無責任なその言葉に、恐慌に陥った人々がすがりついた。

半狂乱で叫ぶ者、だれかを押しのけてでも逃げる者。ものが落ちて割れ、家畜が無理やり引きずりだされ、だれかがだれかに殴られた。戦いもせず、砂ぼこりをあげて北への城門へ殺到する人の数は、ネズミ算式に増えていった。

なぜなら。

「夜になったのか……?!」

「……ちがうわ、下を見て！」

南の大地から、黒い油のような影が染みだしていたのだ。

影は日蝕のように陽の光をさえぎり、空のすみずみまで伸びていく。

エンブラ――ニレの大樹のごとく。

「……世界樹《ユグドラシル》」

人々にそんな言葉を思いださせたそれはどんどんふくらんで、最後は、山そっくりの醜《みにく》い肉塊となっていた。

小刻みに蠢《うごめ》く、泥と毛と血のかたまりだ。

生きものだった。

二本の後ろ脚で大地を踏みしめながら、頭はオーロラ・ウォールのもっとも高い城壁よりも高くにあった。腹の前でだらりと垂れた、沈没船のマストのようなものが前脚だ。折れて肉が削げ、皮だけでどうにかつながっている。反対側の前脚はつけ根からちぎれていた。
どれほどの力をかければあんな傷を負うのか。
だがそれは。
たしかに、獣だった。
「……地動王《ちどうおう》……」
枯れた大樹のような生きものをさして、だれかが言った。

13

偉大なるアスク公爵へ

頑健で聡明なオーコン殿におかれては、きっとご息災のことと思います。

あらためて、わが息子エイリークとあなたのクラーカ嬢の婚姻をお許しいただけたことに深く感謝します。

アスク公爵として、クラーカ嬢の父親として、オーコン殿がこの婚姻を快く思っておられないであろうことは理解しているつもりです。ショォトヘア家とシェパァド家の間に、よからぬ因縁が横たわっていることもたしかです。わが子たちの結婚が政略にのっとったものであることも否定しません。

しかし、六災《ろくさい》の王たち……とりわけ地動王《ちどうおう》と番狼王《ばんろうおう》の脅威が増しつつある近年、両家の関係を修復することは、帝国議会《パーク》の貴族たちだけでなく全領民の切望でもありました。こうした事情があなたの決断を後押ししたことを、わが息子エイリークもまた決して忘れないでしょう。勇猛果敢なあなたからすれば、ネコ使いですらないエイリークは、才媛との誉れ高いクラーカ嬢には不釣り合いだと感じるかもしれませんが。

もはや若者とは言いがたい二人の門出において、私がひとつ安堵していることは、この縁談をほかでもないクラーカ嬢が快諾してくれたことでしょう。二人の出会いは古代ルーン文字研究室であったと聞いていますが、この話にすら、私は黄金の糸のような運命を感じます。

しかし、この結婚をだれより喜んでいるのは、ほかでもないエイリークであることをここに記しておきます。私は、息子の人生が、希望と幸福に満ちたものとなることを強く確信しております。

あなたを尊敬する一人の父親として
アスクの片割れエンブラとして
スヴェン・ショォトヘア

〈スヴェン・ショォトヘアからアスク公爵へ宛てた私的な書簡より〉

大きな醜《みにく》い獣《けもの》は、十キロメートル以上離れた場所からでも肉眼で確認できた。

人々があわてふためくのも当然だと、チョコレイトは思う。

なにしろ獣があらわれたのは、シェパァド家の住居がある地区だったからだ。兵站《へいたん》の確認のため、プチリサと近隣の地区へ行くところだったチョコは、ごった返す兵たちのなかに緑の軍服を着た男を見つける。

「……グレイ・シェパァド大佐！」

「あなたは……チョコレイト・テリア殿か」

チョコは首にかけていた犬笛を吹く。

「鍵の騎士団も戦います。作戦の提案を」

どこからともなく疾走してきたのは、二体のブラックケルピー人外《じんがい》だった。

「アルスルとルカは？」

『最後に確認したとき、アルスル様は大応接室へ行くところだった。キャラメリゼとコヒバをつれて』

『ルカ＝リコとラファエルも近くにいた』

チョコレイトはほっとする。

（護衛は万全ね……あの巨大な獣に通用するとも思えないけど）

グレイの指示を伝え、各部隊への命令を覚えさせる。

ケルピー犬はすぐさま地面を蹴って駆けだした。急いで騎士団の基地へむかおうとしたチョコを、グレイがよびとめる。

「謝罪しなければならない」

「え？」

「この日のために開くべきだった……有意義であるはずの作戦会議を催せずに」

グレイは簡潔に聞いた。

「耳鳴りの病を治すとあなた方は言った……しかしあれが……地動王であったとして。意思の疎通がはかれないとなれば、あなた方はどうするおつもりか」

ぬるりと、肩の白猫がしっぽをなでつける。

「その場合は……」

考えつくされた議題だった。

ダーウィーズ公爵アンブローズ、主任研究者バドニクスと鍛冶職人《ブラックスミス》長のチョコレイト、護衛官ルカと皇子ノービリス、そしてアルスルの主《あるじ》となったヴィクトリアが同意した――騎士団長アルスル＝カリバーンの結論である。

「……狩りますわ」

たとえ地動王であろうとも、だ。

鍵の騎士団の使命。

それは、六災の王を狩ることなのだから。

「……不可能だ。どうやって？」

予想したなかでは最悪の答えだという顔で、グレイが目を伏せる。

「地動王の体内へ侵入し、致死量の爆薬をしかけます」

アルスルが考えた作戦だった。

仲間たちは最後まで反対したが、彼女はこう言ったのだ。

もし、地動王との取引が成立しなかったら？　よしんば耳鳴りの病とやらを癒せたとして、王が約束をやぶったら？

地動王がオーロラ・ウォールを突破したら。

――帝国はおしまいだよ、チョコ。

未知への挑戦をいとわないアルスルの――遠くにある光を見つめるようなまなざしを、チョコは思いだす。

「……そうおっしゃられたのか？　あのアルスル様が？」

そうだとうなずくように、プチリサがごろごろとのどを鳴らした。

前皇帝の側近とされ、赤ん坊のころからアルスルを知っているというグレイは、感慨にふけるようだった。白猫を見つめていた彼は、ぽつりとつぶやく。

「ご立派になられた。だが……無謀だな」

「こちらは具体性のある作戦を用意してきましたわ。それをシェパァド家の方々とエイリーク閣下の前でお話ししたかった」

チョコレイトは毅然として言った。

「恐れようと、見て見ぬふりをしようと。その日は、かならずやってきます」

「獣が人を滅ぼす日が？」

皮肉めいたグレイの言葉を、チョコは一蹴する。

「アルスルが帝国の希望となる日が、です」

「……信じておられるのか」

「信頼はもちろん。そして彼女には才覚と実績があります」

グレイは動かなかった。

臨戦態勢に入った軍の司令の目に、過去に思いを馳せるような儚《はかな》さが宿る。実際にはひと呼吸分だけ沈黙してから、グレイは言った。

「あなたは……まるで母親だ」

思いがけない言葉にチョコレイトのほほが熱くなった。

「あなたが見守ってきたからこそ、彼女はお強くなられたのかもしれない」

「そ、そんなことは」

「謙遜することはない。アルスル様は実の母君とその関係を育めなかった……ウォルフもだ。あまりに早く実母を亡くした」

チョコレイトははっとする。

年かさの兄は、はじめて見せる顔で語りだした。

「私の姉……クラーカはそれを不憫《ふびん》に思いましてな。生まれついての病弱と弱視ゆえ、縁遠い女だったが……ウォルフの母親の代わりをしてやっていた。ウォルフもよくなついたが、ゆえに理解できなかったのだろう」

その姉が、政略結婚のためにアスクから――ウォルフから去っていくなど。

「クラーカは四十歳にしてエンブラ公爵の花嫁となった。当時、エイリーク閣下は四十八歳。たがいに初婚。世間の笑いものと言ってよい婚礼だった」

「……そんなことは」

チョコレイトは言いよどむ。好奇の噂は飽きるほど耳にしていた。

（モグラカップル……）

まぶしいものぎらいの公爵夫妻だ、と。

ウォルフの癇癪《かんしゃく》もまた、すさまじかったそうだ。ものを壊し、イヌや人を傷つけ、疲れて眠るまで泣き叫んだ。弱り果てたオーコンはウォルフが欲しがるものを惜しみなく与えるようになったという。ウォルフはいっとき泣きやんで、父のプレゼントに夢中になったように見える。だがすこしすると興味を失って、また癇癪をおこすのだった。

一年がたとうというころ。

エンブラ陥落の知らせがあった。

「その日……偶然にも、ウォルフはエンブラに滞在しておりましてな」

「え？」

「クラーカを見舞うためだ。姉は……身重だった」

チョコレイトは息をのむ。無礼を承知で、たずねずにはいられなかった。

「……その、エンブラ公爵との？」

「左様」

はじめて聞く話だった。

——ならば。

（公式発表がなかった……つまり、死産だったということ）

チョコレイトがみなまで言わずとも、グレイは悲しげにうなずいた。

「その場にいなかったエンブラ公爵やわが父、私にかわり……臨月だったクラーカを、ウォルフは守り抜いた。いや、弟以外のだれが、彼よりもうまくやり遂げられたというのか」

チョコレイトはいぶかる。

当時のウォルフはたしか六、七歳。そんな子どもが、一夜にして十数万という犠牲者をだした惨劇で身重の女を守ることなどできたのだろうか。

チョコレイトの疑問を読みとったのか、グレイはつけたした。

「ウォルフにはよいイヌがいた。ただ優秀というだけでなく……一生でいちど出逢えるかもわからないほど、心を通わせたイヌが」

親友だった——。

グレイはそうつぶやいた。

「不運にも、エンブラが陥落したまさにその晩、クラーカは産気づいた。しかし……」

生まれた赤子は息をしていなかったという。

「弟はイヌがドブネズミと戦っている間に、姉を安全な場所までつれていくことができたが……そのときにはもう、イヌのもとまで引き返せなんだ」

苦渋の決断だったろう。

それが、ウォルフとイヌの別れだった。

「わが父の判断で城郭《じょうかく》都市アスクにかくまわれたクラーカも、赤子の死とエンブラの陥落がよほど堪えたのだろう。ほどなく産褥《さんじょく》熱で亡くなった……」

母親と慕う姉と、親友と慕うイヌ。

おさない子どもが、もっとも大切な存在を同時に亡くしたら。

それはどれほど心細いことだろうか。

(逆境ね……)

チョコレイトは、ウォルフという少年を知った気がした。

罪人や殺処分する人外を前に、なぜ彼があれほど残酷になれるのか。

(傷を癒せていないんだわ……自分が受けた痛みを他者へ与えることで、もがいている。けれどなにも変わらないから、より大きな痛みを与えてしまうのね)

そして。

彼が異常なほどアルスルを痛めつけた理由も。

(……あの子が怖いのでしょう?)

アルスルが。

（……あなたの傷に触れようとするから）

きっとウォルフには——攻撃と手当ての区別がついていない。

だから、ただ伸ばされただけのアルスルの手にも嚙みついてしまうのだ。

傷ついた野生の獣のように。

「ウォルフは昔から私にはなつかないが……姉の代わりとはいかずとも、せめて、私が愛情を示したがっていることを知ってほしい」

自分の剣をベルトへ差しこんだグレイが、立ち去るそぶりを見せる。

チョコレイトは思いだした。いまは、戦いに集中しなければならないことを。

「そしてアルスル様なら……友とはいかずとも、ウォルフの孤独に耳をかたむけてくださるかもしれない」

背をむけたグレイが、歩きだす。

「それは」

遺言を聞いたような気になったチョコレイトは、反射的に答えていた。

「もう、友とよびますわ」

「……そうか。いかにも」

グレイがはじめてほほえみを浮かべたとき。

大きな獣の咆哮《ほうこう》が、オーロラ・ウォールをゆるがした。

オオカミのようにひた走るウォルフの背中を、アルスルは必死で追った。

近くの監視塔へ駆けあがった二人は絶句する。

世界樹のようなそれが、そこにいた。

『だ、大王……ッ？』

『なぜこんなところまで……ッ？』

『そのおケガは……ッ？』

キンキンとした女の声がした。

ランタンを首にぶらさげたドブネズミたちと、小太りの男がいる。

「エンブラ公！」

エイリーク・ショォトヘアだった。

彼のフェロモン・キャンディで餌づけされたのか、三大臣たちはアルスルのそばにいないとき、エイリークの近くにいるようになっていた。だが、その光景はいまのウォルフにひどく悪い印象を与えてしまったらしい。

エイリークを見つけたウォルフは——アルスルが震えるほど殺気立った。

「……おまえなのか。黒豚野郎」

一瞬、アルスルは彼がなにを言ったのかわからなかった。そのくらい汚い言葉だった。さらに汚い言葉をならべて罵倒《ばとう》すると、ウォルフはエイリークをにらみつけた。

「うすぎたないブタめ、エイリーク、おまえ……エンブラが落とされた腹いせに、このオーロラ・ウォールを落としにきたんだろう？」

「アスク公」

アルスルは止めたが、ウォルフはその手をふりはらった。山のように大きな生きものをゆびさして、少年は言った。

「地動王だな？」

アルスルは耳を疑う。三大臣たちはなんどもなんどもうなずいた。

エイリークもまた、全身から嘆きをほとばしらせている。異議がないとばかりに沈黙したエンブラ公爵を見て、少年は悟ったようだった。

怒りをたたえたウォルフの瞳《ひとみ》が、うすい金色に変わりはじめる。

「おまえのたくらみを暴いてやる。汚らわしいドブネズミどもを引きつれて、傷の王を、この砦《とりで》に招き入れるつもりだったんだ……そうだろ？」

「愚かな」

どんよりとした表情をさらに曇らせて、エンブラ公も反論した。

「貴公はあのころからなにも変わらない。いやなことはすべて他人のせいにし、気に入らないことがあればひどい癇癪をおこす……そんな子どものままらしい」

ひくりと、ウォルフのこめかみが痙攣《けいれん》する。

「……もっとも大切なとき」

彼は、緑の歯へ手をかけた。

「妻と子の命が危ういとき、そばにいなかったおまえがそれを言うか……！」

銀の霧が、ウォルフを包みはじめていた。

とてもまずいことがおきている、アルスルはそう思う。

――アルスル、くれぐれも中立でいなさい――。

主と定めたヴィクトリア。

彼女から与えられたはじめての戒めを、破る覚悟を決めていた。

エイリーク・ショォトヘアに背をむけると、ウォルフ＝ハーラル・シェパァドと対峙する。

左手を、背の大剣へとすえて。

「おい。兄弟」

ウォルフは脅すように口角をつりあげる。

「その行いがなにを意味するか、知っているよな？」

「……あなたはわたしよりも速く動けるから。あなたを止めるとすれば、あなたより先に動かなければならないというだけ」

「止める？　おまえは正義の側にいるつもりか？　鍵の騎士団」

オオカミのように鋭い顔で、ウォルフは指摘する。

「おのれの正しさをつらぬくことがいかに醜いか、わかってもいないくせに」

「醜い？」

「そうだろ？　わたしは正しい、だからあなたはここを正して……って論理だ。正義と正義がぶつかり合うとき、そこに対立と争いが生まれることを無視している。おまえも、おまえの騎士団もな！」

アルスルはひるんだ。ウォルフの言葉がある点では的を射ていたからだ。だがそれは、エイリークを攻撃してもいい理由にはならないとも思う。

「……もしそうだとしても」

体も手のひらもじっとりと汗ばんでいる。しかしアルスルは知りたかった。ウォルフという人間の心を。だから言ってやった。

「あなたに正義があるようには、見えないけど」

少年の口角が――引きつった。

「……なんだと」

「あなたはなぜ戦うの？」

ずっと疑問に思っていたことだった。

「あなたはなぜここに？　どうして城郭都市アスクではなく、ここにいるの？」

地動王から帝国を守るための防衛線とはいえ、公爵自身がオーロラ・ウォールで暮らすなど前例がないという。

アルスルは予感を口にした。

「……フェンリルにいちばん近い場所だから？」

ウォルフが息をのむ。

少年がとまどいを見せたのははじめてのことだった。

口をつぐんでしまった彼を見ている間、アルスルはチンモクのリクエストを受けたアーキ号を思いだしていた。

「ウォルフ。あなたはきっと……本当の心を口にしていないね」

だからこそ、アルスルは断言する。

「わたしが地動王を止める」

ウォルフは目を丸くした。

エイリークも背後で息をのむ。

「だから、わたしとエンブラ公に……力を貸してほしい」

そう伝えた刹那《せつな》だった。


『……醜き、かな……』


頭蓋骨の裏をこそぐような声だった。

アルスル、ウォルフ、そしてエイリークも色を失う。

かろうじて言葉とわかる地鳴りのような轟《とどろ》き。暗い洞窟に暴風が吹きこんでいるのかと思わされる振動は、不規則な呼吸だった。

『えいゆう、を』

太陽をさえぎっていた肉塊――獣がうつむく。

泥の滝が降りそそいでくるようにして、牛骨のように干からび膿《う》んだ――鼻が、アルスルたちに近づいてきた。エイリークが縊られた家畜みたいにつぶれた悲鳴を漏らしていたが、アルスルもウォルフも動けない。

獣の口まわりには、枯れ木のような髭が生えていた。とりわけとがった上下の前歯は本当なら四本あるはずだが、一本はもう無く、二本は途中で落雷にあったかのようにギザギザに折れていて、最後の一本は虫歯だろう。不衛生に黒ずんでいた。

『道化師三大臣よ……英雄をここ、へ』

リンゲ、ブロッシェ、ホーリピントが走りでた。

『大王、大王ッ!!』

『やり遂げましてよッ!!』

『英雄さまは、しかとここにッ!!』

三体はくるくるとアルスルのまわりを駆けてみせる。

しかし――。

『ち、がう』

せき止められたドブのにおいがする鼻息が、空から吹きかけられる。

アルスルたちは何歩分か吹き飛ばされた。その鼻からやや離れたところにある岩だと思っていたものが、ゆらゆらと動く。

（……目）

目ヤニで焼いた粘土のように固まりかけたそれが、眼球だった。苔《こけ》色、ネズミ色、黄土色へと変色した瞳は、たぶんほとんど見えていない。

形を保てているのが不思議なほど、獣の体は傷んでいた。

——ちがう？

アルスルたちは困惑する。

『かように……醜きもの、は、英雄にあらず。言い争い、仲たがいし……剣をぬく』

ゆえに。

アルスルは英雄ではないと。

傷の王は、うわ言のようにくり返した。

『は……はよう……英雄をここへ……耳鳴り、が』

三大臣はこまり果てていた。

『ちがいますッ、大王ッ』

『まったくボケジジ……ノノノ、とくとご覧くださいませッ』

『彼女はほらッ、証となる二本の剣をッ』

濁《にご》った眼球が、時計の長針ほど時間をかけてアルスルへむけられる。

大きな獣は沈黙した。

関節がきしむ音だけが、遠雷のようにひびいてくる。

(納得した……?)

――いや。

いま、一本の前脚が、すこしずつもちあげられていく。折れたマストそっくりの先端から、あの黒い油のような影が染みだしていた。

(な、に?)

影はどんどん丸くなったかと思うと、こんどはレンガみたいに四角く変形していく。

あっという間に人外戦車よりも大きくなった箱型のかたまりが、ゆっくりと降りおろされていた。

(ハンマー……だ)

腹の底から恐怖が湧きあがってくるのを、アルスルは感じた。

圧倒的な力を感じとったウォルフがいちばんに飛びのく。叩き潰される、そう直感したアルスルも逃げようとするが、はっとした。

「……エンブラ公!」

エイリークは腰を抜かして座りこんでいた。

アルスルが銀のジャケットをつかんで引っぱっても、肥満の彼は見た目以上に重くて引きずることもかなわない。つぎの瞬間、どこからともなく姿をあらわした護衛官が、アルスルの手首をつかんだ。

「アルスル」

逃げないと、と彼の唇は動いたが、アルスルは首をふる。

「手伝って……ルカ‼」

大きな声でよぶと、ルカはぐっと息をのんだ。

「……あぁ、もう！　あんたっていつもそうだよな、ちくしょう！」

ワインで満杯の樽を運ぶように、ルカがやっとのことでエイリークを担ぐ。

「あ……き、き……み？」

「おれがメルティングカラーだからって怒るなよ、エンブラ公……ラファエル！　アルスルを守ってくれ！」

天空から降り立ったハクトウワシが、アルスルの肩をつかむ。

「ごめん。あなたも手伝って」

ラファエルはがっしりとした翼を広げて鼓舞する。ブラックホールみたいな重力の歪《ゆが》みが生まれ、アルスルを助けるように包みこんだ。

アルスルが走る王をつかんだときだ。

「捨てろ！」

ウォルフが叫んだ。

「逃げられないやつは捨てろ、おまえが死ぬぞ⁈」

鎧《よろい》の背から大剣を外し、左手と石膏ギプスで固めた右手でにぎりしめたアルスルは、ルカとエイリークの前で身がまえる。そして祈った。

（耐えて）

地すべりよりも激しい衝撃がくる。

四角い影のかたまりが、戦神の鉄槌《てっつい》のようにオーロラ・ウォールへふり下ろされた。

ドヴェルグ。

――キングドワーフともよばれた獣の。

渾身の力をこめた、鍛錬《たんれん》だった。


衝撃波が広がった。

逃げきれなかった人間やイヌ人外はもちろん、物資や砲台、市場や屋台まで、近隣の内郭にあるすべてを吹き飛ばす。

空を飛ぶ鳥たちの瞳だけが、その瞬間を映していた。

オーロラ・ウォール――未知の合金でできた長城が、たわむのを。

水のようにおのずとゆらいだ七色の壁は、先人の叡智《えいち》によって、天変地異にも匹敵する衝撃を完全に逃がそうとする。

世界は白かった。

音がしない。

視界はかがやいていて、まぶしいほどだった。

夢を見ているのだろうか。すべてがぼんやりとして、遠くにある。それとも——自分だけが遠くへきてしまった？　痛みも、肌の感覚もなかった。

『英雄さまッ！』

『英雄さまッ!!』

『英雄さまッ!!!』

ガラスを釘でひっかくような、独特な女の声がする。

やがて、うっすらと人影が見えてきた。

男の人だとわかるのは、耳鳴りのむこうで怒鳴るような声が聞こえていたからかもしれない。人種はわからないけれど、とても大好きなだれか。太った初老の人と、少年もいる。彼らは言葉を話しているようだが、うまく聞きとれなかった。

アルスルのすぐとなりに、大きなワシがうずくまっている。

生きてはいるが、片翼がひどく傷ついていた。奇妙な方向へ折れ曲がっている。耐えがたい痛みなのか、オオワシは無傷の片翼を狂ったようにばたつかせていた。

かわいそうに。

助けてあげないと。

アルスルは手を伸ばそうとしたが、できなかった。いつのまにか横たわっていた体も動かせない。でも、瞳はなんとかなりそうだ。アルスルは右を見てから、左を見た。

左腕が無かった。

あるにはあるけれど、紙くずのように破けてちぎれた鎧に押しつぶされて、ぐしゃぐしゃだった。ただ赤くてぬめっていて、骨かもしれない、白いものが露出している。それも折れて砕けていた。

だめだ。もう使えそうにない。アルスルはがっかりする。

ふと、だれかが怒っているのがわかった。

――はなよめをきずつけたか――。

それは、いつもかならずそばにいてくれるだれかだった。

これまででいちばんその存在を近くに感じて、アルスルはうれしく思う。

ねずみいっぴきふぜいが、わがはなよめをきずつけたか――。

すさまじい怒りがアルスルのなかへと染みてくる。

とつぜん、アルスルは怖くなった。怒れるだれかは、アルスルが受けた以上の痛みをもって相手に償わせることを望んでいた。

やめて。そんなことしなくていい。アルスルはぼんやり懇願した。

すると温かい水に包まれたような心地よさがやってくる。そのだれかは、アルスルに対してだけは、親よりも恋人よりも愛情深く触れてくるのだった。

ぼくをこわがらないで――。

アルスルの気が遠くなっていく。視界だけはそのまま、そのだれかがアルスルの体を動かしはじめた。

わがつのにかけて。きみをまもろう――。

角。

なぜだろう。

アルスルは泣きたくなった。

土石流が迫ってくるような気味の悪い震えは、胎動のようにも聞こえる。傷の王とよばれし獣が、嗤《わら》っていた。

『ほうら……』

王は、先ほどよりいっそう醜い姿と化していた。

渾身の力をこめた打ちつけは、王自身の体をも傷つけていたからだ。

その体から、どす黒い血――影があふれだしていて、止まらない。

オーロラ・ウォールの兵站は壊滅していた。物資は投げだされ、武器庫はなぎ倒され、輸送するための人と家畜、荷車などは瓦礫《がれき》の下敷きになっていた。司令官がどこにいるかもわからない。生きて動く影は多いが、戦おうという意思は完全に砕かれている。

人間たちはただ、見上げるしかなかった。

人の力などおよばぬ存在を。

――いや。

ひとりだけ。

『見よ』

すっと立ちあがり、何事もなかったかのように武器を拾った者がいた。

『死なぬ子だ』

――女。

そう認めた瞬間、人々の視線は釘づけになった。

顔がわからない距離でも、皆が直感する。あれがだれであるか。なにしろその女が手にしていたのは大剣だった。いまは、だれかの血で赤く染まっているけれど。

右手でかまえた大剣へ。

女は左手をそえた。

――一角獣の角のようにねじれた、赤い水の腕を。

血に染まった大剣を引いた直後、女はそれを傷の王へと突きあげた。剣から赤い水が散る。飛沫《しぶき》は風に乗って空へとのぼり、赤いリボン――いや、赤いレースのカーテンのように広がった。

そのときだった。

白い――オオカミのような獣が、女へ駆けよった。

「剣の形に抑えこめ、バカ……アルスル!!」

少年の声だった。

とても耳慣れた人物の声ではないかと、人々が感じた刹那である。

赤い水が、王の前脚を断っていた。

断頭台の刃で、首が落ちるときのようだった。

衝撃によろめいた傷の王が、絶叫をあげる。地震がきたときのようにあたりがゆれたが、女はふたたび剣を突きあげた。一回、二回、三回。放たれた赤い流水は毛糸玉のように丸くまとまったかと思うと、つぎの瞬間、破裂した。

『大王……!!』

だれも傷つけることができないとされた、オーロラ・ウォールが。

蜘蛛《くも》の巣のごとく張りめぐらされた赤い力に、打たれる。同時に赤い力は――糸でチーズを切るように、巨大な獣の右半身を断っていた。

「……な、んだ、あの女は……」

「……魔王だ」

魔なるものの王。

そうたとえられるのも、無理のないことだった。

女の黒髪は——引きずるほど伸びたうえ、風になぶられて、亡霊騎士の外套《マント》のようにゆれていたから。

『う』

道化師三大臣とよばれていたドブネズミたちが、そろって傷の王をあおぐ。潮騒がごとき声のくぐもりは、王のものだった。

『う、つ、く、し、い』

傷の王は——感涙するようですらあった。

『だッ、大王？』

地動王に。

欲望があふれる。

『欲、し、い』

ずるうり、と。

王はとろけた。

『……げに美しき、大剣……！』

背肉が泥のように滴る。

三大臣が全身の毛を逆立てた。彼女たちだけではない。王の欲望を耳にしたすべてのドブネズミたちが、凍りついていた。

『……そんな』

『……なりません』

『……大王』

ドブネズミたちは嘆くような声をあげる。

『……宝物庫は……ッ!!』

巨大な獣は耳を貸そうとしなかった。

もう大剣のことしか頭にないのか、魔なる女に見入っている。王をなだめようと躍起になった三大臣は、猫なで声で話しかけた。

『ソッ、そうですわ！　大王よ、歌ってくださいませッ！』

『そうッ、かつてのようにッ！』

『なつかしゅうございますッ！　昔は、傷ついたわらわたち眷属《けんぞく》を歌ってはげましてくれましたでしょッ！』

しかし。

『歌いとうもない……わ』

え、と。

三大臣は立ちすくむ。

王とよばれし獣は、不快感もあらわに吐き捨てた。

『きさま、ら……隠しておったくせに』

裂けた口から血とよだれが降ってきて、あたりの瓦礫を打ち崩した。

『……かように、美しいものを……この大王から……ッ』

老いた獣の譫妄《せんもう》が、とり返しのつかないほど進んでしまったことを。おのれの訴えが二度と王に届かなくなったことを。ドブネズミたちは悟っていた。

王の影が退いていく。

大樹のようだった影も、オーロラ・ウォールを打ちすえた影も。

べつのなにかに変わりながら、王の背へ集まっていく。泥か、血か、影かもわからなくなった背の肉から——ぼこんと、なにかが浮きあがった。

門だった。

あまりに大きく、王には似つかわしくないほどに美しい、金の装飾がほどこされている。

その門はいま、わずかに開いていた。

一筋の絶望がこぼれるように、血であり影——大いなるギフトが滴った。

『大王ッ、お許しをォッ！』

『そこはッ……宝物庫はいやァッ!!』

リンゲ、そしてホーリピントとよばれていたネズミが脱兎《だっと》のごとく逃げだす。だが一体だけ、逃げだすこともできないほど打ちのめされているものがあった。

『……大王……』

ブロッシェとよばれたドブネズミ。

『どうして……？』

王の言葉が信じられないのか、彼女はとりすがる。

『もう、歌ってくれないのですか……？』

門の奥は真っ暗だった。青空の下にあってさえ、なかの様子はわからない。

それを目にしたドブネズミというドブネズミがこぞって逃げだした。人外たちは黒い波となり、引き潮のように退いていく。だがそれもハムスターがまわし車を駆けるほどのもので、つまり、なにもかも無駄だった。

ブロッシェが泣き叫ぶ。

『……歌って、大王……ッ！　歌ってよ!!』

それが最後だった。

ネズミは、逃げまどうほかのドブネズミたちに突き飛ばされる。

『ぐひゃ』

『ブロッシェ?!』

うずもれて、邪魔だと嚙まれ、潰されて。

哀れな一匹の地虫のように。

しかし眷属のそうした光景を見ても、彼女たちが王とよんだ獣は嗤っていた。
『……いい気味だ……裏切者などもう、いらぬ……』
人智をこえたギフト。
大いなる宝物庫の扉から。
――欲深い影の洪水が、放たれた。

14

いまも夢に見る。

記憶なんてないはずなのに。

灰色の森。

銀色の霧。

緑色のオオカミ。

シェパァド家にはしきたりがあって、公爵に子どもが生まれたら、その子が三歳になるまではかならず、お守りをそばにおいておかなければならない。

お守り――緑の歯を。

緑の歯には、病からも獣《けもの》からも赤ん坊を守るという言い伝えがあった。クラーカもグレイも、子ども部屋の壁に緑の歯を飾っていたという。

ぼくの母親は、エストリズといった。

シグルズ侯爵の一人娘だった。

親父の三人目の妻となるために城郭《じょうかく》都市シグルズからやってきたのだ。

ぼくを産んで一年がたったころ、エストリズの母が重い病にかかった。エストリズは母にぼくを見せてやりたいと親父に懇願したという。エストリズを心配した親父は、ともについていこうとしたほどだったらしい。だが結局は、多忙を極めていたアスク公爵をエストリズが説きふせてしまう。

せめてものお守りにと、親父は緑の歯をもたせた。

二人の、それが永久の別れとなった。

城郭都市シグルズまであと二晩という森で、エストリズとぼくを乗せた人外《じんがい》戦車は番狼王《ばんろうおう》の子どもたちに襲われた。

味方がつぎつぎと喰い殺されていくなか。

エストリズは赤ん坊だったぼくと——緑の歯を土産物のタペストリーでくるみ、荷物のなかに隠した。

記憶なんてないはずなのに。

どうやらそのときも、ぼくは夢を見ている。

大きくて真っ白なオオカミの夢だ。

ひとりぼっちの若いオス。ほかの眷属《けんぞく》たちは若葉の緑色をしているのに、その一体だけが南《サウ》域《ス》の白い砂とおなじ色だった。

父母のもとから飛びだしたばかり。

風が吹くところへ、どこまでも自由に駆けていく。

いつか自分の群れを作るため――。

ぼくは、そのオスに親しみを感じた。

言葉にはできない、食べものの好き嫌いみたいなものだ。たぶん、いっしょに走りたいと思った。オオカミもそんなぼくを気に入ったのだろう。

その鼻がぼくのやわらかい胸を割って、――なかへ入ってきた。


三日後。

シグルズ侯爵の使いが、エストリズの人外戦車を見つけた。

生きて見つかったのはぼくだけだったという。

大人たちはひどく気味悪がった。オオカミの死骸はなく、赤ん坊のにおいに気づいていながらも、人外たちが見逃したとしか思えなかったから。

そして。

生えそろってもいないぼくの髪は。

――南域《サウス》の砂とおなじ、純白に変わっていた。

15

瓦礫《がれき》に押しつぶされていたルカは、うすく目を開いた。

気を失っていたらしい。頭は働かなかったが、まず致命傷を負っていないことを確認し、時と場所をたしかめる。

(夜、か……?)

あたりは闇に包まれていた。だが、風がない。

昼も夜も白い砂塵をまき散らす、あの風を感じられないのだ。石畳をほふく前進して瓦礫から這いでたルカは、自分にのしかかっていた防塞の上に獣《けもの》を見つけた。

「ラファエル……!」

涼しい顔をしたハクトウワシが、土嚢《どのう》袋で羽根づくろいをしていた。

ぼろぼろに傷ついていたはずの片翼は、ほぼ治っている。

癒しの力を使ったのだろう。動かそうとはしなかったが、血が止まりかさぶたになっていた。

ほっとする一方、影の津波に襲われたルカの記憶は、防御の姿勢をとったところでとぎれている。あれから、どれほどの時間がたったのだろう?

ラファエルが空を見つめた。

砂まみれの体を払いながら彼の視線を追いかけたルカは、息をのむ。

「な……んだよ、あれは」

最初に違和感を覚えたのは、空だった。

月もなく星もない。雲どころか雨粒ひとつない。締めきっていた倉庫か棺のなかのように、空気が沈殿している。にもかかわらず視界は利いて、炎もないのにあたりの景色を見わたすことができた。目を凝らしたルカはぞっとした。

「……地図?」

はるか上空に、うっすらと地形が見えていた。

建物と運河、木々のようなものが敷きつめられている。美しい街なみだ。オーロラ・ウォールではない。ルカからすれば俯瞰《ふかん》図だが、その街はあまりにも緻密《ちみつ》で、幻や作りものとは思えなかった。異様な状況を実感するほど、ルカはあることしか考えられなくなっていく。

「……アルスル」

探さなければ。

そう直感したときだった。

「動けるのか……なにより」

男の声が降ってきて、ルカはぎょっとした。

ラファエルがとまっている土嚢の裏で、小太りの男が身じろいだ。

エイリーク・ショォトヘアだ。

「無事だったのか、エンブラ公爵！」

「……まぁ。きみのおかげだ」

ルカとおなじくホコリまみれだったらしい彼は、それでもきちんと身なりを整えていた。

なんとなく恥ずかしくなったルカはしっかり体を払う。すると、エンブラ公はふむとうなずいた。

「……よかろう。きみの随伴を許す」

「は？」

「騎士団と合流するのだろう？　私もつれていきたまえ」

尊大だが、貴族にしては謙虚だった。

おまけに。

「……きみがいなければ、アルスル＝カリバーンも心細かろう」

公爵はぽそりとつぶやいた。

ルカははっとする。

「えっと……」

肯定したものか迷っていると、エンブラ公爵は言った。

「きみたちの噂は社交界で聞いている……私は、妻の死に目に会えなくてね」

エイリークは自嘲《じちょう》をこぼした。

「縁起でもないが、急ぎたまえよ」

小男は歩きはじめる。ルカは頭をかいた。

「……あんた、変わってるなぁ。ネコも護衛もなしっていうし」

「きみはネコのように遠慮がないようだが……心配にはおよばないよ」

エンブラ公爵には不思議な余裕があった。

その胸で、オレンジそっくりのペンダントがゆれている。


西門の広場に、伝令の兵士たちが続々と戻ってくる。

絞首刑台に座ったバドニクスは、紫煙とともにため息をついた。報告を聞くほど、最悪に近い事態がおきていることを確信しつつある。

「東への道は断たれています」

「西もだめです。先へ進めません！」

「空ですが……」

「地下を見てまいりました」

影だった。

厚い影がオーロラ・ウォールを四角く囲んでいる。

地動王《ちどうおう》の体から影があふれた――バドニクスがそう感じたときにはこのありさまだった。すぐさま鐘を鳴らさせると、鍵の騎士団の面々とグレイ、百体ほどのシェパード犬とバルト犬を集合させることができた。それでも、状況を把握することさえできていない。動けなくなっている負傷者の救出にも時間がかかるだろう。

「八方ふさがりってか」

チョコレイトが手のひらにのせたコンパスは、さっきから奇妙な動きをくり返していた。何分もくるくるまわっていたかと思えば、まったく動かなくなるというように。

グレイ・シェパァド大佐が答えた。

「縦約三キロ、横約三キロ。井戸水が涸れた点と、尖塔からバリスタを放ち矢が落ちてくるまでの時間から推測させるに、高さもおよそ三キロ……おそらくは、一辺三キロの立方体。箱みたいな形に隔離された、と考えてよろしいか?」

「どうだかな」

バドニクスは、紫煙を上空へ吹きかけた。

「天井に見える街だがよ……さっきと景色が変わってねぇか?」

グレイとチョコレイトが顔を見合わせる。

チョコが双眼鏡をのぞいた。さっきまで処刑台の真上に運河があったのに、いつのまにかそれがすこし西へとずれ、かわりに教会のような建物がきていた。

「……それが?」

バドニクスは肩をすくめた。

「数学はともかく位相幾何学《いそうきかがく》は専門外だ。エイリークを探してこい」

「簡単でかまいません。私こそ、深くは理解できない」

グレイがさきをうながす。

バドニクスは予想できるところをかいつまんで説明した。

「もうしばらく観察したいが……ここは表側でありながら裏側でもある状態かもしれねぇ、ってこと。いちど入ったらでられないわけだ」

「……つまり？」

「四次元なんだよ、ここは」

グレイは眉をひそめる。

「直線しかない世界が一次元。縦軸と横軸がある平面の世界が二次元。そして平面にくわえて高さ……すなわち立体がある世界が三次元。四次元というのは……まぁ、この三次元の世界を一枚のカードに見立てたとして、それがさらに一枚、二枚、三枚と山札のように積み重なった世界のことだ。そして地動王の〈大いなる宝物庫〉……その血液たる影は、四次元へとつながっているとも言われてきた」

「確証はない？」

「研究が進んでねぇんだよ。生存者がいなかったからな」

いちど人外《じんがい》の影にとりこまれた者は、まず生きて戻ってこない——。

バドニクスは頭上をにらんだ。景色はさらにずれていた。

「こちらの地面と平行に上下逆さまの地面が見えるなら……超立方体空間のはずだが」

刑台に二十四の面をもつ立方体の図形を描いたバドニクスは、すぐそれに疑問符をつけた。

「そもそも王の体積に対してとりこまれた空間がデカすぎる！　境界も表裏の区別もないクラインの壺状の閉曲面かもしれん。いずれにせよ、ここが連続変形しつづける空間だとすれば……人や獣、三次元生物の性質をこえちまってる」

「脱出は不可能？」

「数学上はな」

四次元において、三次元空間同士は完全に隔絶していると考えられている。だとすれば、手のだしようもない。それを聞いたグレイは、片手で頭を抱える。

「……バドニクス殿。提案が」

識者が語る理論を理解できていないことが、いまはまだ彼を絶望から遠ざけているのかもしれない。ちらりと西門の奥を見た大佐は、声をひそめた。

「いま、ウォルフには時間が必要だ……弟が落ち着くまで、われらの指揮をとってはいただけまいか？」

バドニクスはチョコレイトと顔を見合わせる。

女の肩にのった白猫は、ただじっと次元の虚《うろ》を見つめていた。

（……まずはアルスルだ）

騎士団長を探さなければ。集合の鐘を鳴らしてからかなり時間がたっていたが、アルスルが戻ってくる様子はなかった。

（あいつもあれでしぶとい……死んだ、とは考えられねぇが）

言わずともバドニクスの考えが伝わったのか、チョコレイトもうなずいた。

「かまわねぇが……落ち着くって？　悠長にかまえていていいのか？」

「ただひとつ言えるのは、こういうとき……弟はひどく気が立っている。おのれの異形をさらしてしまったことに、憤るのだ」

グレイが弟の身の上を嘆いたときだった。

「だからおまえはだめなんだ……兄弟」

ウォルフ＝ハーラルの声がする。

しかし。

西門の奥で身じろいだそれが、ぬっと手を伸ばした。

白い毛でおおわれた――人外戦車の車輪よりも大きな手だった。

そのひとさし指が、まっすぐにグレイを示す。

「ぼくの腹が立つのはな。そうやっておまえが……すぐに群れを売ろうとすることだ。グレイ、おまえはなぜ、おのれの力で人々を率いない？」

「そうではない。ウォルフ、私は……」

「責を負いたくないからか？」

遠まきにこちらを見ていた群衆から、かん高い悲鳴があがる。

せま苦しい檻のような暗がりから這いでてきたのは――毛むくじゃらの、白い巨人だった。

とても不幸なものを見るような。

兄の目が、いつも憎かった。わけ知り顔でうなずく仕草も。

引き裂いてやりたいほどの怒りを感じたとき、兄とウォルフの間に、葉巻の男が割って入った。

「おいガキ、無事か?」

「なんともないさ。サー・バドニクス」

「ウォルフ……!」

近づこうとしたグレイを、ウォルフは荒々しい鼻息とともに威嚇《いかく》する。小人ほどにも縮んで見える兄を怒鳴りつけた。

「なんともないと言っている……!!」

あまりの大声で、オーロラ・ウォールの合金が反響する。

グレイがひるんだ。それがまた、ウォルフの心を逆なでする。一方でわかってもいた。あたりまえの反応なのだ。まともな人間なら。牙をむいてうなったウォルフは、いまや、オオカミの特徴を残した得体の知れない生きものだった。

「こいつぁ……人狼だわな」

バドニクスが感嘆の声をあげる。

正直な感想を聞いて、ウォルフは笑い声をあげたくなった。

純白の体と長い尾にはふさふさの毛が吹いている。イヌ科の黒い鼻がついた口先は、長く精悍。耳、牙、爪はとがっていて、おまけに瞳《ひとみ》は金色だ。

でも骨格はというとヒトに酷似していた。二足歩行をするための足と腕は長く、指は五本で肉球がない。筋肉のつきかたなんて、鍛《きた》え抜かれた人間そのものだ。

「より気もち悪い……ただのバケモノさ」

ウォルフは自嘲する。

いまのウォルフは、ゆうに五メートルをこえる背丈だった。成長に合わせてまだまだ大きくなるにちがいない。

醜《みにく》い巨人、そうとしか言えない姿だった。

「人外兵器だよ!!」

ウォルフは吠えた。

「ある人間と、ある人外兵器が心を通わせたとき……あるいはなにかのはずみで、人外が、人間の内側へ染みだしてくることがあるのさ」

「染みだして……?」

スキンヘッドの女が青ざめる。

「……ヒトが人外になってしまう、ということ?」

「見たことも聞いたこともないって言うんだろ? ぼくだって、ついぞお仲間には出会ったことがなかった……今日までは!」

鼻の穴からため息のような紫煙を吹くと、バドニクスが話を戻した。

「で？　なんでもないならよ。いつもの姿へ戻ってくれや」

ウォルフは返事ができなくなる。

ずっと、鳥肌が広がるようにはじまった興奮を抑えようとしていたが、いちど開いた感覚は開きっぱなしのまま、ちっとも変化がない。

バドニクスが言い当てた。

「呼吸は不規則。心拍数も早すぎるな……戻れねぇってか？」

「うるさい！　すこし時間がかかっているだけだ！」

「ほう？　なぜ？」

白々しく首をかしげると、男は声を低くした。

「……アルスルか？」

チョコレイトが息をのむ。

「人外研究者め……人が悪いな」

舌打ちすると、ウォルフはせせら笑った。

「そうだよ。アルスル＝カリバーン……あいつのせいだ！　あいつのなかのバケモノが暴れたから、ぼくのなかのバケモノも暴れだしたんだ！」

ウォルフはのどを鳴らした。

獣の体が、獣とおなじうなり声をあげる。

「いくつもの強い獣がおなじ土地にいることはできない。食いものの奪い合いになるからだ。そうならないよう、強い獣は本能に従って戦う……自然のことわりだろ？」

チョコレイトがたずねる。

「……ただの縄張り争いだったというの？」

「緑の歯と、走る王のな！」

ウォルフはくつくつと笑った。

「頭もついてないくせに、どっちも喧嘩っ早いったらない。言っておくが、ぼくの土地にずかずかと入ってきたのはあいつだし、あっちがさきに威嚇……角をかまえたんだからな！　アルスルはただ、あの大剣にふりまわされているだけだ」

「あなたはちがうというわけ？」

「ぼくは緑の歯を制御できている！」

とっさに答えたウォルフは、しかし、毛むくじゃらの手を見つめてうなった。

「……できてた。いつもは」

「それを制御不能っつうんだよ！　こういうことは以前にもあったか？」

なにかを見きわめるように、バドニクスが聞く。

ウォルフは思いだしたくもない記憶——それでいて、忘れることのできない記憶を思い返した。

「……地動王」

グレイが顔を歪《ゆが》めた。

「地動王がエンプラにきたときもそうだった。あのバケモノの王が暴れて花の大図書館をのみこんだとき、ぼくのなかのバケモノが目を覚ましたんだ。おかげで……ちびだったぼくでも姉を運ぶことができた」

あのころはこの姿も象くらいの大きさしかなかったが、人々を怖がらせるには十分だった。

兄は弁解するようにつづける。

「……ウォルフはたしかに立派なことをした。しかし、目撃者はあまりに多く……弟が人狼だという噂は、またたく間に南域《サウス》と地下域《ヘル》へ広がってしまった」

ウォルフ自身の思いなど、すべて無視して。

「グレイ」

兄をさえぎったウォルフは、膝立ちになる。

またもや人々から悲鳴があがったが、もうどうでもいい。

「これまでどおりだ。ぼくが指揮をとる……生存者と物資を数えさせろ。その数によって、弱った人間と獣を切り捨てる。それから、エンプラ公爵をここへ」

予期せぬ命令だったか、グレイがけげんそうにした。

「エイリーク閣下を？　協力をあおぐか？」

「決まってるだろ。処刑だ」

グレイが硬直した。バドニクスたちがちらりとこちらを見る。

「……ウォルフ。それはいますべきことではない」

兄がめずらしく反論した。

「ぼくは腸《はらわた》が煮えくり返りそうなんだ。おまえはどうだ?」

「人命を優先すべきだ。だからこそ私は、鍵の騎士団に指揮権を……!」

「人命?」

ウォルフは聞き返してしまう。この兄はやはり愚鈍らしい。

「助けろって? ぼくを人狼だと蔑んできた連中を? 冗談だろ、兄弟?」

「それは……」

「ほら、とっととあの黒豚をつれてこい!」

ウォルフが怒鳴り散らすと、兄は立ちすくんだ。

「……それほどなのか?」

グレイは一歩前へ進むと、よろめくようにまた一歩さがった。

「それほどまで……おまえはかわいているのか」

「……かわいているか、だと?」

またただ。

ウォルフがバケモノだからというだけじゃない。自分だけは帝都の文明人だと言わんばかりのすまし顔で。毎日のように罪人を裁き、人外を処分していくウォルフを、野獣を非難するような目で見つめてくる。

兄自身は、父からも、爵位を継ぐという責任からも逃げたくせに――。

ウォルフは自分でもおどろくほど腹が立つのを感じたが、もう止まらなかった。

「……あぁ、そうとも」

ウォルフはかわいている。

欲望しても、欲望しても。

満たされない。

――自分が本当はなにを欲しているのか、わかっているから。

「もう黒豚でもおまえでもいい……早くその熱い血を見せてくれ!!」

犬歯をむきだしにして怒鳴ったときだった。

「ウォルフ＝ハーラル様！　グレイ様！」

あたりが静まり返る。その兵士はひどくうろたえていて、いつものいかめしい態度さえ忘れていた。腕章と顔立ちから、父オーコンの近衛兵だとウォルフは気づく。

「寝所に……おられません」

兄が痙攣《けいれん》する。はじかれるようにバドニクスも顔をあげた。

「オーコン閣下がおられません……！」

ルカは思った。

(黒い洪水だ……)

崩落した前哨基地の瓦礫を伝って、ドブネズミが集まっている。くしくも、アルスルが人外たちの足場を作ってしまったせいだろう。

「……難攻不落って聞いてたんだぜ？」

オーロラ・ウォールの外壁に——大きな裂け目ができていた。

蜘蛛《くも》の巣のような亀裂《きれつ》は七色の合金を貫通し、居住区の部屋や廊下がのぞいている場所すらある。そこからドブネズミが侵入していることは明らかだった。

本営へ戻るため、ルカは下からエンブラ公を押しあげて、大応接室の石階段——だった瓦礫へと登らせる。その先は、すりつぶされた資材や投擲《とうてき》武器が放射状に広がっていた。

中心に、墓標のようなものが突きたてられている。

「あれは……」

エイリークが目を見張った。

ルカは声を失う。

——聖剣リサシーブ、だった。

まっすぐに立つ小剣のまわりには、血だまりの跡。丸めて捨てた紙くずのような金属片が散らばっている。そのひとつを拾いあげたルカは、凍りついた。

「……星のドレス」

アルスルが身につけていた鎧《よろい》の破片だった。どのかけらにも持ち主の血がこびりついていて、とがった先端に肉片が引っかかっている。

女——おそらくはアルスルの足跡のまわりに、ルカは奇妙なものを見つけた。

透明、あるいはうすい薔薇《ばら》色の水滴だった。

(血……？　いや)

飛沫《しぶき》は、いま滴ったばかりのように濡れていた。ルカは注意深く足跡を追う。ひび割れた石畳に頬ずりできるほど身を伏せると、ほとんど真横から地面を凝視した。

「くそ……」

エイリークも眉をひそめる。

高い城壁のへりで——足跡は、人間のものではなくなっていた。

ルカはたまらず階下へ飛び降りる。そこに、蹄鉄《ていてつ》が打ちこまれていない蹄《ひづめ》の跡があった。

四本脚。だが、オーロラ・ウォールの馬ではない。そのまわりにはやはり、かわいていない水滴がたくさん落ちていた。

「ここで出血が止まってる……」

「あの大剣の力かね？」

「……走る王さ」

剣でつらぬかれたアルスルの心臓さえ、癒した人外兵器である。

「つぶれた腕の再生なんて朝飯前か……！」

ルカがうなったとき、悲痛な叫び声がこだました。

「しっかりしろ、ジム……！」

すこし離れた瓦礫に、生き残った兵士が集まっていた。ルカは自分の顔が険しくなるのを感じる。叩き潰された瓦礫の下で、力なく動いている者が見えたからだ。生存者だろう。

数人がかりで引きずりだされた男はオーロラ・ウォールの兵士だったが、ひとめでもう、助からないとわかった。

「ばけ……もの」

瀕死の男は、焦点の合わない目を見開いた。

「女の獣だ……四つ足の」

ルカの心臓が激しく鳴った。

「……鍵の騎士団、あの女……似てた」

意識が混濁《こんだく》しているはずなのに、彼は仲間への忠告をくり返した。

「気をつ、け……気をつけ、ろ」

「ジム!!」

男は死んだ。

仲間たちが慟哭《どうこく》する。

オーロラ・ウォール中に轟《とどろ》くようだが、咆哮《ほうこう》はひとつではないのだった。あっちからもこっちからも絶望を訴える叫びがあがっている。悲劇は連鎖していて、さらに増えるように思われた。

エンブラ公がつぶやく。

「……もみ消したほうがよいだろう。放っておくと噂になる」

「わかってるさ……」

ルカがこぶしをにぎりしめたときだった。

『……パパ』

頭に直接ひびく声がした。蝶のため息のように、かぼそい。

エイリークがびくりとする。

人外——直感したルカは、腰のナイフを抜いていた。

シェパード犬なら姿が見えるはず。なら、ドブネズミにちがいない。身がまえたルカを見たせいか、いくらかおびえた声は、それでも訴えた。

『パパ……だれかがよんでる』

直後である。

ルカは耳を疑った。

「……怖がることはないよ。グンヒルダス」

エイリークが、聞いたこともないような優しい声で答えたからだった。

困惑して二の句が継げないルカを前に、エイリークはばつの悪そうな顔をする。それでもオレンジ型のペンダントをたぐりよせた小男は、赤子をあやすようにたずねた。

「よんでいるって、だれをだい？」

『……ママ』

ママ——？

エイリークがはっきりと青ざめた。

「……クラーカ、を？」

ルカははっとする。少年の声がうなずいた。

『だれかが、ママの名を叫んでるよ……』


半壊した用水路から尖塔へ入り、ぐるぐると螺旋《らせん》階段を下っていく。

「うお。ここもか……！」

松明《たいまつ》の炎を反射して、無数の小さな瞳がいくつもかがやいていた。

たくさんのドブネズミたちだ。はじめは小さな普通種や樽ほどもある最大種を見かけるだけだったのが、進むにつれ、かさぶたまみれの人外種と出くわすことが多くなっていく。人外たちは強い敵意をもってルカたちに襲いかかってくるのだった。

「きりがない……ヘイ、エンブラ公！　そろそろ引き返したほうがいい！」

あたりには惨殺されたオーロラ・ウォールの兵士がいくつも転がっている。群がったネズミたちが、一心不乱に死肉を貪っていた。

「妙だな……」

人外研究者のエイリークがこぼす。

「ぎりぎりまで飢えたときのようだ。ひどく殺気立っている」

「……地動王のギフトか？」

ルカは嫌な予感を覚えた。

「ボスが言ってたぜ？〈大いなる終末論〉……ハイペストのキャリアとなった眷属《けんぞく》たちを操る能力だってよ」

怖気《おじけ》づくように後じさりしたエイリークは、しかし、勇気をふりしぼる。

「……もうすこしだけ。護衛をたのむ」

ルカは両手を天へとむけた。

「おれだっておれのご主人さまを探さないと……この先でおれとあんたをまつのは、恋人でも親友でも家族でもない。そうだろ？」

エイリークが黙りこんだとき、足もとの影がずるりと盛りあがった。

ナイフが届かない場所からの攻撃だとルカが思ったとき、ラファエルが身じろぎする。その拍子に、ぷわりと羽毛が舞った。

ふわふわの綿毛は闇色に変化してふくらんだかと思うと、ドブネズミに変身しかけていた影を包みこんだ。メロン、グレープフルーツ、そしてブドウの粒のように小さくなっていったかと思うと、消失する。

「助かるぜ、相棒」

ルカはハクトウワシのくちばしをなでる。

ラファエルのギフト――〈ささいなる崩壊星《コラプサー》〉。アルスルを助けさせたときの力だった。

自身の影を収縮させることで、小規模な重力崩壊、つまり、ブラックホールを発生させることができる。

一部始終を凝視していたエイリークは、脱帽した。

「……ヴィクトリアとバドニクスが自信をもつだけのことはある。アルスル＝カリバーンもだが、鍵の騎士団には、めずらしい者たちが集まっているようだ」

「ま、おれはご主人さまの足もとにもおよばないけど！　だが、いよいよ人外魔境じみてきたぜ……もうすぐ大通りに合流する。そこまでだぞ、公爵」

ルカはドブネズミからエイリークを守りつつ、先へ進んだ。

道はやがて、内郭の深部へとつづく通りにでた。内郭の地図を暗記しているルカは、奇妙に思う。

（女帝の巣……？）

もうすぐ、処分研究室とよばれる大広間だった。

グンヒルダスとよばれていたオレンジ型のペンダントが、またしゃべった。

『近いよ、近い……いるよ』

地下のせいだ。気流はいっそう緩慢になっていた。

それでも、より広い空間へ風が流れていくのを感じる。ルカにも聞こえた。

クラーカよ。

クラーカよ。

――そうよばわる声が、こだましている。

つぎの角を曲がったところで、またもや人外の群れに出くわした。だが、様子がおかしい。鳴きわめくネズミたちは、ひどくいらだった様子でなにかを包囲していた。そこだけぽっかりと穴が空いたような空き地ができている。近づくことができないらしい。

まんなかにぽつんと、黒く濡れた肉片が落ちていた。

ルカは顔をしかめる。

人間の。

「……手？」

血まみれの右手首だった。

年老いた男のものだろうか。中指に白い薔薇をかたどった大きな忌避石《きひせき》の指輪をはめている。あれがドブネズミ人外が嫌う異臭を発しているのだろう。そこだけ食べ残されたようなありさまに、ルカはぞっとした。

もはや手遅れだと通りすぎてもよかったが、あの大きな指輪が引っかかる。一介の兵士のものにしては作りが凝っていたからだ。

（貴族……？）

ラファエルの力を借りて、じりじりとドブネズミをかきわけていったルカとエイリークは、その手首を見下ろした。

まだ噛み切られたばかりの手は、なにかをきつくにぎりしめたままだった。

小さな――布だろうか？　ナイフの先で触れると、枯れた花びらが落ちるように力なく、指が開いた。

「……絵か？　いや……」

タペストリーの切れはしだった。

剣で乱暴に裁断されたのか、ずたずたに裂けている。黒い服を着た人物の肖像画にも見えるが、血まみれということもあってだれを描いているのかはわからなかった。

「あんたが気にかけていた声は……この手の持ち主？」

エイリークは答えない。

小男の目は、その肖像画に釘づけだった。

「……だれよ？」

ずしん、と塔がゆれた。

二人はぎょっとする。首飾りがこすれるような音を拾って、ルカは緊張した。いつのまにか、──あたりは銀色の霧で満たされていた。

ドブネズミとはべつの嫌な予感がして、ルカは虚勢の笑みを浮かべる。

「おいでなすったぜ……！」

戦う意思がないことを示すため、両手をあげて無抵抗を示す。もちろんいつメイスが飛んできてもいいように、光る風に目を凝らして。だが、そんなルカの警戒も無意味に終わる。

『……なぜここにいる』

殺気に満ちた、ウォルフ＝ハーラルの声は。

頭に直接ひびいていた。ルカは困惑する。エイリークも似たような顔をしていたが、それでもたずねた。

「アスク公爵……き、貴公なのか?」

少年の声は答えない。それで、エイリークは確信を得たようにつぶやいた。

「……ならば、やはりこの声は……」

クラーカよ。

クラーカよ。

――狼、よ。

死者のもののように不気味な声が、よんでいた。

ルカとエイリークは動くことができなかったが、やがて、霧が動いた。煙のように立ちのぼったかと思うと、濃淡の間を行き来しながらも、ルカたちの足もとへと近づく。

大きな指輪をした手と。

――タペストリーの切れはし。

頭へひびく声だろうと、ルカには聞こえた。

少年が、震える息を漏らしたこと。

狼《ウオルフ》よ。

その声ははたして、獣をよんでいたのだろうか。

それとも——わが子をよぶ声か。

だがルカの耳には、断末魔の叫びにしか聞こえなかった。

狼よ。

狼よ。

「ウォルフ＝ハーラルよ……!!」

公爵だった男が吠えている。

狂気に支配されたその光景に、さすがのウォルフも言葉を失った。

女帝の巣。そうよばれる旧大聖堂の床には、濡れた血痕が一直線に伸びていた。ヒルが這ったような跡だった。

かつて創造主の祭壇があった、その場所に。

いまは——王冠が。

『……親父！』

ルカとエイリークは、夢のような光景を見た。

霧が入道雲のように濃くなったかと思うと、その奥から毛むくじゃらの手が伸びたからだった。そうしてあらわれたのは、オオカミによく似た白い巨人だった。

ウォルフだと、ルカは直感する。

見覚えのある首飾りはいくつかなくなっていたが、それでも残った何本かがイヌの首輪みたいに巨人ののどを締めあげていたからだ。

「……へイへイ?!」

異形の生きものは、処分研究室を埋めつくさんばかりに大きかった。

霧の姿で動いていたのは、せまい場所を行き来するためだったらしい。危うく潰されそうになったルカとエイリークは、大きな檻の内側へ逃げのびた。巨人は、あの王冠が指輪に見えてしまうほどの大きさだった。

いま、その冠へ。

雄叫びをあげながら、這いよる者がいる。

(オーコン閣下)

老人には、手足のほとんどがなかった。ドブネズミたちに喰われたのだろう。

乱雑に首へかけられた忌避石のペンダントが、老人の頭と胴をかろうじて守っている。だがもう二度と歩くことも、だれかを抱きしめることもできない。

老人はなんども崩れ落ち、顔を石畳に打ちつけながらも、芋虫のように台座へ近づいていった。その様相を、ルカは見守ることしかできなかった。

——見守らなければならない。

オーコンはいま、心の底からなにかを欲していた。

祭壇までたどり着いた老人は、膝立ちになる。そして安置された冠へ飛びかかった。

台座に刻まれた王冠とイバラのレリーフに、どす黒い血が降りそそぐ。

「ウォルフ!!」

叫んだ刹那《せつな》。

四肢を失った老人は、冠に――嚙みついた。

唇や歯肉がえぐられて、またたく間に赤く染まっていく。顔の下半分を鮮血と唾液で汚し、両目を血走らせたその形相は、もう。

(……オオカミ)

人狼だった。

獣になった老人は、冠をくわえたまま上半身をしならせる。渾身の力で体をひねり、フライングディスクを投げるように血まみれの王冠を放っていた。

宝石があしらわれた貴金属の冠は、ぎらぎらと赤く反射しながら風を切って、まっすぐウォルフへと飛んでくる。老人が咆哮した。

「ウォルフ、とれ!!」

巨人がびくりと体を震わせた。

「とれッ!!!」

ウォルフ＝ハーラルは、とっさに手をあげていた。

ぱん、と叩きつけるような音をたて、巨人が冠をつかみとる。欠けた宝石、歪んだ金属の細工がその手を小さく切り裂いていたが、巨人は眉ひとつ動かさなかった。動かせなかったのかもしれない。

少年は父を凝視している。

父もまた、少年をにらみつけた。

「わが息子よ……やり遂げよ」

血の泡ごと吐き捨てる。

「冠を受け継ぐ者の子、罪人の子孫……ウォルフ＝ハーラルよ！」

呪うような声で父は命じた。

「と、と、と、とり戻せ!!」

ウォルフが硬直する。

「わ、わ、わ、わしの……おまえの宝を!!」

──それが最期だった。

膝立ちのままに、オーコンは絶命していた。

16

歌が聞こえる。

魔王のようにおぞましくも美しい歌声は、ボーイ・ソプラノ。

左腕を抱きかかえたアルスルは震えていた。痛みからそうしているのではない。痛みはすでに消えていた。

(……どうして)

アルスルは左手をこぶしにする。

手の形をした赤い水は、生身の腕とおなじように動かすことができた。

腕のつけ根からあふれたときこそ透明だった水は、血まみれの肉片とまじり合って腕の形へと姿を変え、ずたずたに断ち切られたはずの血管をしっかりつないでいる。

なぜ、こんなことが。

アルスルは錯乱していた。これではもう。

(……ばけもの、みたい、で……)

ここはどこだろう。

真っ暗だ。アルスルは希望を求めて手を床へ這わせたが、とても冷たい水たまりに座りこんでいることしかわからなかった。硬い糸束みたいなものが幾重にも沈んでいる。気味が悪い。そう思うのに、その糸束が拘束具のように全身に絡みついていて、立てなかった。寒くて、寒くてたまらない。

叫ぶことはもう止めている。

力の限り声を張っても、だれにも届かないから。

抗《あらが》うこともあきらめていた。

どれほど身をよじろうが、濡れそぼった糸束の一本すら断てないから。

アルスルの心は疲れきっていた。なにをしてもうまくいかない気がする。この世界は嘘と孤独で満ちていて、だれも助けてくれない、だれも信じることができないのだという思いが湧き水のようにあふれてくる。

すがるものが欲しくてたまらず、アルスルはよんでいた。

「ヴィクトリア……」

尊敬してやまない、アルスルの主《あるじ》。

彼女なら。彼女が信じるものなら信じられるだろうか？

ペトロス大聖堂でのできごとが遠い昔のことのように思いだされる。

「……あなたの目は、燭台《しょくだい》の灯……」

アルスルはあの日のやりとりをくり返した。

「あなたの目が……澄んでいれば、家は明るく……あなたの目がおおわれていれば……あたりも暗い。だから……」

暗い。

暗い。

暗い。

「……あなたの、内なる光が暗くならないように……注意、しな……」

明るくない。暗い。

明るい光なんて、届かない。

『ふぇい、ふぁーた』

彼、だった。

『まぶしいよ。そのひかりは』

ふっと息を吐くような気配がひびく。

灯が吹き消されたと感じて、アルスルはくじけそうになった。子どもみたいに、駄々をこねるようにくり返す。

「ヴィクトリア……ヴィクトリア……！」

『かのじょはもうおばあちゃんだよ？　すぐにいなくなってしまうだろう』

アルスルはぞっとする。そう。愛するヴィクトリアとの間には、五十年という大きな歳の差が横たわっていた。あと十年とせず、彼女はアルスルを遺して遠くへ去っていってしまうかもしれない。その予感に押しつぶされそうになったアルスルは、あわててべつのロウソクへ火を灯した。

「……チョコ。おじさま……！」

ふたつの灯が明るい光を放ちはじめる。

しかし、ふっと音がした。彼はまた火を吹き消していた。

『ふたりはきみのほんとうのははおやとちちおやじゃない。ふたりはなかまとしておたがいをあいし、そんちょうしあっているけれど、そのきもちははんりょのものじゃない。ふたりにはそれぞれのじんせいがあって、きみがいなくなってもつづいていく』

アルスルは愕然とした。そう、だ。

ふたりにとって、アルスルは最愛の人間ではない――。

アルスルは必死になってべつのロウソクを灯した。前の三本よりも大きな火があたりを照らしだす。

「ルカ……」

最愛の人だ。

「……ルカ、ルカ……！」

この灯だけは。どうか消さないで。

アルスルが抱くようにロウソクを守ろうとすると、彼は棘《とげ》のある嗤《わら》いをこぼした。

『ルーにすがるなんて、どうかしている！　かれなんかきみにはつりあわない。かれはどこまでもいやしいにんげんで、きみのみずみずしいからだをげびためでながめては、うすぐらいよくぼうをもてあましているんだ……しらなかった？』

そんなはず。

ない——はずなのに。

必死に守ろうとしたロウソクが急に色あせたように見えて、アルスルは一瞬身を離してしまう。その隙をつくようにして、この火も吹き消された。

アルスルは顔をぐしゃぐしゃにして泣いていた。二人の姉——エレインとヴィヴィアンの灯も。キャラメリゼ、コヒバの小さな灯も。あっさり消されてしまう。

アルスルに残されたロウソクは、もう一本しかなかった。

「……リサシーブ……」

そう唱える。おまじないみたいに。

アルスルは絶望に耐えきってみせるつもりでいたが、今回はちがった。

『……どうしてかな？』

火を見つめるような沈黙のあと、彼がつぶやいた。

『きみは、なぜあの豹《レオパード》をきにかけるんだろう？　ぼくがいるのに……あぁ、ぼくのひみつをきけば、きみもかわるのかな？』

泣き疲れたアルスルは、どこか遠くでその独白を聞いた。

『ぼくたち……おうとよばれしけもののひみつ』

——秘密?

彼はささやいた。

『おう。そのしょうごうはね、せいべつされたいのちへあたえられるものだ。せいなるものとなったけものを……にんげんは、じんがいおう、とよぶ』

宿命だと。

彼は言った。

『せいなるものは、そのにんをとかれないかぎり、えいえんにせいなるものでありつづける。おわることをゆるされず、みずからにやどされたちからをつぎへつなぐことに、そのいのちをとさねばならない。つぎのはこぶねとなるけものをみつけるか、そのしゅくめいをはたせないほどおとろえたとみなされ、にんをとかれるか……いずれにせよ、そうしてようやくねむりがおとずれるんだ』

「……だれなの?」

アルスルはおそるおそるたずねた。

「あなたたちに……その宿命を与えたのは」

『ほし』

もしくは。

『きみたちがそうぞうしゅとよぶだれかかもしれないね』

アルスルは凍りつく。冷たい手がアルスルのほほをなでていた。

『いとしいきみよ。どうか、ぼくをあわれんで』

彼が、涙をこぼした気がする。

『つぎへつなげず……しゅくめいをとかれることさえかなわなくなった、ぼくを』

伸びてきた反対の手が、首に触れていた。

『あの豹《レオパード》のきばが……きみがぼくをころした。だからぼくは、えいえんにおわることができなくなった……なのに』

彼の声に。

破損したオルゴールのような雑音がまじる。

『なのにきみは……ぼくをのこして、さきへすすもうっていうの？』

アルスルもまた涙をこぼした。

死んだ人のように冷たい手が、アルスルの首を絞めていた。

『もどってきて。あのころのきみに……ひとりぼっちで、よわくて、じぶんのおもいをくちにすることもできなかったかわいらしいきみに』

最後の灯が冷たい水にのまれて、溺れるように消えていく。

（……リサ、シーブ……）

まがまがしい恐怖に打ち負かされたアルスルは、目を開いていることしかできなかった。アルスルを絞め殺そうとする手つきのまま、彼は親愛のキスを贈ってくる。

『けものにおもどり。ひとをわすれて』

言葉、心、絆。

すべて捨てて。

彼が願ったとたん、なによりも大切なことがぽろぽろとアルスルからこぼれ落ちていった。

両手で必死にすくいあげようとしても、湖に落とした一滴の涙のように溶けて、わからなくなる。アルスルの唇は言葉を忘れ、アルスルの心臓は喜びや悲しみで震えることを忘れ、アルスルの耳は愛しい人たちの声を忘れていた。

『ぼくをころしたきみよ……どうかぼくを、ひとりにしないで』

永遠の牢獄に囚われたことを、アルスルは悟った。

『えいえんにぼくといて』

わかったと、うなずきかけたときだった。


べつの歌が聞こえた。

名もなき女はぼうと顔をあげる。

ふいに自分が、見たこともない丸い花びらの形をした瓦屋根《かわら》でへたりこんでいたことに気がついた。

——ここは？

あたりは水びたし。裸体は頭のてっぺんから足の先までぐしょ濡れ。黒い糸束も相変わらず全身を縛るようだったけれど、名もなき女は耳をすます。

——聞こえた。

優しくて素朴なメロディ。

子守唄だろうか。

——わたしはなぜ、立ち止まっていたのだろう？

女は苦労して立ちあがった。

その下半身に——蹄《ひづめ》のついた脚が四本あること。

黒い糸束は、引きずるほどに長くなった黒髪であること。

そうしたことになにひとつ疑問を抱かないまま、名もなき女は駆けだした。

べつの生きものに生まれ変わったみたいだった。

大地を思いきり蹴ると、信じられない速さで駆けることができる。足の数が倍になったかのようだ。前より格段に体が軽いと感じた女は、ふと首をかしげる。

——前っていつだろう？

しかし、すぐにどうでもよくなってしまった。

くたくたになるまで走れることが楽しくてたまらない。

本能から命じられるままに、名もなき女は走った。建物から建物へ、塔から塔へ、小島から小島へ。嵐のように駆け抜けて、それでもまだ走りつづけた。

——わたしは行ける、どこまでも！

長い髪をなぶるむかい風さえ創造主の祝福に思えたとき、また歌が聞こえた。さっき聞こえた歌声だが、ずっと近い。

名もなき女は——大切なことを思いだせと命令された気がした。

のどにささった小骨みたいで気もちが悪い。だから、あの歌を止めなければと思った。

——口をふさごう。

それで終わる。はやる気もちを抑えこんだ女は、ぶるりと体を震わせた。

目を閉じてから、水を思い浮かべる。

——わたしは、朝露で夜露。

池、泉、湖なのだと言い聞かせていると、たちまち女の気配は水滴のようにささやかなものになっていた。

抜き足さし足で声の主を探しながら、古い神殿のようなところへ入っていく。

屋内はうす暗く、松明《たいまつ》がなければあたりを見わたせない。家畜が食んだり寝転んだりするためのワラが散乱しているが、廃墟ではないようだった。女は音をたてないように注意しつつも、この奇妙な神殿に目を奪われてしまう。

名もなき女が覚えている、創造主をたたえる大聖堂とはあまりにちがうのだった。

それほど広くない。そして祭壇には玉座がみっつもおかれている。雄々しい男性の全身像が三体、それぞれの玉座に腰かけていた。虹黒鉄《にじくろがね》ではない。とても古い時代の金属だ。

まんなかの主神らしき髭の大男は、燃え盛るハンマーのようなものをふりかぶるようににぎっていた。

――鎚《つち》？


名もなき女の左腕がずきりと痛んだ。

腕には傷ひとつないのに。女はやはり、大切なことを忘れてしまっているらしい。それがすこし、さびしかった。

玉座の下に、人影があった。

歌声はそこから聞こえている。

名もなき女はものかげに体をすべりこませると、様子をうかがった。小さい影が、神殿の地べた――冷たそうな石畳に座っている。

少女だった。すり切れたえんじ色のマントをまとっている。

――花畑！

少女はいたくおもしろい髪形をしていた。

ふんわりとちぢれた黒髪を何十本もの細い三つ編みにしている。

その一本一本に色とりどりの紐飾り――青い布を細く裁断したもの、橙《だいだい》色のリボン、黄緑色の毛糸などを編みこんでいるのだった。

三つ編みの根本や先っぽには、クリスプ《ポテトチップ》ほどもあるガラスのボタン、ヘルフジ――エンブラウィステリアやチテイスズランの造花、木の鎖や金属のビーズが結びつけられている。

とてもおしゃれだと、名もなき女は思った。

歌っていたのは少女ではなかった。

あどけない仕草からは想像できない賢そうな口調で、彼女は朗読したのだ。

「……飢饉または疫病《えきびょう》が生じるならばオクソールに……戦争があるならばウォーダンに……結婚が行われることになっているならばフリッコに……犠牲をささげ、よ……？」

魔法の呪文みたいだった。

石畳には、画板よりも大きな図鑑が何冊も広げられている。そのいたるところに、何十色という、こよりや毛糸、リボンがはさまれていた。しおりらしい。

ぶつぶつと図鑑を読み漁る少女は、こだわりなく自分の髪に触れた。細い三つ編みのひとつをほどくと、おしゃれな紐飾りを外して、ページとページの間にきっちりとはさむ。新しいしおりだ。

なぜだろう。

その一瞬の光景に、名もなき女は心惹かれた。

見えない運命の糸に引っぱられたような胸の高鳴りが、伝わってしまったのかもしれない。

いきなり少女がふり返った。

黒い肌、髪、瞳《ひとみ》は、名もなき女とおなじ色をしている。まだ十歳にもならないだろう。引きずるほど長い髪で上半身が隠れてしまった女を見て、少女は心底おどろいたようだった。

——わたしはこの子を迎えにきたのかもしれない。

なぜか、そう思った。

「……おウマさん？　どこからきたの？」

名もなき女はたじろいだ。

うまく答えられなかったからだ。

少女が立ちあがる。食後の子犬のように元気いっぱいな足どりで、近づいてきた。好奇心にあふれたその瞳は、虹黒鉄のようにきらきらとかがやいている。少女はカーテンをたくしあげるようにそっと名もなき女の髪をもちあげると、顔をのぞきこんだ。

「……あなたきれいね！」

魅せられたような声で少女は叫んだ。

「ケンタウリスのヒュロノメーみたい……！　図書館にある図鑑で見たの！」

――図書館？

琴線に触れる言葉だった。

「あたしスカルドよ！　あなたは？」

よくわからない。ただ、名もなき女の両の瞳から――涙が流れていた。

ぎょっとしたスカルドがおろおろとたずねる。

「悲しいの……?!」

名もなき女には答えられない。

だって彼は、女からわずらわしいものをすべてとり去ってくれたはずだから。

名もなき女の長い髪を梳いたり指に絡めたりしていたスカルドは、返答がないとわかったのか、そっと女を抱きしめた。

名もなき女はおどろく。少女はそのまま涙をぬぐってくれた。

「おねえちゃまが言ってたわ。悲しみにくれているひとを見かけたら、抱きしめてあげなさいって……おねえちゃまは、いちばん大事なときにそれができなかったからって」

スカルドはさびしそうに笑ってみせる。

――口角だけをつりあげて。

どこかで見たような笑顔だった。

名もなき女はスカルドに親しみを覚える。一方で、一筋縄ではいかない力強さを感じたことを不思議に思うのだった。名もなき女がなにも答えないので、スカルドは首をかしげる。

「まるで……呪いにかかったお姫さまみたい。人外《じんがい》かしら？」

つんつんと女の胴をつつきながら、少女が宙を見上げたときだった。

――の、矢車の菊と、香る涙が、黒き霧へ――。

遙《はる》かからの歌が応《いら》えた。

頭へ直接ひびくようだが、ばらばらにわなないていてうまく聞きとれない。男か女かもあいまいな声だった。

その異様さに、名もなき女はびくりとする。

「あぁ、怖がらないで……あたしのおにいちゃまよ！」
スカルドがにこりとしてみせる間も、その歌声はわんわんと頭蓋骨の奥で反響するようだった。

――這いずり、地熱の、花嫁が結晶、黒き霧へ――。

音程は正確だし、韻《いん》も踏んでいる。しかし歌詞がつながっていないから、意味するところが伝わらない。名もなき女のまわりをくるくるとまわったスカルドは、考えついたことをはしからしゃべった。
「このおウマさんを図書館へつれて帰る……できるかしら？　もし、悪いおウマさんだったら？　この口の形だと、ソーショクとは限らない……あたしや図書館のみんなを食べたがるかもしれないわ、あのネズミたちみたいに！　でも図書館のめずらしい本になら、このおウマさんのことが書かれているかも……」
遙かからの歌がさえぎった。

――え、眠り、頌《しょう》、凍えの、黒き霧へ――。

「だめよ！」

こんどはスカルドがさえぎった。

「おねえちゃまに言われたでしょ！　あたしももう立派なレディなんだから、自分の頭で考えないとって！」

名もなき女は気づいていた。

声が紡ぐ歌詞で、黒き霧、という語だけがくり返されていることに。

「……んもう、わかったわよう！」

言い負かされたみたいにスカルドが地団駄を踏む。

「つれて帰る！　おねえちゃまに見せて、決めてもらおう！　それでいい？」

遥かからの歌が応えた。

――是《ぜ》。

決まりだというように、少女が靴のかかとで不思議なリズムを打ったときである。地面が黒ずんだ。すると、祭壇の前にあったいくつもの図鑑が――影に沈む。

スカルドはにこやかに女の手を引くと、裏口から外へでた。

「行きましょ！　お姫さま！」

四本の蹄に芝生の感触を感じて、名もなき女は息をのむ。

目に飛びこんできたのは、晶洞《ジオード》の森だ。

枯れた大樹のように大きな石膏――透明、純白、象牙《ぞうげ》色の鉱物が結晶した広場だった。その先には、もっとあべこべな景色が広がっている。

水たまり。いや、湖だろうか。

――海岸?

暗くて水平線は見えない。

海だと感じたのはさざ波の音が聞こえたからだが、潮の生臭さはなかった。あまりの静けさに名もなき女はぞくりとする。暗い水たまりをさしてスカルドが言った。

「よく見て……ほらあそこ!」

岸を凝視した女は、こぼれるほど目を丸くした。

水そのものが黄金色にかがやいていたのだ。スカルドは落ちていた枝を拾って、波打ちぎわの浅瀬をつついてみせる。

泡だと思っていたものは、なんと真珠《しんじゅ》だった。

貝殻に見えていたのは古い金貨やカットされていない宝石――裸石《ルース》である。

寄せては返す水は奇妙にきらめいて、さらさらと音をたてていた。砂金と砂鉄がまじっているためだ。

――財宝の海、だった。

どこまでもどこまでも、金銀財宝が無限につづいている。人智をこえた現象を目にして、女に畏怖の念がわきおこっていた。

「ここはこういう場所なの……あたし、ここで生まれたのよ」

スカルドは、水に浮いた真珠や沈んだ貴金属を拾う。

「これね、本物のコインや宝石なの！　よそからやってきたものらしいわ。あ、よそというのはね、切りとられたべつのチイキのことよ。〈大いなる宝物庫〉に投げこまれたクーカンは、時間とともにどんどんまざっていっちゃうの。紅茶に落としたミルクみたいにね！　しかも、ずっとイドーしてる……ムチツジョに見えるけれど、とても長い目で見ればキソクテキに」

両手にもった財宝を、少女は貝殻のように投げた。

名もなき女はあたりを一望する。

なるほど、スカルドの言うとおりだった。

美しい景色は、たしかにまじり合っていたのだ。

けばけばしい街のとなりにぼろぼろの遺跡があり、灯台のとなりに要塞があり、城のとなりに城がある——それはまるで、タペストリーの気に入った部分だけを切りとって縫い合わせた、パッチワークの壁かけのような世界だった。

地形は、海流のように絶えず動きつづけている。

暗い空の天井には、無秩序という秩序に支配された俯瞰図《ふかん》が、上下逆さまに広がっているのだった。それぞれの地面にむけて重力が働いているらしい。

「いざゆかん！　地の底の都へ！」

はりきるスカルドを見ていると、どういうわけか女の心もはずんでくる。

太陽のようにまぶしい笑顔で、少女は歩きだした。

おたんじょうびから　せんはっぴゃくきゅうじゅうさんにちめ（まんごさい）
おそとのけしき　じめん・あおいすなはまとおふね　おそら・ざいほうのうみ

あさごはん、へるいちごのぱん
もじのれんしゅう
おひるごはん、ちていきのこぱい
ほうもつこたんけん
ゆうごはん、へるしちゅー

すかるど　には、
おにいちゃまがふたり　います　いつもいっしょ。
うえのおにいちゃまは、　きょうも　おうたがじょうず。
したのおにいちゃまは、　おねえちゃまみたい。きれいだし、すかるどのかみをあんで、お

ひざにのせて　ごほんもよんで　くれました。
すかるど　は、どっちもだいすき。

すかるど　には、
もうひとり、おにいちゃまがいるんだよと　ききました。
とてもしろくて、かっこいい。
したのおにいちゃま、ううん、おねえちゃまは　おむこさんにしたいくらい、さんにんめの
おにいちゃまを、だいすきだといいました。
つよいこ　だけど　おくちをぺろぺろしてあげないと
ないちゃうんだって。

〈筆者不明『へるのぷりんせすだいありー』より抜粋〉

17

断末魔の悲鳴があがる。

「第二部隊、前衛破られました！」

「ネズミが……逃げろ逃げろ、喰われるぞ‼」

剣や弓矢が、ドブネズミをつらぬいた。

火薬のつめられた樽が、轟音《ごうおん》をあげて爆《は》ぜる。直後、人間の罵声《ばせい》がこだました。だがそれも、無数の激しい鳴き声にのまれていく。

「オーコン殿が死んだ」

こんなときにという気もしたが、生きているうちに、バドニクスには伝えなければならないとエイリークは感じていた。

「……私が言うのも白々しいかもしれないが」

クラーカと結婚したときから。

義理の父親となったオーコンが、エイリークは心底苦手であった。

だからだろう。自分でも意外なほど悲しみがわかない。

それでも、酔ったときにオーコンがかならず語る過去の栄光——自慢話のなかで、バドニクスの名がでない日はなかったから。目の前の男を不憫《ふびん》に思う気もちくらいは、エイリークのなかにも残っていた。

「残念だよ……」

「おいおい、まさか。おまえからお悔やみの言葉があるとはな」

とっさに嫌味を返したバドニクスは、そんな自分に舌打ちをする。

「……悪かった」

帽子を目深にかぶると、男はなんども小さな舌打ちをするのだった。

こうした友をもてた義父をうらやましいとは思わない。だが、せめて報われたのではないかと、エイリークは空想する。

（いや……私がそう思いたいだけか）

それほどむごい最期だった。

ウォルフの様子もおかしい。いまは頭からすっぽりと野営用のテントをかぶって、オーロラ・ウォールの壁にもたれかかっていた。ややぐったりとしている。父親があんな死に方をしたのだから当然かもしれないし、あるいは単に、異形の力の反動かもしれない。兄グレイがなんどもよびかけているものの、返事すらできないようだった。

（このままではまずい……それはこちらもだ）

エイリークは人外《じんがい》用の鎮痛剤を投与しつつも、無力感にとらわれる。

手術を終えたチョコレイト・テリアがつぶやいた。

「……だめかもしれませんわ」

西門広場のはしで、重傷のドブネズミ――ブロッシェが寝かされていた。

『ブロッシェぇ……』

リンゲとホーリピントがとりすがる。

道具も薬も足りないなかで手はつくしたが、血が止まらない。数えきれないほどの眷属《けんぞく》に踏みつぶされたのだろう。おそらく内臓が破裂している。

『……歌いましょ……ッ！』

『そうよッ！　歌ならブロッシェにも聞こえる……ッ!!』

二体はあわてて音とりをすると、賛歌を歌いはじめた。

ところが空元気だとわかるさびしい歌声は、かえって二体の涙を誘ってしまう。涙声は、虚《むな》しく四次元の彼方へとこだまするばかりだった。最後まで歌いきる前に、ネズミたちの歌はすすり泣きへと変わっていく。

『あぁ、ブロッシェ……』

『あたいたち、約束したじゃないのォ……』

エイリークは二体をなでてやる。同情してしまったらしいバドニクスが、たずねた。

「おかしいじゃねぇか、え？　王はなぜおまえら側近まで閉じこめた？　おまえらだけじゃねえ。ごまんといる眷属まで……死のうが飢えようがおかまいなしってか？」

リンゲはブロッシェの体にくっついて、離れない。

『……ノノ』

あきらめたようにつぶやいたのは、ホーリピントだった。

『大王は、美しいものを集めている……』

ネズミはうなだれる。

『美しいからひとり占めにする。そして大王は……醜いいいいいいいものには容赦をしないい』

エイリークはどきりとする。

自分のことを言われたような気がしたからだ。

ホーリピントは力なく笑った。

『美しいものを宝物庫へしまうとき、いらないものや醜《みにく》いものが入りこんでしまったら……王は速やかに排除するのです。あたいたち……醜いドブネズミを使って』

人間たちは息をのむ。

自らの醜い傷をさらしたホーリピントは、嘆いた。

『老いるにつれ、大王は、慈愛に満ちていたころのご自分を見失っていきました。愛していた眷属……群れの一員であるはずのネズミたちを、強引に宝物庫へ閉じこめるようになったのです。さしずめキュレーター……ノノ、使い捨ての駒ですわ』

『あたくしたちの伴侶や子どもたちも、数えきれないほど放りこまれました。あたくしたちは……すぐ増えるからかまわぬと、言われて……ッ！』

リンゲは金切り声で訴える。震える彼女の肩を抱くと、ホーリピントは言った。

『あたいたちが逆らえるはずもなかった……しょせんはネズミ。数で勝ろうとも、個体としてはあまりに弱く、小さきものにすぎませんもの。大いなるギフトを継いだ大王にかなうはずもない。まして、だれが手を差し伸べてくれるというのでしょう？　大昔から世界中で疎《うと》まれてきたドブネズミに？』

声を詰まらせたホーリピントは、慕うように言った。

『……あの御方だけだったの』

バドニクスたちが首をかしげる。

だれのことを話しているのか、エイリークにはわかった。

『醜いあたいたちを助けてくれたのは』

『英雄さま……アルスル＝カリバーンさまだけ』

――そのとおりだった。

あの無口な娘が、エイリークをも守ろうとしたことを思いだす。

ふと彼女の安否が気になったエイリークは、おそるおそるバドニクスへたずねた。

「……こ、これからどうするね？」

「どうするだ？　ふん。生き残り全員であっちへ逃げるしかねぇだろう」

バドニクスはオーロラ・ウォールの――下をさす。

そう、影で閉ざされていたはずの空間に。

道ができていた。

前哨基地の石畳がとぎれた一歩先は、浸水している。

水には砂金と砂鉄がまじっていた。奇妙にきらめく波がよせているのは、金貨と銀貨の浜辺である。そこからとうとつに庭園がはじまっていて、規則正しく刈りとられた芝生の上に、飾りのついたテラコッタの植木鉢が山と積まれていた。

「アルスルが見つからねぇわけだ……財宝の海、とでもよぶか？」

「ヘイヘイ！　ボス、あれはなんだ？」

植木鉢のむこうには──空色の砂漠が出現していた。

大きな豪華客船がいくつも打ちあげられている。おどろいたことに、新しいものらしい。いちばん手前の船体に描かれたソプラノ歌手の肖像画は、エイリークにも見覚えがあった。

「東域《イースト》の船だ……レトリィバァ家の紋章がついてるぜ！」

望遠鏡をのぞいたルカがぴゅうと口笛をふく。

いまここにいるだれもが、夢でしか──いや、夢のなかでさえいちども拝んだことがないような不可思議な景色に、震えているのだった。これまでいくどとなく愛と正義を投げだしてきたエイリークでさえ、今日ほど胸がうずいたことはない。

（かつてなく……近い）

すぐそこに。

あるかもしれないのだ。

(わが城……花の大図書館が)

望郷の念がうずくのを、エイリークは自覚していた。

「……こ、こうしてはどうだろう?」

「あ?」

「まず、ドブネズミたちの縄張りから脱出する。彼らは本来、獲物を追いかけてまで狩りをする獣《けもの》ではない。死んでいった者たちにはすまないが、あれだけ死肉が落ちていれば時間を稼げるだろう……態勢を整え、アルスル=カリバーンを捜索する」

ルカとチョコレイトがはっとする。

バドニクスもまたぽかんとしていた。

エイリークは、大剣の素材——走訃王《そうふおう》討伐の最終報告書を読んだことがある。バドニクスがまとめたものだ。人外兵器の出力を慎重に計算しつつ、エイリークはつづけた。

「あの力なら、遠くからでもドブネズミたちを攻撃できる。そうすれば、生きている者たちを守りつつ……四次元にさえ干渉できるのではないかね?」

「そんなことが……」

大剣を鍛《きた》えたチョコレイトが動揺する。バドニクスが応じた。

「……人智をこえた力だったことは認める。オーロラ・ウォールを砕くほどの力だ、この空間の法則を打ち破る可能性もあるかもしれねぇ。だが……アルスルの状態がわからない。回復していたとしても、はたして意思の疎通ができるかどうか」

そのときだった。

『……ブロッシェ？』

ホーリピントの声がひびいた。

（息を引きとったか）

やるせない思いでそちらを見やったエイリークは、呼吸を忘れる。バドニクスたちもまた、硬直した。

ブロッシェが――二本脚で立っていた。

両手をだらりと腹の前に垂らして、こちらを見ている。

血まみれの顔、で。

エイリークの背に悪寒が走った。

『ブロッシェ！　あなた、だいじょうぶだったのね……』

ハグしようとしたリンゲの首根っこを、エイリークはとっさにつまんだ。この感覚は――十年前に、いやというほど味わったではないか。

『……道化師、よ……』

キンキンした女の声のまま、ブロッシェの口調は変わっていた。

『ユニコーンの大剣が、見つからぬ……知らぬか？』

二体が凍りついた。

『だ、大王……？』

大いなるギフト。

青ざめたエイリークは、つぶやいていた。

「……ブロッシェが地動王《ちどうおう》に操られた……!!」

ハイペストのキャリアと接触していたにちがいない。人々が、いっせいに血まみれのドブネズミから退いた。

ブロッシェだった獣は、いらだちを隠そうともしない。

『のう? 強欲なメスネズミどもめが……きさまらが隠したのだろう?』

『ボス!!』

ケルピー犬が警告する。

ブロッシェという磁石に引きよせられるように、ドブネズミたちが渦を描きながら集まっていた。エイリークには、不思議なバリトンの声が聞こえていた。

『……この世には、戦争とおなじ数ほどのやつらがいる』

しかも、と。

声は、名著を朗読するようにつぶやいた。

『やつらや戦争がやってきたとき、人はいつも無用意な状態にある』

完全に囲まれるまで、数十秒もかからなかった。

億という数のドブネズミたちが、おなじ言葉を唱えつづけている。

『大剣……』

『大剣……』

それは地の底から湧きだした、穢《けが》れた死神にほかならなかった。

ひとつの命が獣としてあるのではなく、すべての命が集まったことでもはや生きものよりも高次の存在——魔物のようななにかへと変質していた。

「くそ、なんて数だよ……！」

ルカが肩のラファエルに触れたが、彼のギフトをもってしても太刀打ちできる数ではないのだった。

「ウォルフ、ウォルフ！」

グレイの険しい声もひびいている。

「立て！　逃げなければ……！」

兄がその毛むくじゃらの手足を殴ろうが蹴ろうが、白い巨人は動かなかった。

いや、指はなにかを探している。走る夢を見ているイヌのように、もたれかかったまま手足をひくつかせていた。いずれにせよ、戦えるわけがない。

エイリークは自問自答した。

（……これで終わりなのだろうか？）

死。

いまそれを迎えるとして、自分は納得できるのか？

エイリークは――いつものように、卑屈な笑みをこぼしていた。

（ここで果てることに、私は異論ない）

この宝物庫こそ、鬱々《うつうつ》としたエンブラ公爵の棺にふさわしいのだろうから。

（なぜあがく？　無駄なことだ）

エンブラは滅び、クラーカも死んだ。

故郷と伴侶が失われたエイリークに行くあてもない。

（ショォトヘア家がどうなろうと、私が死んだあとの世界に興味はない……私には、叶えたい願いさえないのだから）

強引に納得しようとして、ちくりと胸が痛んだ。

（……本当に？）

命にかかわる極限の状況が、エイリークの虚勢をはぎとっていく。

（あれほど……家に帰りたかったのに？）

エイリークが生まれた母の寝室。

はじめての遊び場だった、父の執務室。

文字が読めるようになってから、人生でもっとも長い時間をすごした大図書館。

順調にはいかなかった人外研究。おなじ挫折をともに味わった同志たちと囲んだ、ネズミの齧《かじ》り跡だらけの円卓――。

（本当は……）

すべてがなつかしくて、たまらない。

だがもう、二度と見ることも叶わないからとあきらめをつけてきた。

見つめれば。

泣きだしたくなるほど、恋しいから。

(……あの場所も)

ほんのわずかだが、愛する妻とすごした思い出もあった。

クラーカが涙をこぼすほど感動していた書庫の一角。ルーン文字の書棚だ。

二人ならんで古い文献を読みふけっていた、太陽の代わりにグローワームやエンブラチテイホタルの青い光がさす、あの、美しい窓辺も。

そのそばに気の早いエイリークが用意させておいた——いちども使うことのなかった、ゆりかごも。

(本当は……どれほど帰りたかったか)

大切だった人々は、みんないなくなってしまったけれど。

それでも。

(故郷へ)

故郷へ帰りたい。

それは、エイリークに唯一残された——心からの願いだった。

エイリークは、首にかけていたオレンジ色のランタンをつまんでいた。

「……グンヒルダス」

火種もないのに、ランタンが明滅する。

『なぁにパパ？』

少年の声がひびいた瞬間、その場にいたルカ以外の全員、ホーリピントとリンゲでさえ目を丸くする。

かまわずエイリークは話しかけた。

「無理をさせてしまうが……きみの力を、貸してはくれないか」

蝶のため息より、もっと儚《はかな》げな吐息が聞こえる。

『……うれしい』

声はくすりと笑った。

『パパ、はじめて僕にお願いをしてくれた』

「そうかい？」

ランタンが温かくかがやく。

『ママのことは守ってあげられなかったけれど……パパのことは守ってみせる』

ランタンから、光がこぼれた。

エイリークはランタンをハンドベルのようにゆらす。

焔《ほのお》そっくりだが熱くはない。オレンジ色の光は煙のようにふわりとくゆったかと思うと、狂気に突き動かされたドブネズミたちへと降りかかった。

その光を、小さな獣たちが吸いあげた。

――直後である。

殺気立っていたネズミの大群は、いっせいに黙りこんだ。

「な……」

「なんだ？　どうなった？」

耳が痛いほどの静寂が、伝染病のように広がっていく。

ゆったりと深呼吸をするような間が流れたあと――おどろいたことに、ドブネズミたちはおたがいの顔をのぞきこんで首をかしげていた。

まるで、なぜ自分が腹を立てていたのかわからないというように。

大剣を求めていた地動王の声さえ。

いまは、聞こえない。

「……バドニクス。いまのうちに撤退を」

「エイリーク、おまえ……」

呆然としているバドニクスを、エイリークは急がせた。

「早く！　こ、効果は限定的なのだ！」

グレイがすかさず投擲《とうてき》武器を運ぶための大きな荷台を運ばせる。

シェパード犬とバルト犬、ルカやチョコレイトまでが手伝って、夢うつつの巨人をどうにか乗せた。

冷や汗でランタンをとり落としそうになりながらも、エイリークと生き残った人々は、オーロラ・ウォールの前哨基地を脱出していた。


命からがらとはこのことである。

植木鉢の丘を抜け、空色の砂漠まで逃げのびたとき。

ドブネズミの影はおろか鳴き声ひとつ聞こえなくなってはじめて、人々はまだ自分が生きていることを思いだしていた。

総勢三千名。イヌ人外が百体ほど。

最低限のもちものだけを背負って出発した一行だが、腐ってもオーロラ・ウォールの兵士や従者たちである。無駄のない野営準備に感心していたエイリークもまた、なんとはなしに座りこんだとたん、自分がしばらくは立ちあがれないことを知った。

(……腰が抜けてしまったようだ)

しまりのない体に嫌気がさす。

だが、グンヒルダスも休ませなければならない。エイリークはオレンジ型のランタンを丸めるようになでながら、親族の子猫にもかけたことのないような、とびきりの猫なで声でささやいた。

「よく……よく、やってくれた」

「おい」

膝で背中を小突かれる。

エイリークはぎくりとした。バドニクスがにこりともせずに立っていた。

「鍵の騎士団を代表して礼を言おう。エンブラ公……だがな」

男がひどいしかめ面をしているせいだろう、どういうわけか、こちらが悪いことをしたような気分になる。

「な、なんだね？」

「要約」

バドニクスがランタンをさしたのが見えたのだろう。

ルカやチョコレイト、グレイや三大臣――いや、一体欠けてしまったので二大臣となる――も顔をあげて、こちらの様子をうかがっている。

エイリークは観念した。

ため息をつくと、グンヒルダスとの間だけで通じる合図をする。

ランタンの耐熱ガラスを独特のリズムでタップした直後、内側から、パチンと留め金具の外される音がした。

『あ……』

二大臣がおどろきの声を漏らす。

オレンジの皮をむいたようにランタンの一辺が開いたかと思うと、小さな獣がそっと顔をのぞかせたからだった。彼を怖がらせないよう、エイリークはていねいに言った。

「グンヒルダスだ。どうぞよろしく」

ドブネズミ人外、だった。

ところが繊細《せんさい》なふわふわの体毛は、白地に黒とグレーのブチ模様。愛玩用のネコかウサギのように親しみがある。

グンヒルダスはおどおどと進みでたかと思うと、影色に染まった。

カリフラワーくらいの大きさまでふくらんだグンヒルダスを目にして、バドニクスとチョコレイトも息をのむ。二人がずいと顔をよせたので、グンヒルダスはあわててエイリークのジャケットへ逃げこんだ。

ホーリピントとリンゲも興味を抑えきれないようだ。彼女たちはエイリークの足もとまでやってくると、ズボンを引っぱってまでグンヒルダスを嗅ごうとする。

グンヒルダスがエイリークの頭に抱きついた。

『恥ずかしい……みんなが僕を見てる！』

「だいじょうぶ。きみと友だちになりたいだけだ……彼女たちはきみと血がつながっているんだぞ？」

グンヒルダスはハムスターやマウスのごとく人に慣れている。

しかし、細長い無毛のしっぽや鋭い鼻さき——姿形は、どう見てもドブネズミだった。

「ファンシーラット人外」

エイリークは、第三者にはじめて彼を紹介した。

「家畜化されたドブネズミ人外の次世代種だ。ホーリピント、リンゲ。きみたちにあげた安寧《あんねい》フェロモンのキャンディは、彼の分泌物をベースにして作ったものだよ」

『あらまァ！　どうりでェ！』

『……いいにおいィ』

ホーリピントに警戒はない。

リンゲなど、魅了されたようにうっとりとしていた。

雌雄の相性がよいとはいえ、グンヒルダスが地動王の眷属――野生のドブネズミ人外に受け入れられそうだという結果に、エイリークは感動を禁じえない。

チョコレイトがたずねた。

「ではその、さっきの炎に似た光は……」

「……〈まれなる芳香《アロマ》〉。もし、エンブラの研究チームが残っていたなら、そう名づけられていただろう。地動王にもない、グンヒルダスだけのギフトだ」

ある人外に、同種の別個体には見られないギフトが確認されたとき。

帝国では、〈まれなる〉という名をつける。

エイリークは説明した。

「自身のフェロモンをより広域へと散布させるギフト、だと定義している……グンヒルダスから抽出したフェロモン・キャンディは、もう見せたろう？　少量でも、ドブネズミ人外の興奮を沈静化させせ、手なずける効果も期待できる」

エイリークがポケットから角砂糖のようなキャンディをとりだしてみせると、バドニクスが身を乗りだして抗議した。

「おまえ！　やっぱりやりやがったな……こりゃ勲章もんの発明だぞ⁈」

「そうやってきみが騒ぐだろうから、隠してたんだっ！　わ、私たちのかわいいグンヒルダスを実験動物などにさせてたまるかっ！」

「人外研究者の責任はどうした、責任は⁈　大貴族としてもだ！」

「放っておいてくれ！　エンブラが……エンブラが陥落したあとに実った成果など……っ」

声を詰まらせたエイリークを見て、バドニクスも押し黙る。

かつて。

花の大図書館にはふたつの研究部門があった。

ヘビ人外の研究と、ドブネズミ人外の研究が同時に行われていたのだ。

後者の最終目標こそ、ヨルムンガンドにたよらない地動王の眷属の克服――すなわち、ドブネズミ人外の家畜化だった。だからこそ、その長だったエイリークの人生は、今日のためにあったといっていい。

亡き父や研究仲間の顔が、なつかしい思い出とともに胸をよぎっていく。

クラーカや、母の顔も。

長年の夢を叶えたエイリークは、ゆえに悔いていた。

「わかっているとも！　あまりに遅すぎたのだ……っ！　もし、もし……！」

エイリークはファンシーラットの頭へ手をのせる。

そう。

もし。

「……グンヒルダスの誕生があと二十年、いや、十五年でも早ければ……！」

リンゲのような野生のメスと結ばれることで、地動王の命令に縛られないドブネズミ人外の群れを育んでくれたかもしれない。

もしそうだったなら。

「エンブラは……陥落せずにすんだかもしれないのだから！ わがクラーカ……赤子もまた、死なせる……こと、など……」

エイリークのほほを、悔恨の涙が伝っていた。

そんな父を見かねたブチ毛のネズミは、エイリークの鼻水まみれの顔を抱きしめる。

『泣かないで、パパ……ママはパパを怒っていないよ』

「……グンヒルダス号はクラーカを知っているのですか？」

静かにたずねたのはグレイである。

エイリークは洟《はな》をすすると、うなずいた。

「グンヒルダスは……クラーカが嫁いできてからはじめて生まれたファンシーラット人外だった。曾祖父母がドブネズミ人外にあたる。グンヒルダスの親世代はまだまだ地動王の眷属としての性質が強く、凶暴《きようぼう》なので人間にも慣れなかった……」

『パパ。凶暴って?』

「ん……まぁ、血がでるまで人間を嚙むことかな」

ファンシーラットは思いもつかないというように首をかしげた。

「彼のような特性……おだやかさをもって誕生した個体は例がないんだ。彼の兄弟姉妹でさえ、これほどにはなつこくなかった。だからこそ、いつもつれ歩いていたのだが……結果として彼の命だけは救うことができた」

エイリークはグンヒルダスをそっとなでる。

(だれにわかるというのだろう)

このグンヒルダスが——どれだけ、エイリークの孤独を癒してきたか。

「……きみが生まれてきてくれたことが、どんなに私をよろこばせたか。わかるかい? そして私のよろこびを……クラーカがいかにわかちあってくれたか」

グンヒルダスを両手で包みこんだエイリークは、それを自分の額へあてた。

(愛しい人よ……)

妻を想う。

(きみはこの小さな命が生きていることをよろこんでくれる……優しい女だった。私はいつだって、ちっぽけで……ふがいない男だったというのに)

輪をかけて醜く見えるだろう泣きっ面から、エイリークは涙をぬぐった。

「……情けないところを見せてしまって、すまない」

人間ではない息子だけれど。彼の前でだけは、生きることを投げだしてはいけない。クラーカもそう望むだろう。

「私は……エンブラを探さないと」

この小さな息子にしてやれることが、まだあるはずだから。

グンヒルダスを抱き返したエイリークは、もう自分を偽らなかった。


白い巨人が目を覚ましたのは、その数時間後だった。

いつも冷徹なグレイがほっと表情をゆるませたところが、エイリークのいるテントからも見えていた。父を喪《うしな》ったばかりの兄弟がよりそう姿に、エイリークもまた落ち着きをとり戻していくのを感じる。

(ここから脱出できるとも思わないが……兄弟ともに生き残れたのは、幸運だった)

幸運、だったのだろう。

父が息子へ言葉を遺せたことも。

(……しかし、なんだろうな……)

エイリークは違和感を抱いていた。

オーコンの遺言についてだ。だが、言葉にできるほど明確なものではないために、バドニクスらにも話さずにいる。

(オーコン殿は……なぜ処分研究室に?)

病魔に冒された体で。

――四肢を喰いちぎられてさえ、あきらめずに。

エイリークは身ぶるいをしてしまう。死者を汚すつもりなどないが、あまりにもむごい最期だった。

(それに……彼はなんと言った?)

オーコンの遺言が、耳にこびりついている。

とり戻せ――!!

わしの……おまえの宝を――!!

(……わしの? い、い、)

オーコンの宝。

かつて、それはクラーカだった。

三人の妻を失った彼は、病弱だった娘を溺愛していたから。

そしてまた、彼女を失うことを恐れていた。オーコンは、ネコ使いではない――いざというときに戦えないエイリークを最後まで気に入らなかったし、クラーカがエンブラに嫁いでくるときなど、一軍――一万の護衛兵と護衛犬をつけたほどである。さらに侍女を百人、医者も十人以上つけていたことをエイリークは覚えていた。

それに。

(あの切れはしもだ……)

エイリークは知っていた。

あのタペストリーは、もともとクラーカの故郷——城郭《じょうかく》都市アスクの城に飾られていたものだった。アスクで彼女と婚約を結んだ日、エイリークは実物を見ている。クラーカが成人したとき、オーコンがアスクいちばんの職人に織らせたものだと彼女自身から聞いていた。

あれこれともの思いにふけっていたときである。

「閣下」

いつのまにか、グレイがエイリークのテントへきていた。

「恐れながら……ウォルフがよんでおります」

「……だれを?」

自分でも疑わしげな声がでたとわかる。男はうやうやしくひざまずいた。

「エンブラ公爵閣下をです。なにとぞ、お越しいただけないかと」

グレイも困惑している様子だった。

また弟のわがままにふりまわされているのだろう。

エイリークは迷ったが、この期におよんでいがみ合うのも消耗するばかりである。おとなしく彼らのテントがある場所までついていくと、青い砂の上に横たわっていた白い巨人が、ゆっくりと体をおこした。弱っているところを見られるのは、自尊心が許さないらしい。

「……おまえに命を救われたようだ」

兄からすべてを聞いたらしい。

心底おもしろくなさそうな声音だったが、この少年が彼の父親ほどエイリークを毛嫌いしていないことは、エイリークもなんとなく感じていた。

「エイリーク・ショォトヘア」

兄以外の人をすべて払ってから、ウォルフはあらたまって言った。

「おまえに……話しておきたいことがある」

「……え？」

獣によく似た、金色の瞳《ひとみ》には。

不思議な秘密が宿っているように見えた。

18

風は失われている。

光であり闇であり、明るくも暗くもないその世界を。

名もなき女と少女は進んでいた。

手をとり、おなじ歩調で——名もなき女は四本脚だったので、ゆっくり歩くよう気をつけていたが——出口のないあべこべの街をゆく。

名もなき女は顔をかがやかせていた。

街には、夢よりも奇妙で、いちど目にすれば二度と忘れることができないほど美しいものがあふれかえっていたのだ。

——こんなにおもしろい街、見たことない！

「あたし思うの！　みんなから嫌われている傷の王様だけど、すばらしい宝ものを見つける天才なんじゃないかって！」

スカルドは、女が見つめたものをかたっぱしから説明してくれた。

「まずはハクブツカンからよ！」

牙と角が生えたよくわからない獣《けもの》の剝製《はくせい》。

絶滅した古い竜の化石。

戦艦よりも大きな昆虫人外《じんがい》の卵。

青いダイヤモンドでできた隕石のかけら——。

「植物も！　太陽って星の光を浴びれば、あたしもこの花みたいに大きくなれる？」

星がまたたくように花びらがきらめく巨大花。

樹齢一年という針そっくりの銀の葉がついた大樹。

溶岩のそばじゃなければ芽がでないという綿毛つきの種が数百個。これは何十色もの宝石がはめこまれた宝箱へ乱雑にまとめられていた——。

「財宝もフンダンよ！」

見たこともない文字とともに鋳造《ちゅうぞう》された金貨や銀貨が山ほど。

七帝《ななてい》帝国の様式で作られた六角形の王冠。

ダンスホールの絨毯《じゅうたん》みたいに巨大な、贅沢《ぜいたく》な婚礼衣装もあった。人間が着ることなどできない。ちなみに紳士用のズボンには、しっぽを通すためらしいボタンホールのような穴がていねいに空けられている——。

「ビジュツヒンも数えきれないんだから！」

ステンドグラスほどもある古典的な風景画と、チューリップの花より小さい前衛的なネズミの肖像画。

地上のあらゆる生きものを模した虹黒鉄《にじくろがね》彫刻の動物園。

東の大陸にいるという赤い蛇の偶像。

晩餐《ばんさん》会用の皿や壺や花瓶といった陶磁器、銀器——。

「どこに分類していいかわからないものも……あるのよね？」

水を張っていない噴水に押しこまれた、世界中の契約書の原本。

どうやって演奏するのか見当もつかない楽器。

空飛ぶ箱舟。お菓子の家。美しく削りだされた人外兵器——本当にガラクタとしかよべないような鉄くずなども、あるにはあった。

「とてもとても……見きれないでしょ?!」

スカルドがどんと胸を張る。

名もなき女にも、もうわかっていた。

スカルドは——すさまじいまでのおしゃべりだった。

まだわからない知識や単語はたくさんあるけれど、ひとつひとつの収蔵品を案内していく少女は、さながら宝物庫の学芸員か、観光ガイドだ。

不思議な宝ものは、豪華な館や謎の神殿、要塞や劇場、庭園や墓地にあべこべに展示されている。だがその地形も、スカルドが話す間にもどんどん動いてしまうのだった。

「迷子にならないようにね……ううん、それはむずかしいから、あたしから離れないこと！あたしといれば図書館には着けるのよ！」

自信満々に言ってのけるスカルドを、名もなき女は不思議に思う。

「図書館はトクベツなのですって」

少女は秘密を打ち明けるように声をひそめた。

「花の大図書館は……地動王《ちどうおう》のいちばんのお気に入り。だからいつも宝物庫のまんなかにあるようになっているのですって」

そこでスカルドは、すんすんと鼻を鳴らしてみせる。

「空気が悪くなってきたの。ごめんなさい、そろそろ宝物庫の中心だから……」

美しいはずなのに。

街には異様な臭気が漂っていた。

地動王のかさぶたが膿《う》むにおいだとスカルドは教えてくれる。

「宝物庫はね、王の傷のにおいがジューマンしているの……図書館をどんなにセーケツにしても、このにおいだけは消せなくて」

それだけじゃない。

街にはところどころ、こんもりとした土の山があった。

おびただしい数のミミズやムカデ、ゴキブリや甲虫がびっしりと群がっている。鼻がもげそうなほどの汚臭に、体がすくんでしまうほどだった。

「み、見ちゃダメ！　あれぜんぶ、ヘルオヒキコウモリの糞なんだから！」

上から、ききききと獣の鳴き声がする。

女がはっとしてあおぐと、なるほど、建物の暗がりや天井のいたるところに無数のコウモリがとまっていた。何万というつぶらな瞳がこちらをにらんでいる。

宝物庫をめぐりはじめてから、いや、最初から気になっていた。ここでは美しいものばかり目に入るけれど、見えないところからは生きものの気配がするのだ。

——コウモリたちには歓迎されていないらしい。

二人はそそくさと立ち去る。

「あれは普通種だからマシ！　ほかにもいろいろな生きものが入りこんでくるけれど……いちばんの厄介者はドブネズミの人外ね！　病気をたくさんもっているし、いちど王に操られたネズミは、ヨーシャなくほかの生きものを殺してしまうのよ、まったく！」

小さなスカルドは豪語した。

「あたしいつか絶対ここをでるの！　もちろんみんなをつれて！　今日もロードのおにいちゃまといっしょに出口を探していたんだから！」

兄——不思議な歌声の主。

少女はその存在を、ロードとよんでいた。

「……でなくちゃなのよ」

スカルドが肩を落とした。

名もなき女はきょとんとする。

元気がなさそうに話す姿は、はじめてだった。

「あたしね、本当のお父さまとお母さまには会ったことがないの。だから、あたしはへっちゃら……でも、おねえちゃまは……ときどきだけど、すごくさびしそう」

口にした望みがあまりに大きかったのかもしれない。

スカルドは一瞬怖気《おじけ》づくような顔をする。だがすぐに前を見つめると、力をこめてつぶやくのだった。

「会わせてあげたいの。おねえちゃまを……兄弟に」


どれほど歩いただろう。

名もなき女は時間の感覚を失っていたが、小さなスカルドはそれほど疲れを見せていない。刹那《せつな》のできごとだったのかもしれない。

行く手にその塔が見えたとき、女は震えをおこした。

——大剣？

あべこべの街一番の目玉に到着したというように興奮したスカルドは、その巨大な塔をびしりとゆびさした。

「見えた！　花の大図書館よ！」

その建造物は、大地に突きたてられた創造主の剣みたいだった。

刀身にあたるひし形の塔。

スカルドによれば、あれが図書館の心臓部。帝国中の書物が収められている書庫だという。

その上層には、剣の鍔《つば》にあたる広い庭園があった。にぎりと柄頭にあたる最上層をさして、スカルドは得意満面に笑う。

「塔のてっぺんがあたしとおねえちゃまのおうち！　昔はお父さまとお母さまや、一族の人もいっしょに暮らしていたらしいわ！」

塔は、たくさんの草花におおわれていた。

つるバラ、つるフジ、つるブドウ、つるアケビ、つるアジサイ。

そうした無数のつる植物がまんべんなく生えていて、見事な花をつけていた。花の大図書館とはよく言ったものだ。だが、なぜ剣の形をしているのだろう？

陽光が無くても咲き誇る花々のために、塔はまるで、七色に燃える剣だった。

「ペンは剣よりも強し！」

少女は力強く宣言するのだった。

「本は……叡智《えいち》は、かならずや人類を守るのですって!!」

名もなき女は四本の脚を折っていた。

自分をここまで導いてきた何者かへ、祈りをささげたくてたまらない。

遙《はる》かからの歌が教えてくれた。

――の、頌《しょう》、時の、悠久《ゆうきゅう》が――。

遠くから届くようなのに、耳のそばでささやかれているような。

不思議な歌声が伝えてくる。

――へ、頌、尊く、エンブラ――。

城郭《じょうかく》都市エンブラ。

そんな言葉が、女の胸によびおこされてやまないのだった。

剣が突きたてられたような塔の根元には、台座そっくりの建物がある。

「あそこはイッパンカイカ。生き残ったみんなが暮らしているの！　おどろかないで、カコウジョウやジョウゾウジョだってあるんだから！」

帝国でもっとも古いという花の大図書館には、古代の城によくあった自給自足のための施設がたくさん残されていたらしい。そのために、スカルドをはじめとした人々が生き残れたのかもしれない。

少女のおしゃべりに火がついた。

「あたしが好きなのは、ヘルウシと地下キノコのミルクシチューね！　エンブラマイタケとタイコエノキ、チテイナガイモ……あたし最近、ニンジンも食べられるようになったの！」

ぐいぐいと少女に引っぱられて、名もなき女は城へとつれていかれる。

スカルドの言うとおりだった。これまでの道は時間とともに動いていたが、あの花の城だけは、いつもおなじ位置にあるらしい。

城の基礎部分から下は、根こそぎもぎとられたかのように崩れていた。根という根が露出していたが、そのまんなかには、塔の基幹だろうか、とがった剣先のようなものが下へと突きだしている。

そこに――綱のようななにかが巻きついているのが見えた。

あまりに大きく。

あまりに長い。

知恵の輪みたいにこんがらがっている。だが、一本につながっているかもしれない。その綱はどこもおなじ模様をしていたからだ。きめの細かい四角がいっぱいくっついて、土色の幾何学模様に見える。

ウロコ、だろうか。

「こまってるのよ、あれ」

スカルドの言っている意味がわからず、名もなき女は小首をかしげた。

「あれがおにいちゃまなの。ロードのおにいちゃま！」

少女はため息をついた。

「地動王に嚙みつかれたときにね？　城の基幹が折れちゃったらしいんだけど。おにいちゃまったら、ほかにつかまるところもないから、ずっとあそこに巻きついてるの！　でも、きつきつったらないわ！」

地底でいちばんの悲劇を読み聞かせるように、スカルドは大げさな声で言った。

「しかも、おさまりがいいところを探して行ったりきたりしていたみたいで……城のみんなが気づいたときには、もうほどけないくらいに絡まっちゃってたのよねぇ」

古ぼけた毛糸玉のようなそれを通りすぎる。

気がつけば、城の正門だった。二人が図書館の敷地にある大階段へわたったときである。スカルドが急に甘えた声をあげた。

「……おねえちゃま！」

名もなき女は目を細めた。

図書館の大きな二枚扉が開け放たれている。

その前に――黒いドレスを着ただれかがたたずんでいた。

十代なかばの、若い女。

いや。

――少年？

顔がわかるほど近づいたとき、名もなき女はとろけそうになった。

息が止まるほど。

美しかったのだ。

これほどの整った容姿を見るのは、はじめてにちがいない。

肌は雪のように白い。肩で切りそろえられている髪は、霧みたいに白くぼんやりと青ざめていた。あどけなさを残す大きな瞳は、青みがかった茶色。鮮血のようにしっとりとうるんでいる。濡れた唇は、水やりをしたばかりの薔薇《ばら》のような、儚《はかな》い桃《もも》色だった。眉と鼻は繊細《せんさい》で、細く高く、ほうき星のごとく流れていた。

妖艶。

そんな言葉がしっくりくる。

たちまち魅了された女は、すっかり動けなくなっていた。

彼女か彼かもわからないその存在は、肩と背が露出したイブニングドレス、いや正装のボールガウン、いや――ウエディングドレスといってよさそうな、小川のように長いロングトレーンがついた豪奢《ごうしゃ》なドレスをまとっていた。ところどころに黒いレースとみずみずしい黒薔薇の花束が飾られていて、黒き花嫁とよぶにふさわしい。手袋と耳飾りにまで、小さな黒薔薇がついていた。

美しい人がやわらかく腕を広げる。

「小さな君、スカルド……お帰りなさい」

「おねえちゃまぁ！」

少女がその懐《ふところ》へと飛びこんだ。

甘やかな手つきでスカルドをなでていた美しい人が、こちらを見る。

そのまま、時が止まったように動かなくなった。

「おねえちゃま？　どうしたの？」

不思議そうにした直後、スカルドはびくりと体をちぢめてふり返る。

「……つれてきちゃ、いけないおウマさんだった……?!」

スカルドが恐怖に凍りかけたとき、美しい人はつぶやいた。

「なんて……なつかしい香り」

遙かからの歌が聞こえる。


——は、角、矢車の菊と、香る涙が——。


「ロード・ヨル……あなたが案内したのなら、特別なお客様です」

美しい人はうなずくと、ゆったりと階段を降りてきた。

——なんだろう。

こんなに可憐な存在には、しなければいけないことがあったはず。

自分でもよくわからないまま、名もなき女は引きずるほど長い黒髪を両手でたくしあげ、その場ですっと腰を落とした。美しい人の唇がふとゆるむ。

「ヒトです」

「え?」

「見てください、スカルド……この方、カーテシーをしています。人間。それも、御身分低からぬ君と見受けます」

名もなき女のそれをあいさつだと見なしたようだ。

「ようこそ、花の大図書館へ」

美しい人は、甘くほほえんでいた。

「ぼくはフェンリル……スカルドの、そう、兄のようなものです」


一般開架とは、城のエントランスのことだった。

木のうろを思わせるような、不規則な凹凸《おうとつ》の大広間だ。壁は、濃淡のある紫でそろえられていた。ブドウ色とフジ色だ。目を凝らせば、丸天井に吊るされたシャンデリア、ランプ、燭台《しょくだい》にいたるまで、すべてブドウとフジの宝石細工でおおわれていた。本物と見まちがえそうなほど精巧に削りだされたクリスタルやアメシスト。葉の細工には、エメラルドやペリドットが使われている。温かな灯に照らされた色合いはとても複雑で、紫の虹がかかったようだった。

――きれい、だ。

名もなき女は、言葉を忘れてしまったことをすこし後悔する。

この気もちを表現できないなんて、だれとも感動をわかち合えないということだから。

壁一面には、美しいキメの書棚がとりつけられていた。腐りにくく曲げ加工がしやすいニレ材だ。

――本だらけ！

それらの棚には、宝物庫の財宝とならぶほど大量の本が、分類記号と著者記号にそってぎっちりと収められているのだった。

そのあちらこちらから、いま、スカルドの声を聞きつけた人たちが顔をだす。

たちまち温かい言葉が飛び交って、ポップコーンを作るフライパンのなかのような騒ぎになった。たくさんの親戚が押しかけてきたみたいだ。

それだけではない。ぬるぬると動くシマ模様の獣も数体いる。

ネコ人外。

オールドステイツショートヘア種だ！

近くにいたシルバークラシックタビー――シルバーホワイトの脇腹に黒い渦のようなシマがついたネコ人外が、気さくにむかえた。

『お帰りなさいませ、スカルド様！』

「ロード・ヨルがおつきとはいえ、もうすこし慎重に……」

「おおい、スカルド様！　今夜はあんたの好きなヘルウシのシチューだよ！」

『早く手を洗って！』

「このばあやが丹精こめてこしらえました、ヘビイチゴのタルトもございますだ」

どの人も、綿や麻のシャツやズボンを着ていた。その上から、図書館司書のための紫のコートか、貴族の従者であることを示す黒のエプロンをまとっている。

名もなき女を最初に見つけた男が、ぎょっとした。

「……人外……?!」

彼が本棚に備えつけられていた槍をつかむ。

その瞬間、名もなき女は反応した。

彼に助けてもらうほどではなかったので、ぶるりと体を震わせる。

すると、濡れた髪からいくつかの水滴が飛んだ。そのひとつが当たったとたん、すさまじい力で男の槍がはじかれる。空をくるりと舞ってから、壁に突き刺さった。悲鳴があがるが、すぐさまスカルドがぱんぱんと両手を打ち鳴らす。

「ちがうちがう、あたしがつれてきたのよ！　おねえちゃまも人間だって！」

「人間……?!　こ、このケンタウロスみたいなバケモノが？」

「ケンタウロスじゃないわ、ケンタウリス！」

「どっちでもえぇんですよ、スカルド様！　宝物庫からよくわからないもんを拾ってきちゃいけないとあれほど……！」

『ねぇ！　フェンリルからも強く言ってよ！』

にぎやかだ。王の宝物庫とよばれる忌まわしき地に、大家族のように親密な人々とネコたちがいることを。名もなき女は発見したのだった。

スカルドが注意する。

「あなたもだめなのよ！　嫌なことがあっても、ボーリョクで返しちゃいけないわ。ちゃんと口にだして、言葉でいやだと伝えるの。それが人間ってものよ！」

言葉。

しかしそれはもう——。

「お返事は⁈」

スカルドがずいと顔を近づける。無垢なる迫力に気おされて、女はうなずいた。

「……は、……」

「なに？　なんて言ったの？」

吐息が漏れるような音を聞きつけて、スカルドが息をのむ。

うまく声がだせない。のどに泡が詰まっているような違和感があったが、名もなき女は必死に声をしぼりだした。

「……は、い」

それが肯定を示す返事だということを、女は知っていた。ぱっと笑顔をこぼしたスカルドが子犬みたいにぴょこぴょこと跳ねる。

「やっぱりしゃべれるのね⁈　お名前は？　どこからきたの⁈」

「小さな君、かわいいスカルド」

美しきフェンリルが優しくよんだ。

「あなた一人の遅刻のために、みんなが夕食をがまんしていたんです。こういうときはどうするのでしたか？」

はっとした少女はみなを見まわした。

「……遅くなってごめんなさい！　あの、もうしません！　あたしが食事の前のお祈りをささげるので許してください！」

フェンリルの唇がゆったりと弧を描く。

スカルドがよく愛された子であることが、女にはわかるのだった。

少女が帰ってきたのを合図に人々が集まってきて、夕食のしたくがはじまった。

エントランスにあるニレの長い食卓に使いこまれた銀のカトラリーがならべられ、それぞれの木のカップに水と手作りの濃い白ワインがつがれ、紫のテーブルナプキンがおかれ、挽きたてのコショウがかかった具だくさんのミルク煮込みとふやかしたトウモロコシ粉を盛った温かいスープ皿が運ばれてくる。

素朴だが、満たされたメニューだった。

大皿に盛られたみっつのヘビイチゴのタルトは、きっちり等分されてから食卓のまんなかにおかれた。こんなに不思議な世界でどうやって、材料を見つけたのだろう？

聞かれてもいないのにスカルドが答える。

「キノコとコンサイは地下域《ヘル》のトクサンヒンなの！　図書館の裏手にね、畑と牧場があって！　もともと地底で育つようにカイリョーされている種ばかりだし、そばには石膏大結晶のケツロでできた湖もあるから、なんとかやっていけてるってわけ！」

最後の一人が座ったときには、五十人ほどが食卓についていた。

子どもはスカルドだけ。つぎに若い人間は少女より二十歳は年長かもしれない。

食卓の上座にスカルドがかけ、その右にフェンリル、左に名もなき女が座った。――女の下半身は四本脚の獣であったので、その場所だけは椅子がとり去られ、女は脚をていねいに折って大理石の床に腰をおろした。

人々はとなりに座った者の手をとり合うと、静寂を守る。

フェンリルと名もなき女の手をそれぞれにぎったスカルドは、おごそかに祈りはじめた。

たどたどしい口調からは、少女がまだ創造主へのお祈りをすべて覚えているわけではないことがわかってしまう。人々の何人かは、スカルドを応援するようにうなずいたり首をふったり、こっそりとつづきを教えてやったりしていた。

——創造主。

名もなき女が口のなかで反芻したとき、スカルドのお祈りが終わる。

「では、皆々様……いただきます！」

心地よい晩餐がはじまった。


食後、スカルドが冒険にでかけたさきで見つけためずらしい宝もの——名もなき女を紹介してまわったことは言うまでもない。

最後の人に手をふるころになると、スカルドはうつらうつらと船をこいでいた。

エントランスの三階にある住人たちの寝室で寝ることもあるらしいが、自分のベッドは最上階にあるという。名もなき女はスカルドを背にまたがらせようとしてみたものの、眠りかけた彼女はつかまっていることもできない。

「ぼくがつれ帰りましょう」

古めかしい本を読んでいたフェンリルが、ゆったりと立ちあがった。

スカルドを抱っこした女は、奇妙な光景を目にする。フェンリルの豪奢なドレスが――文字どおり、霧散した。

黒い霧のようだった。

一糸まとわぬフェンリルは、少年だった。

黒い霧が空気にとけて見えなくなったあと、名もなき女は目を疑うしかなかった。

美しき少年は自分の影へと手を伸ばす。

彼は布をつかむような手つきで――影を拾いあげていた。

一枚の大布みたいなそれを、くるりと舞うように身につける。すると影はひとりでにちぢんだりふくらんだりして、フェンリルの体に張りついた。

――影の服だ！

そして。

――彼は、人間ではない。

フェンリルは漆黒《しっこく》のブラウスに半ズボンという出で立ちになっていた。

貴族の令息といった格好だけれど、ふくらはぎまでのロングブーツがやや個性的なピンヒールで、ペン先か水差しの注ぎ口のように長くとがっている。名もなき女がそのブーツに魅入っていると、少年は小首をかしげた。このブーツと肩まで伸ばした髪のためだろう、やはり、美少女が恥じらうように見えてしまう。

「……へんでしょうか?」

こまったように笑うその表情がまた、悩ましいほどにきれいである。

とんでもないと伝えるため、名もなき女はフェンリルに頰ずりをした。

首もと、ほっぺた、おでこへ親愛のキスを贈る。フェンリルはきょとんとしたが、ウマにキスされた大型犬のようにされるがままでいてくれた。

「ぼくの趣味です……ヒトの方々は、とてもすてきな毛皮を手作りするから……昔から、ずっと憧れていたんです」いっぱい見て勉強しました」

さっきまで読んでいた本をフェンリルはかかげる。

異国の文字で書かれているので表題はわからなかったが、文字よりも、カラフルな女性の絵が多い。服飾について書かれた図鑑だった。古い時代のものらしく、どのページも変色して黄ばんでいる。

「本はすてきです。文字を覚えてから、人間のことが好きになりました」

スカルドを受けとった少年は、名もなき女を誘う。

それを見ている人々はというと、もう女を気味悪がることもなくなっていた。

「まぁ、姫はおねむさんね? フェンリルさんや、まちがっても階段を登っていかないこと! ショォトヘア家の御方のための昇降機を使うんだよ! 一般書架より上の階には、ネコを入れちゃいけない決まりだけど……ま、ウマならよござんしょ」

マーヤばあやとよばれる老婆が忠告する。

書棚には、滑車つきのリフトがいくつも設置されていた。小さいものは両手で抱えられるくらい。一人でも楽に動かせる。大きなものは数人がかりで動かすらしい。歴史的に貴重な書物が収蔵されているという大図書館の書庫は、なんと百階にもおよぶのだそうだ。

エントランスの二階へあがった女は、目を皿のように丸くした。

床に革張りの本が寝かされていた。

四本脚の女が乗ってもまだ余裕があるくらいに大きい。表紙には、寝転がったスカルドほどもある飾り文字が綴られていた。

蝶――いや、蛾《が》の精密な絵がいっぱい描かれている。

眼には本物のルビーがはめこまれており、翅《はね》には鱗粉《りんぷん》を模した金箔がはられていた。

「それはきわめて貴重な資料……」

しわがれ声の老人が話しかけてくる。

食卓のなかで一人だけ、紫のコートの上から金の長いストールをかけた人だった。

聖職者だ。貴族かもしれない。セイズという名のメスのショートヘア猫が、かならず彼のあとをついて歩いていた。

「六災《ろくさい》の王……氷山王《ひょうざんおう》を産んだ蛾の生涯について、編纂したものです。帝国でわずかに二点しかない。もう一点は北域《ノース》のメインクゥン家に保管されておるはず……いまとなってはたしかめようもないですがの」

イングマール老とよばれる彼は、図書館でいちばんの長老らしい。

「ここがなぜ、花の大図書館とよばれるか知っていますか?」

名もなき女は首をふる。

「花、という言葉を動詞で用いると、花を開かせる……つまり開花させる、発展させる、活気づかせるという意味になるからだそうです。人が創造主より与えられし原石……いまだ芽吹いていない才を知恵によって開花させる図書館。ここはそういう場所です」

老爺はスカルドをなでると、奥の通路をさした。

「あぁ。おさなきものの尊いこと……大昇降機はあちらですよ」

大昇降機のカゴは、天蓋《てんがい》つきのキングベッドを四つおけるほどの広さだった。これは機械仕掛けで、ずっと下の台座に無数の歯車が詰まっている。

時計塔のなかのようだと女は思った。

「もう十年も整備をしていないそうなんで、劣化もありますが……だましだまし使ってます、ハイ! 落っこちたりはしないけど、ゆれますよ!」

中年の男ドナルドは黒いエプロンを外してから、物干し竿《ざお》くらいのレバーを全力で押しこんだ。がこんと内臓にひびくような振動があり、歯車と鎖ががらがらと轟音《ごうおん》をたてながらカゴを引きあげはじめる。上昇はゆっくりで、人間が階段を登るのとおなじくらいの速さだった。

「あっしは、花の大図書館とは縁もゆかりもない人間でしてねぇ」

ドナルドは名もなき女へ世間話をはじめる。

やはり、新顔がやってきたことをよろこんでいるらしかった。

「エンブラ陥落の六、七年後くらいだったかな？　べつの灯台が地動王の宝物庫へぶちこまれたとき……たまたまそこにいた不幸な労働者だったんでさ！」

カゴがぎいぎいと騒音をたてているのに、スカルドは熟睡している。

男は愛おしそうに少女へ笑いかけた。

「右も左も上下もわからず、おっかないドブネズミに追いかけまわされ……首をくっちまおうか、なんて投げやりになっていたあっしを拾ってくださったのが、小さなスカルド様とフェンリル様だったんです。今日のあんたみたいにね！　まぁ、ここの御仁らはあっしなんかをあったかく受け入れてくれて」

ドナルドは目頭をおさえる。

ショォトヘア家の居住区の入口まで送ってくれた彼は、まっていたメイド長のウラに新しいシーツや衣類、日用品などをわたした。代わりに使った品が入った箱やバスケットなどを昇降機へつんでいく。ドナルドが昇降機とともに戻っていくのを見送りながら、ウラはフェンリルにたずねた。

「フェンリル。ここにこの……ケンタウリスを泊めるのですか？」

「はい。ぼくから見えるところにいてもらったほうが、安全だと思いました」

少年はほほえむ。

ため息をついたメイド長は、名もなき女を一瞥《いちべつ》して言った。

「粗相のないように。そちらのレディ・スカルド・ショォトヘアは……エンブラ公爵閣下の跡とりとなる御方なのですからね」

19

そこは、エンブラ公爵の邸宅だった。

廊下の高い天井から幾重にも吊られているのは、紫と黒のレースカーテンだ。風がないのでちっともゆれない。だからだろうか、ここでは静謐《せいひつ》な時間が流れている。

アリの巣のように入り組んだ通路を登り、下り、三回くらい曲がったあと、ようやくスカルドの寝室に到着する。フェンリルからスカルドを受けとったウラは、彼女を子ども用の寝台へ寝かせた。

「まぁ、この寝顔ったら……近ごろ、ますます奥さまに似てらしたと思わない？」

「はい……クラーカ。元気だとよいですが」

フェンリルが目を伏せる。

「……ぼくのウォルフも」

名もなき女は、なにかを伝えたい衝動に駆られた。

だが、どうしてかわからない。

「さがってらっしゃい」

名もなき女が前へ進みでようとしたのを、メイド長はやんわりと制した。

「ここからは、スカルド様をとりあげましたわたくしの仕事です」

女がスカルドに触れたがったと思われたようだ。

スカルドのおしゃれな紐飾りを一本一本ほどいたウラは、ちぢれたやわらかい髪をきっちりととかしてから、スカルドを寝巻に着替えさせていく。

「ケンタウリスの君。あなたにお見せしたいものがあるんです」

フェンリルが誘う。名もなき女はうなずいた。

しかし、とてもまっすぐには進めない。曲がりくねった廊下にある不思議ですてきなもの――地底の花や昆虫の標本や、窓の外の景色に目を奪われてしまうからだ。ちらちらと目移りしてばかりの女を見て、フェンリルはバルコニーへより道してくれた。

そこからだと、大図書館の庭園が一望できた。

眼下には、一年中見ごろの地底薔薇《ばら》や色とりどりの美しい菌類で埋めつくされた花壇が広がっている。だがそのむこうには、ただ闇があるだけ。

あべこべの仄《ほの》暗い街が、どこまでも延々とつづいているのだった。

クジラにのみこまれたらこんな気分だろうかと考えた女は、ちがうとも思う。

風や音の反響もない世界はいびつで、絶えず胸がざわつくのだ。違和感が肌にこびりついて、はがれない。

気味の悪さから女が後じさりすると、フェンリルが教えてくれた。

「目を閉じてみてください。なにが聞こえますか？」

名もなき女は言うとおりにする。あの――遙《はる》かからの歌に集中したとたん、女は静かな気もちをとり戻すことができていた。

――祈りの歌？

ずっと、みっつくらいの詩をくり返している。

素朴で単調だが、だからこそ大好きな人の心臓の音のような、優しい規律を思いださせてくれるのだった。

「ロード・ヨルの頌歌が届くところだけは、守られているんです。王の眷属《けんぞく》や、地震、そして不安からも。しかしここから遠く離れれば、正気を保ちつづけることはむずかしい」

出口を求めて旅にでた者もいたらしい。

だが戻ったのは数人だけ。

それも、すぐに旅をあきらめた者たちだけだった。

「その者たちが言っていました。ドブネズミに殺されたのなら幸運。もっとも恐ろしいのは……迷宮から城への帰り道がわからなくなることだと」

フェンリルはダンスホールのように広い部屋へ女をつれてくると、こんどは壁を見るように言った。すなおにふり返った女は、面食らう。

入口側の壁一面に、天井に届きそうなほど大きな肖像画がかけてあったからだ。

肖像画に描かれていたのは、黒いドレスとレースの目隠しをまとった女性と――それより頭ひとつは小さい、ずんぐりむっくりの男であった。

「スカルドの父君と母君です。夫人が……ぼくの最初の飼い主クラーカ。となりが、エンブラ公爵です。見覚えがありますか？」

名もなき女は首をひねる。

女には覚えがない。だが小男は、どこかで見たことがある気もした。

銀のジャケットを着たエンブラ公爵は、自信のなさをひた隠すような中途半端な威厳をたたえて、こちらをにらみつけていた。大きな絵であるために、眉間のしわ、額ににじんだ汗すら忠実に写しとられてしまっている。

女から返事がないことを知り、フェンリルはすこしがっかりしたようだった。

フェンリルはそっと肖像画の夫人をなでた。

「ケンタウリスの君……あなたがここへきたということは、また王が宝物庫を開いたのですね。今回はどれほどの規模がのまれたのか」

女の正面に立ったフェンリルは、ふいに女の胸もとを嗅いだ。

「あなた……」

蠱惑的《こわくてき》な瞳が細められる。

「ぼくのウォルフに触れましたね？」

フェンリルは名もなき女の手をとると、その指になんども唇をあてた。

「この香り……忘れるはずがない。ウォルフのものです。それにぼくの父君……緑の歯のにおいまでするなんて」

名もなき女はどきどきしてしまう。

女の指に自分の指を絡めた少年は、請うた。

「教えてください。彼はいまどこに？」

儚《はかな》い唇がきゅっと結ばれる。

「……ここに？」

名もなき女には答えられない。

それを察したのか、少年は肩を落とす。

「あぁ、悲しい君よ……あなたは言葉を失ってしまったのですね」

フェンリルは離した指で名もなき女の髪をすくと、そのまま耳にかけて、隠れていた顔がよく見えるようにした。

「言葉はすばらしいですよ。上手になればなるほど、大好きなウォルフに伝えられることも増えていく……悲しくてたまらないのはね、ぼくのこの想いを、彼の耳元でささやいてあげられないということなんです。ぼくはウォルフのイヌなのに……」

フェンリルの熱っぽいつぶやきには、奇妙な色気があった。

「……でも、わかった気がします」

少年は両肩を抱きしめると、悲しげにほほえんだ。

「ケンタウリスの君よ。ウォルフの残り香をまとうあなたから、すこしもクラーカの香りがしないのは……つまり、そういうことなんでしょう」

もう、彼女はいない――。

声をださずにフェンリルがつぶやいた。

「……ぼくたちの時間では、十年前になります。クラーカがスカルドを生み落としたまさにそのとき、城郭《じようかく》都市エンブラの城門が突破されました。ドブネズミが大挙して、この図書館にも押しよせてきたんです」

クラーカという人は病弱であった。だからみな母だけでなく赤ん坊のことも心配したが、生まれてきたスカルドはちゃんと息をしていたという。図書館中にひびくほどの大きな声で、この世界に生まれてきたことを知らせてくれたのだった。

「ぼくのウォルフは特別で……美しい巨人となって、右手にクラーカを抱きあげ、左手にスカルドを……というときに、無慈悲な地動王《ちどうおう》の牙が、図書館の基幹部へと食いこんだのです。図書館が王の傷……この宝物庫へととりこまれていくなか、ぼくたちは不運にも分断されてしまいました」

大きなウォルフは庭園から。

フェンリルは階段で。

「ウォルフとぼくは約束しました……ウォルフはクラーカを守る。ぼくは生まれたばかりのスカルドを守る、と」

きっと、どちらも約束は守れた。

——けれど。

美しい少年の双眸《そうぼう》から、ひとつぶだけ涙がこぼれた。

「……ウォルフ。ウォルフ……」

少年はなんどもくり返すと、遠吠えをするように天井をあおいだ。

「あなたはひとりぼっちではないと……そう約束したのはぼくのほうだったのに。そのぼくがあなたをひとりにしてしまって……あなたは、あなたはどれほど」

さみしかったか——。

耳には聞こえない咆哮《ほうこう》に、心臓を打たれた気がする。名もなき女はそっとフェンリルの手をにぎると、なんどもさすった。

「……優しい君よ。あなたはだれ？」

涙をぬぐった少年はじっと女を見つめる。

「あなたのなかには……そう、とても強い獣《けもの》が隠れている」

彼のことだ。

名もなき女はうなずいた。

「地動王にも劣らぬほどまがまがしい、獣の王です。ウォルフの血のにおいがしないことが不思議なくらい……戦いを好むもの」

そうだと、彼がもういちど女をうなずかせる。

フェンリルは一瞬だけ眉をひそめたが、すぐあのおだやかな表情に戻った。

「でも、だからこそぼくは……あなたのことも愛おしいと感じます。あなたは、ぼくのウォルフによく似ているんです」

フェンリルが、友人のように手をにぎり返してくれた刹那《せつな》だった。

ふぇい、ふぁーた——。

ぶくりと、泡がのぼってくる。

女は息を止めた。窒息しそうなほどの緊張を感じたときである。

名もなき女の左腕が、ばしゃんと崩れた。

きたよ、おろかなねずみが——。

名もなき女はとっさにフェンリルから距離をとる。

「ケンタウリスの君……？」

フェンリルが息をのんだ。

女の腕があった場所から、血しぶきのように清水があふれだしていた。あわてて水のなかから自分の腕を引っぱりだそうとしたが、こんどは右腕が崩れる。

名もなき女は、両腕を斬り落とされた罪人のように頽れた。

いきのねをとめないと。また、きみをきずつけるかもしれないからね――。

彼はもう動いていた。

操り糸を引かれるように、意思とは関係しない力が名もなき女を立ちあがらせる。

「……ケンタウリスの君！　行ってはだめです！」

体中に、鞭で打たれたような痛みが走る。女は踵《きびす》を返さなければならなかった。目には映らない騎手を見たかのように、フェンリルは立ちつくす。

「……名も知らぬ王よ」

少年はたずねた。

「王自らが愛すると決めた君を……なぜ、虐《しいた》げるのですか？」

『しいたげるなど』

彼、は。

アルスル＝カリバーンの声で答えていた。

『このおんなは、わがつのをかけるにふさわしいもの』

フェンリルは呆然とした。

「角……？」

『このおんなは、わがつのそのもの……わがいのちよりもたいせつな、けんだ』

剣をかかげるように、名もなき女は上をむかされる。

彼は誓うようにささやいた。

『ともにゆこう。わがけんよ』

どこまでも――。

少年が青くなったときだった。

「フェンリル！　ネズミ、ドブネズミが……っ！」

メイド長のウラが大広間へと駆けこんできた。水のバケモノと化した名もなき女を見つけて、ウラは凍りつく。

「やはり曲者か……！」

「ウラ、ちがいます。ドブネズミがどうしたんです」

「……ろ、ロード・ヨルが襲われています！　城の基幹部にドブネズミ人外《じんがい》が殺到していると、ジャスパー兵長が……！」

美しい少年は顔を引きつらせる。

あの、遙かからの歌がずっと聞こえていたからだろう。

「どうして……？　あの歌は、彼らにとって苦痛であるはずなのに……」

行かなければ。

力強い前脚で、名もなき女は広間の窓を蹴破っていた。

蹄鉄《ていてつ》のついていない蹄《ひづめ》でガラスを粉々に踏み抜くと、わき目もふらずに飛ぶ。塔を垂直に駆けおりるときには、もう、敵の心臓をつらぬくことしか頭になかった。

ぼくの手をにぎりしめて、クラーカは死んでいった。

「ウォルフ。きっとよ」

姉は最期に言い残した。

「あの子を……スカルドを、とり戻してちょうだいね……」

赤ん坊につけるはずだった名を、彼女はくり返した。

まさか地動王によってエンブラが陥落し、花の大図書館もまた消えてしまったなんて、姉は思いもしなかったのだろう。

ぼくは黙ってうなずいた。

——死にゆく彼女に知らせるべきではない。

あまりにも残酷だからと、親父が決めたことだった。姉は最期まで、花の大図書館にたどり着けさえすればわが子と再会できると考えていた。

「だって、あなたのフェンリルがついているんですもの……あの子はきっと、スカルドを守ってくれたわよね……?」

クラーカは親父にも言い残した。

「お父さま、お父さま……ごめんなさい」

親父をおいて旅立つことを、姉はなんども健気に謝った。

「どうか、スカルドを……わたしの代わりにかわいがってあげてください」

クラーカという宝を喪《うしな》おうとしていた親父は、孫娘——新たな宝に飛びついた。すがりつきたかったというほうが正しいだろう。

「愛する娘の願い、父はたしかに叶えよう」

親父がうなずいてやるなか、姉は息を引きとった。

そして格好がつかないことに、親父からデブの短足とののしられていたエイリークは、やはり間に合わなかった。クラーカが保護されていた城郭都市アスクに到着したのは、彼女が亡くなってから十日後。

親父は怒り狂った。止める者がなければエイリークを殺していただろう。

どうか帝国のためにと、あまりにも多くの人間から説得されたからこそ、愛娘をエンブラ公爵の妻にやったのに。

「返せ！　クラーカを返すのだ!!」

親父はもともと軟弱でおどおどしてばかりのエイリークを嫌っていたが、城郭都市エンブラ陥落の知らせを聞いて、いよいよ愛想がつきたらしい。エイリークは肝心なときにクラーカのそばにいなかったばかりか、エンブラの復興も後手にまわってばかりだったから。

「エイリークはだめだ……もう信用などできるものか」

親父が兄に見きりをつけたのも、このころだ。

「グレイもだ！　あれこれと理由をつけて、まだ帝都からでるのを渋っておるという……おのれを守ることばかりに忙しい放蕩息子めが！」

ぼくが巨人から人間に戻れたのを見て、親父は決めたようだった。

「おまえしかおらん」

おのれが背負ってきたものを背負わせる舟として、親父はぼくを選んだ。

「おまえはクラーカを守り抜いた……ゆえにわしは決めたぞ。近いうち、おまえにアスク公爵の位をくれてやる」

親父は財産と民とオーロラ・ウォール、さらに、秘密をぼくに背負わせた。

「いいか、ウォルフ……赤ん坊は死んだ」

ぼくは親父の言わんとすることを理解していた。

「わが宝を……金輪際、エンブラ公爵になどくれてやるものか。ゆえにエイリーク……あの男には真実を伝えるな。そして、あの男よりさきに探しだせ！」

親父の宝を。

――スカルドという名の女児を。

「地動王の腸《はらわた》を引き裂いてでも……王の宝物庫へ飛びこもうともな！」

ぼくだってバカじゃない。成長とともに、親父の無謀な願いを叶えることがどれほどむずかしいかくらいは、わかるようになっていった。

（……でも）

ぼくがアスク公爵となった翌年。

病魔に冒されつつあった親父が、死を宣告された。

「ウォルフ……おまえはあきらめの悪い男だ、ちがうか。血は争えんぞ」

「血？」

親父は赤い嘔吐物《おうと》をまき散らしながら、ぼくを諭した。

「おまえがあのイヌを忘れることなど、なかろうて……ウォルフよ。おまえはおまえの宝がなんなのか、よぉく知っておる」

執念だった。

親父はまだ忘れていない。そして、ぼくもまた理解していた。

血は争えないのだ、と。


地震がおきた。

ウォルフが覚えている限り、もう十回目だ。

うなり声のような不気味な轟音《ごうおん》とともに、足場の水道橋がぐらりとゆれた。

「くそ、こんどは大きいぞ！」

ルカのよびかけで、行軍していた者たちが一ヶ所にまとまる。

すさまじいゆれだった。あたりはものであふれているから、宝がぶつかったり、倒れたりする音ですっかり騒がしくなる。おまけに不思議なこともおきた。

軍隊のはしっこにいた二、三人が、横へ落っこちそうになったのだ。まるで重力を忘れてし水道橋の横壁に落下しかけた者をべつの者が引っぱりあげようとしたとき、思いだしたかのように重力が働いて、彼らは命拾いした。もっていた水筒をひっくり返すはめになったバドニクスが舌打ちする。

「厄介な地震だな、オイ！」

『このうなり声ッ、聞き覚えがありますッ！　耳鳴りの病ですッ、大王が苦しんで暴れているのでしょッ！』

見知ったようにホーリピントが言う。しばらくすると、ゆれはおさまった。

ウォルフはふたたび集中する。

見えない水蒸気となってそばを漂っている——緑の歯へと語りかけた。

「……世界地図の破片よ」

毛むくじゃらの体が、汗ばむような熱をはらむ。

一方で、頭は雪のように冴えてくる。

つぎの瞬間、銀色の霧が発生した。

ウォルフの手のひらへ集まったかと思うと、実体を成す。

いきなり重さと感触が生まれて、大聖堂の石柱のように大きくなったメイスが出現していた。

巨人の手にもしっくりとくる。人々が、おぉ、とどよめいた。

「緑の歯にはふたつの力がある。世界地図の破片と、羅針盤《らしんばん》の破片……シェパァド家ではそうよばれている」

ウォルフはこの瞬間が好きだった。

いや、よろこんでいるのはウォルフではなく、緑の歯――マーナガルムかもしれない。

（そう。遊びのはじまりだぞ）

ついてこい――。

いつもより慎重に見張るような気もちで、緑の歯へ命じた。

「世界地図の破片とよばれる力は、人間や人外の位置がわかるんだ。もうひとつの、羅針盤の破片とよばれる力は、霧のまぼろしによって相手の感覚器を狂わせる」

目を閉じたウォルフは、無視できない大きな存在をふたつほど知覚していた。

「……走る王だ。いるぞ」

「移動しているか？」

「いや」

「よし。前進だ」

はっきりと命じたのは――エイリークだった。

オレンジ型のランタンをかかげた小男は、大判の紙をにらみつけている。

エイリークがバドニクスに手伝わせて完成させた、即席の地図だった。

しかし紙には、地形など描かれていない。頭が痛くなるほど細かい数字と記号が、ヘビのウロコさながらぎっちりと羅列されている。

「こ、この空間がXの開かつ閉集合と仮定するなら、Xを位相空間、AをXの部分集合とするとき、Aとその補集合XマイナスAとがいずれも……」

ウォルフは耳をふさぐ。

エイリークは自信ありげにうなずいた。

「ルート2方向へ前進だ。Qに属さない位置まででたのむ！」

「……それ、帝国語？」

バドニクスが翻訳する。

彼は水道橋のむこうに見える飴《あめ》細工の鐘楼《しょうろう》をさした。

「あの鐘楼まで進め。あれが約二百九十秒後には、想定した位置まで移動しているはずだからよ。オオカミ少年、おまえは目的地を見失わないよう集中してりゃいい……オラオラ、行った行った！」

「総員、出発」

グレイが淡々と命じる。

「い、位相幾何学と高等数学によってこの四次元空間における座標系、さらにわれわれの位置を示す座標を導きだしたまで……これに走る王を解とする座標を応用すれば、アルスル＝カリバーンに近づけるはずだ！」

ウォルフが秘密を語り終えたあと、しばらく口もきけなかったくせに。

いまやエンブラ公爵は、長年の鬱憤《うっぷん》を晴らすかのようなやる気を爆発させていた。痛々しいほどだが、父オーコンを見てきたウォルフにはわからないでもない。

（親心、か）

気がおかしくなりそうなほど不可解な宝の数々。

その間を延々と進む一行は、大水道橋――とても古い時代に作られたらしい石造りの三段アーチ橋に差しかかっていた。

「虚《うつ》ろな世界だ……地磁気も届いていない」

地磁気とは、磁気と磁場のことだ。

この力が働いていればこそ、方位磁石は北と南を示すことができる。

ウォルフたちは橋の下から見えない位置に伏せた。

「難所だな……」

はじまりと終わりが見えないほど長いアーチ橋を伝って、ドブネズミが集まっていた。千匹はいるだろうか。ドブのヘドロが蠢《うごめ》くような、見た者をまたたく間に不快にさせる光景だ。すさまじい異臭も漂っている。

巣、ではない。

あまりに汚いから。

「……ゴミ捨て場ってところか」

腐ってかわいたネズミの上で、べつのネズミたちが殺し合い、共喰いをしていた。かと思うと、すぐさま軍隊のように整列してでかけていく。水道橋には何百体もの古い銅像が上下逆さまに刺さっていたが、その上をまったくおなじ歩調で行進する獣たちは、どう見ても正気ではないのだった。

『……大剣、は……大剣、どこに……』

ドブネズミの群れはやまびこのようにおなじことしか言わない。

さすがのウォルフもおののいてしまう。

死んでもかまわない、のだ。

王の欲望を満たすためなら。

『……あたいたちよりも大切なものができてしまったのね。大王……』

つぶやいたホーリピントは、リンゲに投げかけた。

『ねェ、どうしたい？』

『……あたくしは恐ろしい、わ……』

めっきり口数が減ったリンゲは、がたがたと震えていた。

『あたくしもいつか……ブロッシェのようにされてしまう』

『そんなことさせてたまるもんですかッ！　しっかりなさいよ、あんたッ！』

『で、でも……あなたまであんなことになったら、あ、あたくし気が変になって……ッ』

皮膚へ噛みつきたい衝動をこらえるように、リンゲが歯ぎしりしたときである。

『だいじょうぶ？』

グンヒルダスだった。

彼はランタンのなかからリンゲに話しかける。

『怖いときは、パパのことを考えるといいよ』

『で、でもあたくしは……あなたとはちがいますもの……その、地底生まれのドブ育ちですのよ……』

弱々しくつぶやくリンゲに、グンヒルダスはおっとりと言った。

『なら、僕のことを考えて？　怖くない』

仲間を安心させるフェロモンを分泌するという彼のそばで深呼吸をしたリンゲは、すこしずつ落ち着きをとり戻していく。

「……あのカリフラワー。おまえの息子とは思えないくらい、女心をわかってる」

「ほ、放っておいてくれ！」

うんざりと目をそらした小男は、ふとウォルフを見上げた。

「……貴公はなぜ、私に打ち明けた？」

娘のことを。

ウォルフは相手を見もせずに答えた。

「もう、親父の願いを聞いてやる必要もなくなったからな」

「貴公はそこまで親切な人間だったか？」

無視するつもりで、ウォルフが一歩先へでたときである。

「……貴公も、私とおなじでは？」

ためらうような声が追いかけてきた。

おきあがったエイリークは、無理やり巨人であるウォルフの横へならぶ。

「まだ、あきらめきれないものがあるのではないかね？」

いやなやつだと、ウォルフは思った。

生き残った人々の視線が集まっている。これほどの人間の前で本音を口にするのはとても不快だったが、背に腹は代えられないのかもしれない。

「……取引だ。エンブラ公爵」

ウォルフはエイリークにむき合った。

人外のごとき巨人に見下ろされて、小男がすくみあがる。

「おまえの娘が生きているとすれば、ぼくのイヌがそばにいたときだけ」

「イヌ？」

察しが悪い。ウォルフはがくりと脱力する。

「エンブラへぼくのイヌをつれていったとき、おまえはあいつをなでたじゃないか！　話しかけてもいた！　あのときは……交配種の研究をしていたなんて知らなかったが」

「私が？」

「カニド・ハイブリッド！」

エイリークがはっとする。ようやく思いだしたらしい。

「番狼王《ばんろうおう》の初子……マーナガルムとシェパード犬のメスの間に生まれた、特殊体か？　オーコン殿からは、陥落時の犠牲になったと聞いていたが。第二次性徴の兆《きざ》しがないオス個体……フエンリル、だったな？」

他人の口からその名がでて、ウォルフの胸がちくりと痛んだ。

イヌ人外とオオカミ人外の交雑種はめったに生まれない。万が一生まれたとしても、生殖能力を失っていることがほとんどらしい。

（たぶんあいつも……オスにしては、声も体も細かった）

ドブネズミの家畜化を進めようとしていたエイリークは、種が異なるとはいえ、フェンリルの生態に興味があったのだろう。

「だが貴公の話を信じるとしても……正直なところ、わが子が生きているとは考えられない。十年前のことだし、これほど異常な空間で……」

上下逆さまの街をあおいだ彼は、いや、と首をふった。

「異常であればこそ、こうあるはずだという常識にとらわれてはならない……それで？ 取引と貴公は言った」

「おまえに力を貸してやる。ぼくも、城郭都市エンブラを探そう」

エイリークが目を丸くする。

ウォルフは絶対にゆずれない願いを口にした。

「だからおまえも、ぼくのイヌを探せ。ぼくのイヌは強情だからな……スカルドを守るという約束を破るわけがないんだ」

小男はまじまじとウォルフを見上げている。やがて、重いため息をついた。

「……ヒトの業を感じるよ」

「業？」

「これほどの惨劇がおこってからでなければ、われわれは手をとり合えないのだと」

「上々だろ」

ウォルフはバカにした。

「惨劇のあと……すくなくともぼくとおまえは、手をとり合おうとしている」

エイリークがはっとする。

兄のグレイが息をのむ音も聞こえたが、無視した。

「……そう、言ってくれるのか？」

かすれた声で小男がたずねる。ウォルフはうんざりした。

「かんちがいするなよ！　これは善意じゃない。ぼくにもおまえにも、奪い返さなければならない財産があるからだ。ぼくたちを突き動かしているのは、醜《みにく》い欲望だ！」

「……だが、たしかに」

エイリークはめずらしくウォルフをさえぎった。

「貴公の父上にはできなかったこと。最後の最後まで……彼は、私を受け入れようとはしなかったのだから」

力なく笑った小男は、きっとはじめて、正面からウォルフの目を見つめた。

「貴公の申し出を……私は、なによりも心強く思う」

ウォルフはなにも言えなくなった。

いつのまにか、すべての群衆がアスク公爵とエンブラ公爵のやりとりに聞き入っていた。はっとしたウォルフは、いよいよもって不愉快になる。エイリークがつぶやいた。

「……貴公は存外、優れた為政者になるかもしれないな」

「おまえに言われるまでもない！」

かっとなったウォルフが、大きな体を立ちあがらせたときだった。

——歌が聞こえた。


なにか聞こえる。

兵士たちも声をあげていた。

「静かに。なんだ？」

「……歌？」

男か女かもあいまいな歌声だった。

頭へ直接ひびくようだが、ばらばらにわなないていてうまく聞きとれない。歌詞はつながっておらず、だから意味も伝わらない。

たとえるなら。

（遙かからの歌……）

刹那である。

水道橋の下――財宝のすき間というすき間から、死にかけのドブネズミが飛びだした。天変地異がおきたとばかりにあわてふためいて、しっちゃかめっちゃかに駆けずりまわっている。水道橋へ突進して昏倒《こんとう》するやつまでいた。

一行は息をのんでいた。

視界に入るすべてのネズミたちが、逃げだしたり、ひっくり返ったりしたからだ。ホーリピントとリンゲもだ。それぞれ頭を抱えてもだえている。グンヒルダスはというと、あのランタンが歌をさえぎっているのか、なんとかしのげているらしい。

呆然と、エンブラ公爵が言った。

「……ヨルムンガンド」

地の底からひびくような歌へ、彼は問いかけていた。

「目覚めているのか……?」

バドニクスたちがはっとする。

ヨルムンガンド。

エンブラの守護者とされた人外の名だった。

あわてて荷物から予備のランタンをふたつほど引っぱりだしたエイリークは、そこへ入るようにホーリピントとリンゲへ命じる。しかしその間も、彼はぶつぶつと唱えていた。

「……まさか……冬眠から覚めた……地動王の体温で……? そうか……では、耳鳴りの病とは……」

「ど、どういうことです？　この歌はいったい？」

チョコレイトがたずねると、かすれた声で返答があった。

「……〈はるかなる頌歌《しょうか》〉……」

もはや、エイリークは打ち震えていた。

「ヨルムンガンドのギフトだ。あらゆる振動をおこす能力。彼はそれを音波……歌として使っていた」

「歌って……」

「ドブネズミ人外が忌避《きひ》する高周波数の歌だよ……！　彼の歌声は、あの地動王すら不快にさせる音の壁となってエンブラを守っていたんだ！　まさに守護者の歌だった……」

守護者の歌——。

ウォルフは首をかしげる。

「遙かなる？」

「……〈はるかなる〉ってのはな、永遠に人外王を喪った獣たちのギフトにつく名だ」

考えこんでしまったエイリークの代わりに、バドニクスが説明した。

「死ぬなり殺されるなりして王がいなくなったあと、〈大いなるギフト〉を使える個体が眷属のなかにあらわれなくなっちまった人外種のことだ。ヨルムンガンドとよばれるヘビ人外は、これまで同種の個体が一体も見つかっていないんだ」

「一体も？」

「すでに王も眷属も絶えたと考えられている……ヨルムンガンドが、おそらくはあの人外種最後の一体だ。だからだよ。帝国ができてからの七百年、あのヘビの研究はちっとも進みやしなかった」

そのときだった。

「ウォルフ!!」

活発な声によばれたウォルフは、一瞬、それがだれのものかわからなかった。

「わわわ私たちは……で、でできるかもしれない！」

エイリークだった。小男はあわてふためいてたずねる。

「きみはさっきこう言わなかったか？　ここには地磁気が届いていないと……緑の歯は、地磁気を感じとれるんだな⁈」

「そ、そうだよ」

「地磁気がわかるなら、緑の歯そのものが磁力をもつ可能性が高い……鉄をくっつけたり遠ざけたりはできるかね⁈　ええとつまり……私が知りたいのは、きみが磁極を感知できるのかということだ！」

磁極は、N極とS極のこと。

エイリークはやや興奮してつづけた。

「花の大図書館城はとても古い時代のもので、コバルトとよばれる金属レンガで建てられた城なんだ！　酸や塩基の影響を受けにくく、熱にも強い……なにより頑丈な金属で」

「なるほど」

相づちを打ったのは、チョコレイトだった。

「鉄族元素。強磁性体……ルカ。アスク公にナイフをお貸しして」

「は？」

「あなたの武器、ダーウィーズで支給されたものでしょう？」

ルカがシースナイフを差しだすと、チョコレイトはにやりとした。

「コバルト鋼製ナイフ……花の大図書館とおなじ素材でできています。これとおなじ性質の磁力を感じる方角へ進めばよろしいかと。そうですわね、エイリーク閣下？」

「そそそそうだ！　ヨルムンガンドの歌が聞こえたということは、かなり近くまできているということだから……」

なんとなく理解する。コンパスの針がまわったり止まったりしていたのは、強い磁力を放つ城が、宝物庫のなかで近づいたり遠ざかったりしていたからなのだろう。城が近いとき、大きな磁力を受けて針が動いていたにちがいない。

どくん、と。

ウォルフの心臓が熱く脈打っていた。緑の歯に集中する。

ややあって、これだという違和感につき当たった。

「……あった《ヒット》」

「距離は？」

「動きつづけているから、わからない……でも、遠くない」

「みみ、見失うな！」

ウォルフは自分に約束させる。そう。

こんどこそは。

（見失うな、宝を）

友を。

兄弟を。

（……フェンリル。いま行く）

20

ブロッシェのつぶらな瞳《ひとみ》は見つめていた。

美しい城のてっぺんから——漆黒《しっこく》の半人半馬が降臨するところを。

人でありながら獣《けもの》でもあるものが、咲き乱れる花々におおわれたコバルト鋼の壁を垂直に駆けおりてくる。

両腕から湧きだす清水が、引きしまった女の裸体をしとどに濡らしていた。それだけではない。漆黒のまつ毛を。引きずるほど長い黒髪を。駿馬《しゅんめ》の艶やかな股と尾毛《びもう》を。

王たるものの威厳。

異形の女のエロティシズム。

非の打ちどころがない。狂喜から、地動王《ちどうおう》はうなずいた。

『……芸術よな』

美であり、価値。

力であり、兵器。

知であり、結晶。

『わがもっとも美しき城に……わがもっとも美しき剣が……！』

そのときである。

ぶつりと嫌な音がした。

貝殻が割れるような感触を最後に、ブロッシェの両耳がぼんやり聞こえなくなる。

『……否。まだぞ……』

あの忌まわしい歌だ。あの振動を止めない限り。

手に入れたはずの美しいものを、愛でたいときに愛でられない。

『それは……手に入っておらぬことと同義よ』

目の前の巨大なヘビをにらみつけたブロッシェのすぐそばに、いま、漆黒の半人半馬が降り立った。

あぁ、やっぱり。

『……美しき、かな……』

ブロッシェの口はそう動いていたけれど。

ブロッシェは叫んでいた。

やっぱりあなただけ。

あぁ、英雄さま。

どうか。

この哀れなネズミをお救いください。

無数のネズミが集まってくる。

童話にある、魔法の笛の音に誘われたかのように。どのドブネズミも耳から血を流していながら、金切り声でわめき散らしていた。ひとつでは小さくても、地層のように幾重にも重なった声の波は、あの遙《はる》かからの歌をも凌駕《りょうが》する地鳴りとなった。

『ここは王の聖なる宝物庫……！』

『歌う者の口を閉ざせ……!!』

『閉ざせ……!!!』

死も厭わないネズミの兵士たちは、城の壁面から基幹へ、死にものぐるいで乗り移っていった。けれど、歌の振動に耐えきれないものもいっぱいいる。失神し、枯れたメープルの葉が落ちるように音もなく、四次元のはざまへと落ちていった。


なんてばかばかしいやつらだろう——！


彼が笑う。

名もなき女はうなずいた。

彼がそう言うのなら、そうだろう。

ふぇい、ふぁーた……したをよくみてごらん――？


名もなき女は首をかしげる。

すると彼は、女の顔をオオヘビのしっぽが巻きついたあたりへむかせた。

――糸？

城の基幹から、透明な糸のようなものが垂れさがっていた。

女の目にはぼんやりとしかわからないが、彼にはくっきりと見えているらしい。果てもない四次元の底へと伸びるそれは、大きな帆船を留めるための錨《いかり》みたいだった。

あの根元にはなにがあるのだろう？

女が首をかしげると、彼はくすくすと笑った。

あそこにあるよ――。

教えるように、彼は名もなき女の心臓に触れた。

女はどきりとする。

――王の心臓、が？

彼はうなずいたけれど、すぐにめんどうそうなため息をついた。

満潮の海のように、ドブネズミたちがヘビのしっぽに群がりはじめていたからだ。

名もなき女は青ざめた。オオヘビのウロコはネズミの歯を通さないほどには硬いようだったが、いつまでもつかはわからない。ウロコをはがされたら、ほかの獣とおなじように柔らかい肉と血管があるにちがいないのだから。

体中をネズミが這いまわるのが不快なのだろう。ずっと聞こえていた遙かからの歌が、とぎれたり遠くなったりしはじめていた。


いっそ、まとめてつぶしてしまおう――。


彼は、剣を――名もなき女の左腕をかまえさせた。

女はためらう。だって、あのオオヘビはこの城を守っているのに。なんでもないことのようにほほえむ彼の声は、どこまでも優しかった。


このせかいには、ぼくときみさえいればいい――。


名もなき女は震える。

エスコートするように、彼が女を一歩前へと進ませたとき。

『ケンタウリスの君……!!』

悲鳴のようなフェンリルの声が頭を打った。

あたりに黒い霧が満ちたとたん、なにもないところから獣が躍りでる。

イヌ。いや、それにしては大きい。まだら色の体毛をもつ、オオカミによく似た獣だった。

しかし彼には、フェンリルだとすぐわかる。

肩で息をしているイヌは、名もなき女の前にひれ伏した。

『ネズミはぼくが追い払います。だからロード・ヨルを……ヨルムンガンドを傷つけては、いけません』

名もなき女へというよりは、彼に懇願したのだろう。

彼はアルスル＝カリバーンの声で笑った。

『にごったけものよ』

女の左腕を。

彼は、フェンリルへむけていた。

『いびつなけものよ……おおかみいぬよ』

まだら色のイヌがはっとする。

『ばんろうおうのけんぞく、みたことがあるよ……ひすいのいろをした、うつくしいおおかみたち。なのに、いぬのちでにごったきみは、なんてみにくいいろだろう？　よわくて、ちいさくて、こものこせない……ひすいのおおかみたちも、きみをなかまとはおもわない』

フェンリルは黙って聞いていた。

やがて、そっと言葉を返す。

『ぼくの親兄弟がなんであろうと……ぼくは、ぼくだけのたったひとりがいれば、幸せです』

『かわいそうに』

彼はくすりと笑った。

『そのたったひとりが……きみをこんなところにおきざりにしたんじゃないか』

『いいえ。そうではありません』

『さみしかったくせに』

フェンリルがぴくりと鼻をあげた。

にたりと、彼はアルスル＝カリバーンの顔で嗤《わら》った。

『むかえはこない。そのたったひとりがきえ、すべてのいのちがうしなわれたあとも。だれひとり、きみをかえりみはしないだろう。きみもまた……ここで、えいえんにひとりぼっち。そんなの、あまりにかわいそうだよ』

だから。

彼は、名もなき女の腕をこねあげて──水の大剣へと作りかえた。

『もうおわりにしてあげる』

ただただ慈悲から、彼は言った。

女は総毛だった。

身をよじって抵抗しようとしたが、びくともしない。その代わり、手のひらであった場所に熱い痛みが走った。大剣の切っ先が、血のようにみるみる赤く染まっていく。

——あの力だ。

オーロラ・ウォールを壊すほどの。

フェンリルはその場から動こうとしなかった。大きなヘビを背にかばい、うるんだ瞳で名もなき女を見つめているだけ。

このままでは。

——いやだ！　殺さないで‼

腕がちぎれるほど、名もなき女が暴れたときだった。

風が吹いた。

とても静かな風だった。

蹄《ひづめ》と蹄の間を、漣《さざなみ》のように流れていく。

——冷たい？

風は、きらきらとかがやく銀色の霧を運んできた。

その霧が、フェンリルをのみこむ。まだら色の体毛が霞んだ瞬間、白い雲のようにふくらみ、浮きあがって——霧散した。

彼が目を細める。

名もなき女も息をのんでいた。

毛むくじゃらの白い腕に抱きよせられていたフェンリルが、つぶやく。

『父、君……？』

うずくまっていたのは。

白い巨人だった。


霧が満ちていく。

いまや花の大図書館を、銀の濃霧がとり囲んでいた。

「羅《ら》針盤《しんばん》の破片よ……」

どこかで聞いたことがある声だった。少年だ。

夢を見ているようにおぼつかない口調で、フェンリルが巨人をあおぐ。

『……ウォルフ？』

彼が、名もなき女の視線を動かした。

霧の奥でなにかが動いたようだ。ひとつではない。生きたなにかが潜んでいる。こちらを誘うようにゆれながら。

「バケモノめ」

白い巨人が吐き捨てる。女はどきりとした。

「ぼくたちはたしかに呪われている……けれどきっと、おまえのそいつも、ぼくのこいつも言うんだろうさ。これは祝福だって」

巨人の顔はオオカミそっくりだった。だが、胴はヒトかサルに似ている。

半人半狼。

――人狼。

そんな言葉を、どこかで。

「……醜《みにく》いか？」

人狼の口角がつりあがって、笑ったように見える。

人間の言葉をしゃべる白い巨人は、なにかをにぎっていた。

純白のメイスだ。頭部には、王冠とイバラの装飾がついている。けれど。

――もっと、小さかったはず。

首をかしげた自分を、名もなき女は不思議に思った。

「おまえもぼくも一生こいつらとつきあっていかなくちゃならない。でも、こっちが一方的に支配されるのはだめだ。それはぼくたちが人間でなくなることを意味する……いまのおまえみたいにな」

名もなき女はすこしいらだった。

いや、そう感じたのは彼かもしれない。

巨人は断言した。

「おまえが王冠をかぶるんだよ」

フェンリルを子犬みたいに抱きあげた巨人は、ほとんど四つん這いの姿勢のまま後ろへとさがった。目をくらませるような霧が、彼らをおおっていく。

「おまえが眷属《けんぞく》を統べる者となれ。群れを守り、率いる力をもつ王に……」

そんなこと。できるはずがない。

それは、彼に逆らうことを意味するのだから。

女が途方に暮れたような顔をしたからかもしれない。巨人は笑いを消した。

「……手ほどきしてやるよ。獣とのつきあい方ってやつを」

鋭い目をむいたかと思うと、その鼻と眉間にしわがよる。威嚇《いかく》だ。自分のものだと主張する縄張りに、見知らぬ獣が紛れこんできたときの顔。

名もなき女はぞくりとする。

女のなかの――彼が、応じるのがわかった。

両腕からしとどにあふれていた清水がぴたりと止まる。水は何本もの細いリボンのように舞いあがり、細かく編みこまれていった。

左手は、螺旋《らせん》にねじれた大剣となる。

右手は、肘から下が奇妙に変形して、大きな水の盾になっていた。

巨人が天をあおいで咆哮《ほうこう》する。

遠吠えだった。

開戦の知らせだと、彼は直感していた。

つられたフェンリルが咆哮をあげる。いくらかかぼそい声だった。

兄弟姉妹か、群れのもののように。ふたつの咆哮は高らかに花の大図書館へと轟《とどろ》き、宝物庫をつんざいていた。

「……おねえちゃま?!」

その遠吠えを聞いて、スカルドは跳ねおきた。

どこを見まわしても、美しい霧色の髪が見えない。

人間ではないのに。おさないスカルドをたっぷり愛してくれたモノ。スカルドの豊かな想像力が描きだした、母と父の空想。城のだれもが恐れ多いからと担ってくれなかったその役割を、ただそこにいたからという理由で買ってでてくれたイヌ。

「おねえちゃまはどこ?!」

「フェンリルは、その……」

メイドのウラが言葉をにごしたとき、スカルドは気がついた。

「……おにいちゃまは？　どうしたの?!」

遙かからの歌が、聞きとりづらくなっていた。

とぎれる瞬間すらある。スカルドはひどく動揺した。あのモノもまた、スカルドのためにだけ、数えきれないほどの子守唄を歌ってくれたから。

(まだだめ……だって、あたし)

すごんで見せても。

どれだけ息まいても。

——まだ、重い本を運べないこと。一人では家畜の世話をできないこと。すぐに靴が合わなくなってしまう自分の足が、長い道のりを歩めないこと。

スカルドにはわかっていた。まだ、巣立ちのときではないこと。

まだ――絶対に家族から離れたくないことを。

「だいじょうぶですから！　どうか、お嬢様はここに……！」

ウラをふり切ったスカルドは、公爵のバルコニーへ突進する。落っこちそうなほど下をのぞきこんだところで、ふらりとめまいをおこした。

「あれは……」

「お嬢様、お気をたしかに！」

落下しかけたスカルドの寝巻を、ウラがすんでのところでひっつかむ。

また遠吠えが聞こえた。

まちがいない。フェンリルが獣の姿へ戻ったときの声だった。

「……ケンタウリスの君が、つれてきた……」

「え？」

創造主にお祈りをするときとおなじ気もちで、スカルドはつぶやいていた。

エントランスのまわりに霧のようなものが立ちこめている。視界が悪くてよく見えなかったが、スカルドは息をのんでいた。

「……キボー、だわ」

大階段の下に――見たこともない数の人間が集まっていた。

二本の後ろ脚で、思いきり後方を蹴とばす。

だが霧がゆらいだだけだった。かと思うと、前方の霧がゆれる。

「羅針盤の破片よ……」

少年の声がするのに、どこにいるのかがわからない。

名もなき女は大剣を突きあげた。手応えはなく、まったくべつの方向から大きなメイスが飛んでくる。女は右の盾で殴打を受けた。

——このこ、速い。

それだけじゃない。威力も桁ちがいだった。

一打を受けただけでも腕全体がしびれて、すぐにはあがらなくなる。それでひるむと、かならず鋭い爪がたたみかけてくるのだ。白くて大きな手が盾をかいくぐって伸びてくる。女は必死で避けたが、腹をひっかかれた。

「ぬるいんだよ、守りが！　慣れない盾なんて使うから！」

名もなき女は——

「だからおまえはダメなんだ、アルスル＝カリバーン・ブラックケルピィ！」

——アルスルはむっとした。

距離をとろうと思っても、彼は霧になれるのだ。こちらは四本脚だから後退もしづらい。たちまち追いつかれてしまって、一息もつかせてもらえない。

ふぇい、ふぁーた。おぼれさせればいい――。

なるほど。

その手があった。

アルスルは盾をほどくと、洪水をおこすために右手に集中しようとする。

ところが。

「すぐ挑発に乗るな、バカ」

右からメイスが迫っていた。

とっさに右手をあげたものの、すさまじい衝撃がくる。四本脚は逆効果だった。無理に踏んばってしまったせいで攻撃の威力を殺せない。アルスルの水の腕が崩れて、横腹へ一撃が入る。

砕けた骨がやわらかい腑《はらわた》に突き刺さった。

「自分の頭を使え！　そいつの言いなりになってると痛い目にあうぞ！」

激しい痛みに悲鳴がこぼれる。アルスルは眉をひそめた。

――このこ、ずるい。

自分は二本脚のくせに。不満をもったアルスルは思いつく。

（そうか）

アルスルも二本脚になればいい。

そう考えて余分な水を捨てようとしたが、できない。

彼がよく思っていないのが伝わってくる。その証拠に、彼はいま殴られた腹の傷を治そうとしてくれない。アルスルは焦りを感じた。

人狼の言葉が頭をよぎる。

眷属を統べる者となれ。群れを守り、率いる力をもつ王に――。

「よそ見」

後ろからくんと髪を引っぱられる。

背を打たれる――いや、首を粉砕されるかもしれない。直感したアルスルは、とっさに左の大剣を水の刃へ変えていた。引きずるほどに長かった髪を根元から断つ。自由になった瞬間にふり返って、はっとした。

「やるじゃん」

人狼が笑っていた。

「すっきりしたな？　もともと短かったんだし」

彼は黒髪の束をふってから、ぽいと投げ捨てた。

くやしさでほほが熱くなる。アルスルは言い返していた。

「……あなた。めちゃくちゃ」

人狼が口角をつりあげる。

いちど立てた仔馬が一生歩き方を忘れないように。アルスルは言葉を使う自分を不思議とは思わなかった。

「やっと話が通じた！　ついでだ、多すぎるその脚も削いでやる！」

人狼がうなる。舌なめずりをする顔は野蛮そのものだ。彼は明らかに決闘を楽しんでいた。

――そう。

はじめて目にする姿だが、アルスルはこの相手を知っていた。

「……あなたも？　ウォルフ＝ハーラル」

人狼が意外そうに耳を立てる。アルスルはたずねた。

「眷属を統べる者？」

「いずれ」

彼は、手鏡をのぞきこむようにメイスを見つめた。

「こいつは……マーナガルムは、群れをもつために親から離れ、孤独で危険な旅を選んだ若者だ。その決意と戦意を身近に感じるとき、緑の歯はすばらしい力を発揮する」

歯の持ち主である人外《じんがい》が話しているかのようだった。

人狼は助言する。

「いいか。その人外を深く知ることが人外兵器を使いこなす基本であり、もっとも肝心なことなんだ……おまえのそいつは？　どんなやつだった？」

アルスルは思い返す。

彼を、あるいは走訃《そうふ》王《おう》とよばれるようになる前の、一角獣《ユニコーン》を。

「……群れ想いで、強靭《きょうじん》な王だった」

英雄のように。

アルスルは思った。

群れを統べる者とは、どうあるべきなのだろう。人狼は教えてくれた。

「直接聞いてみるといい」

「……え？」

英雄とはなにか。

「その大剣は、おまえに答えを見せるかもしれないぞ」

アルスルは大剣を両手でもつと、かかげた。水鏡をのぞきこむように、ねじれた刃に映る自分を見つめる。彼をよんでみようとしたときだ。

ざわりと耳鳴りがおこる。

斬り落としたはずの髪が――黒い水が滴るみたいに生えていた。またたく間に引きずるほど伸びた黒髪は、木の根のようにアルスルに絡みついてくる。

『ケンタウリスの君……！』

どこからかフェンリルが叫んだ。

髪は、アルスルののどを締めあげようとしていた。

怒っているのか。それとも、アルスルを憎んでいるのだろうか。

「言いなりになるな！　また支配されるぞ！」

人狼が吠える。

アルスルは必死によんだ。

「……モノーセロス、モノケロス……‼」


水辺だった。

うす暗い湖のほとりに、アルスルはいた。

そこは石膏づくりの東屋だった。地球儀を半分に割ったような丸い天井がついている。鳥かごみたいだとアルスルは思った。屋根を支える石柱と石柱の間には、何十本ものロウソクがところせましと立てられていた。

火が灯っているものはひとつもない。

溶けて滴ったロウがへばりつき、東屋の手すりが見えなくなっていた。

(ここ……知ってる)

あのとき。

アルスルが胸に抱いていたいくつもの灯。

希望という炎を、ひとつ残らず吹き消された場所だった。

(……彼は、どこ……?)

アルスルは一糸まとわぬ姿で立っていた。

東屋は森の岩場にひっそりとあり、あたりは苔《こけ》と土と木々のにおいで満たされている。濃い靄《もや》がでていた。一歩先はもう、湖だ。

頭へ、かぼそい声がひびいた。

『……ぼくをおいていくの？』

アルスルは顔をあげる。

湖のまんなかに——島が見えた。

子どもの寝台をひとつおけるくらいの、ささやかな小島だった。

そこに少年が座りこんでいる。茶色の髪。人種はわからない。どちらかといえば黄色がかった肌をしていた。

（……見つけた）

彼だ。

アルスルは湖に入った。

水は凍ってしまいそうなほど冷たかった。太ももや腰、ときに肩まで水に浸かりながらも、アルスルは一歩ずつ小島へ近づいていった。

「……モノーセロス。モノケロス」

ようやく小島にたどり着いたアルスルが話しかけても、少年は顔をあげなかった。怒っているのは知っている。それ以上に、さびしがっていることもわかっていた。

岸にあがったアルスルは、両ひざをついた。

「……いっしょに行こうよ」

手を差し伸べたが、少年は弱々しく首をふる。

なぜ、そう問いかけようとしたアルスルは、ようやく気がついた。

モノーセロスの両脚には、虹黒鉄《にじくろがね》の枷がはめられていた。

継ぎ目のない鎖は少年の後ろへ伸びて、とても大きな楔《くさび》でとめられている。ずっと以前からこうしてあったようなのに、苔も錆《さ》びもついていない。この不思議な楔のために、彼はここから動けないのだった。まるで家畜だ。

じっと楔を見つめていると、靄がすこしだけうすくなる。

アルスルは息をのんだ。

楔は。

――走る王、だった。

ねじれた刀身が地面をうがっている。墓標か、碑《いしぶみ》のように。モノーセロスを捕えているのは、他でもない、彼の大剣であった。

(どうして)

いや。

アルスルは理解した。

「……わたしだね。あなたをここにつなぎとめたのは」

アルスルが、彼を狩り殺したのだから。

彼が獣ではなくなったから――生きるためではなく、楽しむために人を殺すようになってしまったから。

アルスルは少年の手をにぎった。

そっと上をむかせたモノーセロスの表情は、儚《はかな》いほど弱々しい。

ヘーゼルの瞳に涙が光っていた。

「……あなたはわたしと似ていたのかもしれない。さみしくて、愛されたいと願ってやまないようなところが……」

泣きはらした目を指で冷やしてやりながら、アルスルは言葉を探す。

「あなたと出会う前のわたしは……強さに憧れていた」

人々の顔色をうかがい、思ったことを口にだせず、失敗ばかりの自分を変えたかったのかもしれない。だれかに認めてもらいたかったのかもしれない。

「だから、あなたと出会ったころのわたしは……あなたのように強くて、仲間のために身をなげうって戦う者になれたらと思ったこともあった」

静かに自分の心をふり返ってみたアルスルは、ふと気づいた。

──そうか。

「わたしは……あなたみたいになりたかったのかもしれない」

少年の瞳がアルスルをとらえる。

アルスルは首をふった。

「……でも、わたしは人間で。あなたのように特別でもなかった。わたしの剣が届くところにある命を、守ろうとすることで精いっぱい。わたしの……」

二本の剣で――。

そう口にしようとした瞬間、少年が動いた。

モノーセロスはアルスルに跳びかかっていた。草原へ押し倒されたアルスルは、じっと彼を見上げた。

「……許せないんだね。リサシーブのことも」

彼が、少年の伴侶を奪ったから。

少年を――ひとりぼっちにさせたから。

「わたしはだれかを本当に憎んだことがないから……心から、あなたを理解することはできないのかもしれない。でも……」

『……きこえない』

ボーイ・ソプラノの声がした。

『きこえないんだ。もう』

アルスルは息をのむ。耳をそばだてた。

『あのすばらしいねいろが……ほしがまたたくような、とうというたが』

尊い歌――？

プチリサの話を思いだす。モノーセロスは嘆いた。

『きみのこえも……！　きみのわらうこえ、きみのいななきだって、きこえてこない』

「……いまは？」

アルスルはたずねた。

「わたしの声が聞こえる？」

『……なくこえなら』

捨てられた子どもみたいな顔で少年は毒づいた。

『きみが、いたみをこらえるこえ、ぼくをおそれるこえばかり、きこえてくる……！　わかっているよ……きみは、ぼくをあいしてなんかいないから！』

その言葉に、アルスルは打たれた。

真実。

で、あったから。

モノーセロスの瞳から、真珠《しんじゅ》のような涙がぽろぽろとこぼれた。

『ぼくはもう……あいされていない。だれからもひつようとされていない』

王だった彼のそばには、たしかに。

孤独という名の悪魔がたたずんでいるように思われた。

『……きえてしまいたい』

そう彼がつぶやいたときだった。

湖の、水位があがった。

足首のあたりにちゃぷんと水が触れて、アルスルは凍りつく。

「モノーセロス……モノケロス！」

氷のような冷たい水が、みるみるうちにすべてをのみこもうとしていた。

小島も、楔となった大剣も。少年も——アルスルも。

みんな水の底へ沈んでいく。

その刹那《せつな》。

——儚い人よ、

——星が見えない夜は、聞いてくれ

歌が聞こえた。

こんどは聞いたことがある歌だ。なんども。耳元で。

（歌ってくれた……）

モノーセロスではない、あの愛しい彼が。

『……ルー……』

少年が小さくよんだ。

迷子の弟が兄をよぶような、こまり果てた声だった。

（そうだ……！）

すがる思いでアルスルは耳をすます。

いちどは暗い湖に落っことしてしまった大切なもの。それが、水の底できらきらとかがやいているのを見つけた気分だった。アルスルの唇はわななき、心臓はしめつけられて、耳は思いだしていた。これはきっと、なによりも大切な歌だと。

すべてが水没するというとき。

アルスルはモノーセロスをかき抱いた。

頭のてっぺんまで水にのまれる。息ができなくなる。それでも。

歌はずっと聞こえていた。またたく星のように。

——希望のように。

もう、タイトルも思いだしていた。

アルスルは。

大剣に触れた。

21

かわいい人よ、
星がまたたく夜は、思いだしてくれ
あんたのためにウインクするよ、この瞳《ひとみ》で
あんたが楽しい夢を見られるように

愛しい人よ、
星がざわめく夜は、よんでくれ
あんたのために飛んでいくよ、この翼で
あんたが悲しい夢を見ないように

儚い人よ、
星が見えない夜は、聞いてくれ
あんたのために歌うよ、このくちばしで

あんたがぐっすり眠れるように

英雄よ、
星が流れる夜は、キスしてくれ
あんたのために戦うよ、このかぎ爪で
あんたが人のままでいられるように

〈「義足のワシ使い」『帝国吟遊詩人選集』より抜粋〉


「狩りが得意なんだろ？　鍵の騎士団」

弟のウォルフは言った。

「もちろん、アルスルを惹きつけられる作戦もあるな？」

「……あー……」

まっさきに反応したのは、護衛官のルカ＝リコ・シャであった。

照れくさそうにほほをかくと、彼は言った。

「ご主人さまはその……歌が好きなんだ。歌を歌えば気を引けると思うよ」

「歌ぁ？　腹もふくれないのに？」

そうこぼしたウォルフに二大臣が反発する。

『サイッテェ』

『この白カビッ！　女心を学んだほうがよくってよッ！』

チョコレイトは肩の白猫をちらりと見た。

「歌のうまさでいえばこっちですが……」

「まぁ、おまえだろ。この色男、悩殺してこい！」

バドニクスがルカへ命じる。どうやら冗談ではないらしい。この前代未聞という状況にあって、騎士団の面々は、大まじめに歌う演目と順番を決めはじめる。つくづく変わった人々だとグレイは思った。

いま、人狼の遠吠えがあった。

ウォルフの合図だ。

ルカがおもむろに歌いはじめる。素人ながらなかなかの歌声だ。

「……ほう」

はじめて耳にする小夜曲《セレネイド》だった。

茶色の髪。どちらかといえば黄色がかった肌をもつルカは、異国の雰囲気をまとっている。

だが、帝国語で歌われるその歌には親しみを感じた。

（おだやかで……気どりがない）

帝都のイオアキム城に身をおくグレイは、このメルティングカラーの護衛官がアルスルの恋人だという噂を何百回と耳にしていた。前皇帝ウーゼルが存命なら、ブラックケルピィ家末代までの恥だと嘆いたことだろう。だからこそ、グレイは思う。

（……よく、つらぬかれた）

父の願うようにふる舞えない自分を責めていた少女は、もういない。

そうなるまでにどれほど葛藤《かっとう》があったか。父とわかり合えず、この歳までできてしまったグレイにはわかる気がした。

グレイは自身の右手を見やる。

中指には、白い薔薇《ばら》をかたどった大きな指輪がはまっていた。

死地から弟がもち帰ったものだ。

この指輪は、オーコンの二番目の妻——グレイの実母との婚礼に、父がそろいで作らせたものだった。それを知ってか知らずか、当然のように指輪を拾ってきた弟を前に、グレイはうろたえた。グレイへ指輪を差しだした弟は、迷わず言った。

「ぼくの指には太すぎる。おまえがもってろ」

グレイは予想していなかった。

父の死に——おのれの心が乱されることがあろうとは。

しぶしぶ指輪を受けとったとき、グレイの胸にさまざまな感情が湧きあがった。

（しつけだと息子を叩き、おのれの手を血で染めねば男ではないと言い、政治など剣をにぎれぬ者のままごとだと否定し……だが一方で、人外《じんがい》との戦いでかならず生き残り、妻を思いやり、憂《う》き目にあった親族の面倒をよく見る方でもあった）

目頭が熱くなるのを感じて、グレイはおのれの真実をかいま見た気がした。
よもや自分は。
――父を愛したかったのではないか、と。
また、地鳴りがある。
身を低くするよう人々へ指示したグレイは、指輪をはめた右手をにぎりしめた。
弟の髪とおなじ純白の薔薇が、きらりと光る。
(もし……生きて戻れたならば)
グレイは胸に誓いを立てた。
(ウォルフの右腕となろう)
乱暴で勝手だが――豪胆で、屈しない。若いころの父にそっくりな弟を支えていこう。
父へ示せなかったものを示したいと、グレイは思った。

地が動いた。
これまででもっとも大きな地震かもしれない。
ウォルフの霧は、ウジのようにたかっていたドブネズミたちを攪乱《かくらん》していた。
いくらか余裕をとり戻したか、遙《はる》かからの歌が応《いら》える。

――を、頌《しょう》、守らば、人々の――。

不思議な声がわなないた。

歌は、地のゆれとおなじほどの大きな波となって拡散する。

波と波がぶつかって、相殺した。ヨルムンガンドの歌は地震のゆれをも軽くするらしい。

(……〈はるかなる頌歌《しょうか》〉。守護者か……)

つかの間とはいえ、ウォルフが胸をなでおろしたときだった。

『……大、剣……』

ガラスをひっかくようなささやきが頭へひびいた。

ウォルフははっとする。どこからよじ登ってきたのだろう。カボチャそっくりのドブネズミが、霧のなかでぼんやりと浮かびあがっていた。

「……まるで幽霊だな」

ブロッシェだった獣《けもの》はぼろぼろだった。

ただでさえ重傷を負っていた体を雑に扱ったのだ。皮膚のいたるところがちぎれてはげて、雑巾《ぞうきん》のようになっていた。丸い両耳からも血が流れている。鼓膜が破れているようだ。ドブネズミをよせつけぬという守護者の歌をかいくぐってきたからだろう。

(こんなときに……あのバカ!)

ウォルフはアルスルの様子をうかがう。

半人半馬の乙女はその場でうずくまってしまったまま、動かなかった。

正気に戻れるとは限らない。いつこちらを襲ってくるかもわからない。——目が離せない。ウォルフが歯ぎしりをしたときである。

『……白カビッ』

顔の下でキンキンとした声がひびいた。

『あたいがゆきます』

ホーリピントの声だった。

ふんと鼻を鳴らしたウォルフは、あご側の牙にひっかけておいたそれ——レモン型のランタンを外す。巨人の手のひらへのせたそれを、突きだすように前へとかかげてやった。

『ブロッシェ……』

ランタンが黄色く明滅する。

内側から留め金具の外れる音がして、おそるおそる顔をのぞかせたドブネズミがいた。

ホーリピントだった。

『だ、大王……』

ぽたりと鮮血が落ちる。彼女もまた、両耳から血を流していた。

ランタンがヨルムンガンドの歌をさえぎるとはいえ、これほど近づけば防音も完璧ではないのだろう。それでもついていきたいと願った一体のドブネズミは、勇気をふりしぼった。

『哀れなブロッシェを自由に……ッ！』

ホーリピントは王をいさめた。

『もう眷属《けんぞく》を……仲間を痛めつけるのはおやめくださいましッ！　あたいたちは群れで生きる獣ッ！　だからこそ、なにに代えても群れだけは守らなければならないと……そう教えてくださったのは、大王でしたでしょッ！』

そこで、ホーリピントは両耳をおさえてよろめいた。

あわや巨人の手から落っこちそうになったドブネズミを、支えたものがいる。フェンリルだった。まだら色のカニド・ハイブリッドにもたれかかったホーリピントは、希求した。

『傷の王よ！　醜《みにく》きものを憎むというあなたよ、あなた自身をかえりみよ！　あなたの欲望……内なる醜さこそ、王にふさわしくないと知るがよい……!!』

ブロッシェの声色が変わる。

あの、頭蓋骨の裏側をこそぐような声で嗤《わら》った。

『……たわけめが』

王は吐き捨てた。

『われとは王、王とはわれ……』

ドブネズミの瞳の奥で、底知れぬ謎と闇がうずまいた。

『老いようとも、穢《けが》れようとも、傷が癒えずとも。この大王から歌を継がぬことには、いかなるネズミも王とはなりえぬと、いうに……それともきさまよ』

老いた声にかすかな英明が戻る。

『ホーリピントよ』

名をよばれることなど久しくなかったのだろうか。ホーリピントがはっとする。

傷の王は目をすがめた。

『きさまごときに……王となる心が、あるか？』

小さなメスネズミは後じさりする。

『この……大いなる宿命を背負えるか？　のう、ホーリピントよ？』

フェンリルに張りつくまで後退したドブネズミは、ひどく苦しそうだった。興奮しているのだろうか、ぽたぽたと鮮血が落ちていく。

顔を歪《ゆが》めた獣は、なんどもなんども両手で顔をかいた。落ち着きなく鼻をひくつかせ、逃げだしてしまいそうなほどおびえきっていた。

しかし。

結論として、小さな獣は逃げなかった。

『……ひとつだけお聞かせくださいませ。大王よ』

ホーリピントはたずねていた。

『あなたは幸せですか？』

『幸福、ぞ』

ドブネズミの王は即答する。

ロウソクの炎が吹き消えたように。

老いた王に灯っていた英明の火が、どろりとした欲望にのまれて消失した。

ウォルフに悪寒が走った。

(なんだ?)

また地震だ。いや、地面はゆれていない。氷河がぶつかり合うような、腹の底までひびく震えがおこったかと思うと——ウォルフは横へたたらを踏んでいた。

立っていることができない。足場が崩れたわけでもないのに、体が勝手にかたむいていく。以前、兵士が横へ落ちかけたときに似ていた。

王がうすら笑う。

『きさまら、いかなる地に足を踏みしめておるのか、忘れおって……ここはわが宝物庫、わが美の楽園、わが肉の上ぞ』

ウォルフは凍りついた。

そのとき目にしたものを。きっとウォルフは死ぬまで忘れられない。

平らだったはずの宝物庫の大地が——湾曲していた。

「うそだろ……」

熱した飴《あめ》のようにぐにゃりと歪んだかと思うと、うねる。

ひとつの流れとなった直後、花の大図書館へと襲いかかってきた。

宝、建物、水、獣。

あらゆるものがごちゃまぜになったそれは、混沌。

世界の終わりとよぶべき——大津波だった。

『幸福ぞ。ホーリピントよ、きさまが芸術たる乙女を差しだすならば！』

狂った王が吠えたてた。

『かの大剣を手に入れれば……つぎの宝を奪いにゆける!!』

底なしの欲望だった。

四次元——永遠の略奪。

その意味をどこか遠くで受け入れたウォルフは、動けなくなっていた。

『だれが……』

ホーリピントが叫んだ。

『だれがあんたなんかにやるもんですか……ッ！　英雄さまは、あたいが守ってよッ！』

直後、花の大図書館が激しくたわんだ。

奇妙な重力がまたもや働いて、ホーリピントが投げだされる。レモン型のランタンごとアルスルのほうへ転がっていった。ウォルフはしまったと思うが、宝の津波はすぐそこまで迫っている。そのときだった。

——どこかから悲鳴が聞こえた。

女だ。若い。

（……子ども？）

人外かと思うが、ちがう。

『ウォルフ!!』

フェンリルの声が頭をつんざいた。

『上を……！』

断末魔のような大絶叫とともに降ってきたのは——小さな少女だった。

気を失いかけたメイドに抱きかかえられているのを見て、フェンリルが飛んだ。

停滞した気流を一瞬で見きわめたイヌは、風を蹴る。タテヨコナナメとジグザグに落ちてくるメイドのスカートへ、正確に嚙みついた。

「……おねえちゃま?!」

混乱しているひまもなかった。我に返ったウォルフは、とっさに走る。ともに戦うのは十年ぶりだというのに、ぴたりと息が合っていた。フェンリルの考えをすぐさま理解したウォルフは、まだら色のしっぽをつかむと、少女と女ごとぐいと引きよせる。メイドは骨ばった中年。少女はぴちぴちに張った寸胴で、そのおさなさが伝わってきた。

「きょ、きょ、巨人さん……?!」

身をよじってウォルフの顔をのぞきこもうとしてくるのがうっとうしいので、寝巻を引っぱりあげて少女をつまむ。

だが、このあとは？　どうすればいい？

宝の波に潰されてしまう。

花の大図書館前で待機していた三千余名もまた、動けずにいた。

「城に張りつけ！　おたがいを絶対に離すな！」

グレイの命令をかき消すほどの轟音《ごうおん》が迫ってくる。それでもルカは歌いつづけていたが、嵐の晩にさえずる小夜啼鳥《ナイチンゲール》の声くらい、聞きとりにくい。

「……もはやよ、創造主の奇跡だと思わねぇか？」

「き、きききき君らしくもない」

脱帽するバドニクスに、震えるエイリークが反論した。

オレンジ型のランタンとライム型のランタン——グンヒルダスとリンゲを抱きしめたエンブラ公爵は、断言した。

「ここにあるのは、有機物と無機物だけだっ。き、奇跡とは……」

そこでエイリークの言葉が止まる。彼はチョコレイトを凝視していた。

いや。

その肩に巻きついた——白猫を。

「……プチリサ？」

白猫はある一点をじっと見つめていた。

バドニクスは知っている。このネコの関心が、ただ一人の人間にしかないことを。

創造主に導かれるようにネコの視線を追ったバドニクスとエイリークは、あらゆる言葉を失った。バドニクスには、音さえも失われたように思えた。

なにしろ。

――ケンタウリスにそっくりな、女が。


アルスルは立ちあがった。

いつのまにか大変なことがおきているようなのに、霧で視界が悪い。

だから、走る王をゆっくり薙《な》いだ。

それだけでいらない水分が逃げていき、霧が晴れる。

(うん。じょうず)

生まれたときから使いこんできた剣みたいに、走る王は手になじんでいた。

『英雄さま……ッ』

キンキン声が心配そうによぶ。これは、きっと彼女だ。アルスルがきょろきょろと見まわすと、どこからかドブネズミが駆けてきた。

そう、ホーリピントだ。

『ご無事で?!』

アルスルはかがむ。

びくりとしたドブネズミの頭を、優しくなでた。

「心配をかけたね」

ホーリピントがはっとする。

(……いまならできる)

アルスルは疑わなかった。

四本脚となってしまった——どういうわけかこれまでいちども疑問に思わなかったが、その腰へ、走る王をあてる。ちょうどヒトとウマのはざまあたり。そこへ刃をそえて、ゆっくりと引いた。

すっと下半身が割れる。

ゼリーにスプーンを差しこんだときのようだった。馬だった体は透明になったかと思うと、細い水のリボンとなってするするとほどけていく。

アルスルは二本になったサテュロスのような脚を、大剣ではらった。

すると、体毛や蹄《ひづめ》が結露みたいに流れてこぼれていく。ひたりと一歩踏みだせば、足の裏にコバルト鋼タイルの冷たさと硬さを感じるのだった。

「……足はやっぱり二本がいい」

アルスルはほほえむ。

それから、周囲を舞っていた水のリボンの一本をちょいちょいとつついた。リボンはすねた子どものように、アルスルの指とは反対の方角をむいてしまう。

「……あなたは言ったね」

両手で大剣をかかげたアルスルは、そっと語りかけた。

「自らに宿された力をつぎへつなぐことができなくなった……永遠に終わることができなくなったと」

ならば。

「わたしがあなたの力を継ぐよ」

この願いが叶うかわからない。でも、これだけははっきりしている。

「あなたの心を継ぐよ。わたしがつぎのだれかへまた継ぐまで」

アルスルは目を閉じる。

耳をすませば、歌が聞こえた。

「歌だ……」

ルカの歌だ。

こんなに優しい声で歌っているということは、きっとバドニクスやチョコレイト、騎士団の仲間や大切なイヌたちも無事だろう。エイリークや大佐も。もちろんプチリサだって。そう信じさせるほど、彼の想いが詰まった歌は、アルスルの心を安らがせる。

(……歌、か)

アルスルはひらめいた。

アルスルもまた、おなじことをしてやればいい。

「……わたしが歌うよ」

水のリボンがふとこちらをむく。

アルスルは対峙した。

「歌うよ、あなたへの想いをのせた歌を。わたしは……ひどく音痴だけれど。歌うことはできると思うから」

彼に伝わるまで。

伝わってからも、いつまでも。

「あなたが愛していると言ってくれた……この、わたしが」

彼を恐れる歌ではなく、彼を尊ぶ歌を仲間たちとともに届けよう。

ひとりぼっちではないと、彼が思うまで。

「……約束するよ」

走る王に。

聖なる獣に。

アルスルは大剣の刃に、額をあてる。

静寂があった。

ややあって、水のリボンが身じろいだ。おずおずと近づいてきたかと思うと、一瞬だけ、そっとアルスルのほほをなでていく。キスをされたような感じだった。水のリボンはウォルフに殴打された腹をとりまいたかと思うと、傷口から体内へしみこんでいく。

温かいと感じたときにはもう、すっかり痛みが消えていた。

「……ありがとう」

礼を言うと、アルスルは大剣をかまえる。

「ホーリピント」

『は、はいッ?!』

「さがって」

ホーリピントはぐっとうなる。

『で、でもあたい……あなたを守らないと……ッ』

獣にこの身を尊ばれたことを、アルスルはうれしく思う。

彼女たちの心を遠くに感じたこともあったが、アルスルはうなずいた。

「わたしたちは……共存できるかもしれないね、ホーリピント」

ネズミがつぶらな瞳をまん丸にする。

「だから、どうか生き延びて」

ホーリピントはもうなにも言わなかった。

ドブネズミが十分に離れたのを確認すると、アルスルは両手で柄をにぎり、顔の右側へかかげた。走る王の切っ先を――迫りくる宝の大津波へとむけて。

そうするべきだとわかっていた。

「ともに行こう」

もしこれで、アルスルの命が終わるとしても。

「わたしが……あなたという角を戴く者として、戦うから」

走る王のねじれた刃に、波紋がおこる。

アルスルは大剣を投擲《とうてき》していた。

——天へむかって。

戦神の槍のようだった。

アスクとエンブラで生まれた者の目には、ある神話として映った。

花の大図書館で一部始終を見ていた人々——イングマール老がことほぐ。

「……グングニルの御業かな」

その剣は流れ星のように、うす暗い宝物庫を走っていく。

黄金色にかがやいたかと思うと、花火のように爆《は》ぜていた。かがやく水滴となって、四次元へと降りそそいでいく。荒野へ落ちた雨が小川となり、最後には大河へ至るように。

神秘なる雨を浴びた宝物庫は、みるみるうちに動きを鈍くしていった。

押しよせていた宝の山は暴れ狂うのをやめ、やがて、水によって冷えたマグマのように動かなくなる。

それは角があったころの走計王《そうふおう》が、べつの名——福音王《ふくいんおう》とよばれていたころの力であったが、それを心得ていたのは、アルスル＝カリバーンの友であるネコだけだった。傷の王でさえ、おのれの宝物庫がどうなってしまったのかを理解することはできなかった。

『……どうしたことか……』

かの王が、うろたえたとき。

「アルスル‼」

それまでひたすらに歌っていた男が、声を張った。

「聖剣リサシーブを！」

傷の王はぎょっとした。

カボチャそっくりの体が硬直したからだ。それがやわい生身の肉体で感じる恐怖だということすらも忘れていた王は、困惑とともに顔をあげた。

女が立っていた。

あの、醜《みにく》い子だ。

人のことわりから外れたはずの。

ケンタウリスという芸術が破壊されたことに、王は煮えくり返るような怒りを感じた。

女が跳ぶ。吸いよせられるように飛んできた剣が、ぱんと音をたてて女の手に収まった。歌っていた男が投げた——小剣、だった。

「……ごめんなさい。ブロッシェ」

吐息が届くところまで、すでに女は迫っていた。

「あなたのことも……守りたかった」

女が小剣をふりかぶる。傷の王は逃げ遅れた。

王のものではない意志が四肢の動きを鈍くしたのだ。眷属であるはずのドブネズミが逃走を拒んだこともまた、いまの王には理解できない。

その首が断たれる。
終わりは一瞬で、痛みを伴わなかった。

世界は終わらなかった。
人々が、ようやく津波が止まったと知るころ。
はじめに、メスのドブネズミが動いた。
彼女はひたひたと駆けて、ひざまずいた英雄のそばへよる。
英雄は指でそっと閉じていた。虐《しいた》げられることから解かれた、ネズミの瞼《まぶた》を。

22

アルスルが走る王を手なずけたからだろう。

霧が晴れるように毛むくじゃらの体が四散した直後、ウォルフもまた、巨人から本来の姿へと戻っていた。どっと押しよせた疲労になんとか耐える。だが安堵するひまもなく、ウォルフはつぎの悩みにぶち当たった。

フェンリルだ。

少女を花の大図書館からでてきた人間たちへあずけたあと。

ウォルフのところへ駆け戻ってきたカニド・ハイブリッドは、跳躍した。

ウォルフは目を見張る。

（……あのバカ犬!!）

つぎの瞬間。

宙で影に溶けたイヌは、少年の姿となって着地していた。

「ウォルフ……特別な君!!」

呆《あき》れるほど整った顔をしたフェンリルは、霧色の髪をふり乱しながらウォルフに抱きついた。

疲れきっていたウォルフは、全力で飛びこんできた少年を支えきれない。その場で押し倒されてしまう。生き残った人々があんぐりと口を開けた。それも当然のことだろう。

ウォルフとフェンリルには秘密があった。

父と兄はもちろん、姉のクラーカでさえ知らなかったフェンリルの秘密。

（イヌ人外《じんがい》は影を操れない……ふつうは！）

当然、人間の姿などとれるはずもない。

だがこのカニド・ハイブリッド――オオカミ人外の血を引くフェンリルには、それができるのだった。創造主のいたずらか、人間好きする少年とも少女ともつかない美しい姿をとれるのだ。

視界のはしでアルスルが目を丸くする。

フェンリルは――ウォルフに深く口づけていた。

十年ぶりに再会したイヌは、うれしさのあまりだろう、大勢の前で自らの秘密をばらしてしまっただけでなく、女のように小さな舌でウォルフの唇をなんども舐める。

子犬が親犬へするような仕草だったが、他人の目にはそう映らないことくらい、ウォルフは知っていた。

「おいバカ！　どけよ！」

「いやです……いやです！　ぼくはウォルフのイヌです！　ぼくはウォルフのイヌなんです‼」

フェンリルは二回も豪語した。のしかかった彼をどかそうにも、体が鉛のように重くて力がでない。

それをいいことに、フェンリルは親愛の接吻をくり返す。

主人と飼い犬と思えばほほえましい光景かもしれない。だがそれは、当事者がヒトとイヌだったときの話だ。バドニクスたち鍵の騎士団は困惑している。花の大図書館からでてきた人々もあっけにとられていた。はじめこそおどろいていた兄のグレイなど、いつのまにか、目のやり場にこまったように視線をそらしている。

羞恥《しゅうち》で顔が熱くなったのを隠すため、ウォルフは怒鳴った。

「なんでわざわざその姿になるんだよ、バカ！　ぼくらの秘密だっただろ?!」

「ウォルフが言ったんでしょう?!　ぼくのよだれは臭い臭いって……こっちの姿なら臭くない！　いくらぺろぺろしてもだいじょうぶです！」

それは――そうだったかもしれない。

うるんだ目に涙をいっぱいに溜めて、フェンリルは言った。

「会いたかった……会いたかったんです！　あぁ！　こんなにたくましくなって！」

ウォルフは口ごもる。十年前と変わらない人外とくらべて、ウォルフのほうが背も高くてがっしりとしていたから。

「大好きです……!!」

フェンリルは細い体で力いっぱいウォルフを抱きしめた。

自分の胸が――おさなかったときとおなじように熱くなって、震えるのを。

フェンリルのたった一言で、自分が満たされていくのを。

ウォルフはたしかに感じていた。

(……これだ)

本当に欲しかったもの。

ウォルフにとって、いちばん大切なもの。

(生きてた……なんて)

血で汚れた包帯をとりかえられていくような、膿《う》んだ傷をていねいに手当てされるような感覚がじんわりと広がっていく。だが痛みが引いていくとともに言葉もどこかへ引っこんでしまって、いまのウォルフは気の利いたことをひとつも言えないのだった。

(あんなに言いたいことがあったはずなのに)

フェンリルをおねえちゃまとよんだ少女が、心配そうにこちらを凝視している。

きっと、あれがスカルドだろう。目もとが姉のクラーカそっくりだ。顔の骨格は、エイリークに似ている気がする。ウォルフは自分たちがやり遂げたことを知った。

(見つけたよ、クラーカ)

母と娘。ふたりの女を守るために、ウォルフとフェンリルは命を張ったのだ。

なら、相棒にかけてやる言葉なんて決まっているじゃないか。

「……よくやった」

ウォルフはぎこちない手つきで親友を抱き返していた。

いよいよフェンリルが泣きじゃくる。

「なぁ、兄弟……もう一人、約束をしたやつがいるんだ」

ウォルフは離れたところで立ちつくしていたエイリークをさした。

花の大図書館と生存者——スカルドを認めた小男は、くしゃりと顔を歪《ゆが》ませる。ネズミのようにおどおどと近づいてくると、スカルドと対面した。

緊張からかぴしりと直立した少女の前で、エイリークは膝をついた。

「きみは……クラーカによく似ている」

スカルドははっとする。

「……あたし、おじさんのこと知ってるわ。エンブラ公爵夫妻……お父さまとお母さまの肖像画で……」

小男は涙をこぼしていた。はっとしたスカルドがエイリークの頭をなでる。それでも足りないと考えたのか、あわてて実の父を抱きしめた。

「な、なんで泣くの……！　泣かないで、お父さま……！」

ウォルフは静かに見守った。

エンブラ公爵の傷もまた、手当てされていくのを。

ルカたち鍵の騎士団は、花の大図書館の基幹——一般書架の基礎杭に巻きついた巨大なヘビを呆然と見上げていた。

「人外ってのは……つくづくケタ外れだよなぁ」

「おもしれぇだろ？」

葉巻をふかしたバドニクスが、ヨルムンガンドの尾へ煙を吹きかける。

「……興味はつきませんわ」

言葉を選んだチョコレイトが群衆をながめた。

城のエントランスでは、ここまで行進してきたオーロラ・ウォールの人々と、このおどろくべき四次元で生き延びてきた花の大図書館の人々とが、数奇とよぶほかない邂逅をはたしていた。

その中心には、アスク公爵とエンブラ公爵がいる。

ウォルフ＝ハーラルとエイリーク。

あの二人の活躍がなければ、この奇跡めいた光景も広がっていなかったにちがいない。

「正直……あいつらが助け合えるとは思わなかった」

バドニクスが肩をすくめる。

「うちのご主人さまのおかげさ」

コバルト鋼製の装飾柱に腰かけていたルカは、アルスルを抱く腕に力をこめる。

ルカのマントでくるまれたアルスルの髪は、引きずるほどに長くなっていた。濡れそぼった黒髪をていねいにかわかしてやりながら、チョコレイトがつぶやいた。

「人より優れた獣《けもの》の力……それはもう、人にはすぎた力ね」

水気をあらかたふきとってやった女は、固く閉じられたアルスルの瞼《まぶた》にキスを落とす。だが、反応はない。眠っているようだ。その顔は黒い肌でもわかるほど血の気がなく、肌も水風呂に入ったときのように冷たかった。

——疲れきっている。

アルスルの手をにぎりしめたチョコは、それを懺悔《ざんげ》するように額へあてた。

「アタシはこの子に……悪魔の力を与えてしまったのかもしれないわ」

「ヘイ、姐御」

アルスルの腹では、プチリサが丸くなっている。

ネコはイエスともノーとも言わなかった。こういうときこそ人間に声をかけてくれたらいいのにと、ルカは思う。これまでいちどだって口を利いてくれたことがないラファエルも、おなじだ。ルカの肩でわれ関せずとばかりに羽づくろいをしている。

「……悪魔なんかじゃない」

ルカはアルスルの手ごとチョコレイトの手をにぎった。

「姐御が作ったのはただの剣だ、そうだろ？　それをふるう側の問題さ。悪魔がふるえば魔なる剣だと言われるかもしれない。でも、英雄がふるったなら？　きっと、英雄の剣……聖なる剣だって言われるさ！」

「……アタシたちは人間なのよ、ルカ」

チョコレイトはうつむいた。

「走る王を作ったとき……あの剣が将来なんとよばれるかなんて、アタシは考えてもいなかった。ただただ未知なる素材に浮かされて、好奇心のまま、あの大剣を鍛《きた》えたわ」

アルスルを見つめたチョコレイトは、やがて声を震わせた。

「アタシが作ったあれが……罪のない人や獣……いつかは、アルスルをも殺してしまうかもしれないのだとしたら」

「姐御、姐御……そんなことにはならないよ！」

ルカがチョコレイトの手をさすってやったときである。

「チョコレイト。はっきりと感じねぇか？」

バドニクスがよんでいた。

「……なにをでしょう」

「走る王の存在によって、帝国は、確実に……つぎの領域へ進んだ」

チョコレイトが顔をあげる。

ボスはアルスルを見つめてから、人だかりの中心——ウォルフへ視線を切った。

「強力な人外兵器と、その使い手たち……そうした連中が跋扈《ばっこ》する時代がくるだろう。原初の人外使い……ジェット・ヤァがはじめて城郭《じょうかく》都市を築き、いまの公爵家とよばれる有力者たちが、つぎつぎとそのあとにつづいていったように」

ルカは鳥肌を立てる。

歴史を語る吟遊詩人のように、バドニクスは言った。

「そうした力が六災《ろくさい》の王を滅ぼし、平和をよぶのか……それとは別次元の争いを招くのか……まだわからん。ただ、チョコレイト。おまえは新しい世界の扉を開いた」

バドニクスは未知なる空間をあおいだ。

津波のような形のままに凍りついてしまった、奇妙な世界がそこにある。

「世界を創造した者にはな、有利な点がふたつある」

バドニクスは聡明だった。

「それなりに未来を予想できること。そして、新しいルールを加えることだ」

たくさんの戦い《ゲーム》に勝ってきた男は、戦い《ゲーム》そのものを熟知していた。

チョコレイトはくり返した。

「新しいルール……」

「世界を予測し、アルスルを導いてやれ。おまえがよしとする未来へ」

四次元くらいでかい規模の話だった。

だが、チョコレイトには特効薬だったらしい。

女は無言だが、力強くうなずいてみせるのだった。さすがはボスと姐御だと尊敬しなおす反面、ルカはなんとなく心細くなる。うっかり聞いてしまった。

「ボス……おれらにはなにができる?」

「俺は、金の用意だな。世界を動かすにゃアホみたいに金がいる。うちのダーウィーズ公爵に話をつけんのが俺の仕事だ。おまえは……」

そこで、バドニクスは呆れたように横目をくれた。

「そばにいてやれ。どんなときも」

ルカははっとする。

「いちいち聞くなよ、色男！　おまえの仕事はこれまでと変わらねぇ、守ること、生き残ること、笑うことだ！　これからもっと忙しくなる……しっかりやれ！」

ルカは気づいていた。アルスルの腹で丸まった白猫が、ごろごろとのどを鳴らしたこと。その白いしっぽが満足そうにゆれたことに。

（そうか……）

きっと、人間からその言葉がでるのをまっていたのだ。

ルカは反省する。不安とむき合えず、人ではない存在からのお告げを求めてしまった自分を。ルカを奮いたたせてくれたのは、獣ではなく、やはり人なのだった。

「……イエス、ボス！」

ルカが意気込んだときである。

「これから、か……つくづく、きみたちには恐れ入る」

エイリークだった。呆れたようなため息をつく小男の肩には、グンヒルダスとリンゲが乗っている。バドニクスがたずねた。

「なんでぇ？　再会の宴はどうした？」

エイリークはくしゃみをする。風邪をひいた人のように洟《はな》をすすった。

「……あとにとっておくことにしたよ。あまりにたくさんの話を聞く必要があるし……ぬか喜びをさせてはいけないからね」

もともとの悲観的な性格は変えられないらしい。

エンブラ公爵は冷静だった。

「私たちはまだ脱出できていない」


ヨルムンガンドの歌はいま、寝言のように小さくなっていた。

そもそもヘビの睡眠は切れ切れだという。冬眠していない期間のヨルムンガンドもおなじで、数時間おきに歌声が小さくなったり大きくなったりするらしい。いま、グンヒルダスとリンゲがそわそわしつつもここにいられるのは、そういうわけなのだろう。

「スカルドと司書たちから聞いたよ。やはり、ヨルムンガンドはずいぶん早い段階で冬眠から覚めていたようだ」

「ほう。なぜ？」

「まだ推測だが……地動王《ちどうおう》の体温だろう」

エイリークは混沌と化した宝物庫をぐるりとながめた。

「ドブネズミ人外の体温は三十七から三十八度。いま現在の気温は体感で二十五から二十六度といったところだから、地下域《ヘル》エンブラの摂氏十度からおおよそ十五度以上の上昇……覚醒するには十分な温度だ」

ルカはすこしがっかりする。

「つまり……外へでたらまた寝ちまうってこと？」

南域《サウス》の照りつける太陽光。地下域《ヘル》の冷たい土。ヨルムンガンドがその気温差に適応できなかったからこそ、エンブラは陥落したのではなかったか。

「……その件についてはあとで考える。それより、妙な話を聞いた。この空間は……完全な四次元ではないかもしれない」

ルカは首をかしげる。

バドニクスとチョコが眉をひそめた。

「どういうことだ？」

「現状、数式でも証明できない……この四次元には、ほころびが存在している」

エイリークはまたもやくしゃみをする。

どうやら、図書館のネコ人外たちと再会したことで、アレルギーの症状がでたらしい。

目を真っ赤にしながらも、彼は説明した。

「花の大図書館は、地動王のいちばんのお気に入りだとか……イングマール老やジャスパーの話では、この城だけは、常に宝物庫の中心に位置するようになっているらしい。つまり、流動的なはずの四次元空間において、花の大図書館の座標だけが固定されているということ」

「……おいおい。完璧だったはずの四次元空間を、お気に入りだ？　そんなくだらない理由で歪ませたって?」

「バカめ」

割って入ったのはウォルフだった。バドニクスが鼻を鳴らす。

「おまえもきたのか? なんだ、愛犬家だと思われんのが恥ずかしいか?」

「やかましい! ここから脱出したいだけだ!」

堂々と話し合いに加わったアスク公の後ろには、美しい少年となったフェンリルがいた。彼の腕には、レモン型のランタンとホーリピントがおさまっている。

ネズミの傷ついた鼓膜をたしかめながら、エイリークはつづけた。

「……つまりだ。花の大図書館をふくめたすべての宝を均等に動かしていれば、ここは完全な四次元として機能していたはずなんだ。脱出の糸口など、見つけられなかったにちがいない。だが、地動王にはそれができなかった」

『……えぇ、そうでしょうとも』

『……大王は、なによりもこの城を愛しておりますもの』

ホーリピントとリンゲが答えたときだ。

「皮肉だね」

一同ははっとする。ルカの腕のなかで、アルスルが目を閉じたままほほえんでいた。

「その欲望こそが……王唯一の弱点になってしまったのだとすれば」

「アルスル!」

うっすら瞼を開いた英雄は、ぼうとルカを見つめた。

チョコがアルスルの脈と呼吸をたしかめる。どちらも弱々しく、いくらか乱れていた。みながアルスルを案じていたが、とりわけわが子を心配するように身を乗りだしていたホーリピントが、よんだ。

『アルスル＝カリバーン・ブラックケルピィさま』

かしこまったネズミは、ぽとんと地面へおりた。

ルカの義足をよじ登り、プチリサとラファエル——ネコ科と猛禽類《もうきんるい》をひどく警戒しつつも、おごそかにアルスルの手をとる。

『あなたの大剣で、図書館の……真下を突いてくださいませ』

アルスルがホーリピントを見つめた。

なにかを直感したかのような彼女の表情を、ルカは不思議に思った。

『ホーリピント……！』

リンゲがはらはらとよんだが、ホーリピントは制する。

腹を決めたような覚悟が、小さい獣に満ちていた。

『この宝物庫は、永遠の海のようなもの……大事な宝ものもいちど漂泊の旅にでてしまえば、大王とて探しだすのは困難なのです。おわかりでしょう？　あなたとあなたの大剣を、大王は探しまわっていたのですから』

ホーリピントはヨルムンガンドが巻きついた城をあおぐ。

『だからこそ王は……この大図書館にだけは錨《いかり》をつけましたのよ』

「いかり?」

『……大王の心臓です』

その場にいた全員が息をのむ。

アルスルだけが、納得したように目を閉じた。

「この城の真下に……地動王の心臓があるというのかね?」

『えぇ、たしかに。だからこそ英雄さま……あなたの大剣を、この地に突きたてていただきたいのでございます』

アルスルは静かにホーリピントを見つめた。

「……それで地動王を殺せると?」

『あなたなら。きっと』

人間たちは顔を見合わせる。

「……可能か? と言っても、ほかにできることもねぇが」

「ここが唯一、三次元の力が働いている場所だとすれば、アルスル=カリバーンの大剣が通用するだろう。そしていまのわれわれには……それよりも有効な武器がない」

さっきの力を見せられればそう判断するしかないだろう。

だが、ルカには不安がつきまとう。

(……もし成功したってよ)

アルスルが生きて帰れなければ――。

「なぁ、ご主人さま……」

「やります」

当然のようにアルスルが名乗りをあげる。

打ちのめされたルカが、両手を天へとむけたときだった。

「だめだ」

英雄をいさめる者があった。

「地動王を殺して、それで？」

ウォルフだった。鋭い眼光をホーリピントへ投げつけて、彼は言った。

「この食えないキャベツめ。おまえが……つぎの地動王になるって腹づもりだろ？」

人間たちがはっとする。

『えぇ』

ドブネズミは隠さなかった。

『……これ以上、あのジジイに任せておけませんもの』

ルカはぞくりとする。ホーリピントに対してではない。若きアスク公爵を恐ろしく感じたのだ。大人の前で物怖じしないのはいつものことだが、これほど抜け目ないとは。

（こいつ……おっかない領主になるぜ）

だが、ウォルフの懸念は――当たってもいる。

「鍵の騎士団……アルスル。挑戦をするのはおまえだ、だから最後の決断はゆだねてやる。だがぼくは、アスク公爵として進言する」

ウォルフは容赦なくホーリピントをさした。

「この狡猾《こうかつ》で若いドブネズミを……ここで殺せ」

エイリークの肩で、リンゲとグンヒルダスがびくりとする。

ホーリピントは動かなかった。

「それで地動王という人外王を永遠に消滅させられるのかは、知らない。だがすくなくとも、今回の禍根は断てる」

人間にとって、ウォルフはどこまでも正しいのだった。城郭都市エンブラを落とされたエイリークも、フェンリルも、悲しげに目を伏せただけだ。

凍てつくほどの静寂がおりる。人間とドブネズミを交互に見つめていたアルスルは、やがて、ほほえんだ。

「……帝国の人たちは、まだ知らない」

「あ?」

「ウォルフ。あなたとミスター・エイリークが……アスク公とエンブラ公が仲なおりをしたということ」

ウォルフから闘志が消える。拍子抜けしたらしい。

「仲なおりって……そんなんじゃない。いっとき、共闘しただけだ」

「立派な同盟関係じゃねぇか」

バドニクスの横やりを少年は黙殺する。

「……それに。もうひとつすてきな知らせもある」

アルスルはウォルフとエイリークの後ろを見つめると、にこりとした。

首をかしげた二人は、ふり返って息をのむ。物陰から、スカルドがじっとこちらを見つめていたのだ。アルスルの笑顔を見てぱっと顔をかがやかせた少女は、小走りで会話の輪へと入ってくる。フェンリルに抱きついてから、そっとアルスルへと近よった。

「あなた……おウマさんじゃなかったのね?!」

「そう。わたしは、アルスル＝カリバーン・ブラックケルピィ」

生まれてから四次元空間をでたことがないスカルドは、アルスルが英雄だと知らない。飾らず臆さず、少女はにっこりと笑い返した。

「声もすてきだわ！　そう思わない？　そうよね?!　ええと……エイリークのお父さまと、ウォルフのおにいちゃま！」

無垢なるまなざしにまっすぐ見つめられて、アスク公とエンブラ公がたじろいだ。あまりのぎこちなさに、みなが笑ってしまう。

アルスルはスカルドをなでた。

「花の大図書館、そして……シェパァド家とショォトヘア家の血を継ぐ子が見つかったということ。これは、アスクとエンブラをつなぐ希望が見つかったということでもある」

「キボー？」

「あなたのことだよ。スカルド」

アルスルはウォルフとエイリークを見つめた。

「わたしはホーリピントに力を貸すよ」

「おい！」

「わたしは、彼女たちとも同盟を結びたいから」

ホーリピントがアルスルを見つめる。アルスルはつづけた。

「いまここで地動王とホーリピントを殺したとしても、数の上では、二体のドブネズミを狩っただけ。そしてそれは、数万、数十万……数百万という眷属《けんぞく》が、導きもないままに野へ放たれるということでもある。すなわち、害獣の群れを生むに等しい」

エイリークが考えこむ。ウォルフは眉をひそめた。

「それは……」

「人間と人外が共存できる世界もあるかもしれない。その未来は、長い目をもって挑戦してみなければ描けない。ウォルフ、わたしは……」

アルスルはウォルフへ笑いかけた。

「わたしは帝国の人々に、希望を伝えたいと思っているよ。ほかでもないわたしが……長年の禍根を乗りこえようとしたアスク公爵とエンブラ公爵に、胸を打たれたから」

勇気をもらったから——。

アルスルがつぶやくと、ウォルフはとうとう怒髪天をついた。

「話をすり替えるな！　新しい地動王が生まれたら、おまえがこまるんだからな！　ちっぽけな鍵の騎士団なんて解体される！　あのごますり男……クレティーガス二世！　格上の貴族から反発されてみろ、あいつ、鍵の騎士団なんて守るもんか！」

一気にまくしたてたウォルフを、アルスルは静かに受け入れる。

「うん。だから、ここからはお願いになるけれど……アスク公爵、エンブラ公爵。わ、わたしたち、い、い、い、い、い、い、鍵の騎士団を守ってくれませんか？」

「はぁ?!」

ルカは内心脱帽する。

バドニクスとチョコレイトも、よく言ったとばかりに満足げな顔をしていた。

「……帝国議会《バーク》の場で、きみを擁護しろということかな？」

聞き返したのはエイリークだ。

「あなた方が味方になってくれるのなら、ヴィクトリアも喜びます……わたしの主《あるじ》は歓迎するでしょう。なによりも大切な宝ものを見つけた、あなた方を」

フェンリルとスカルドを見つめて、アルスルは幸福そうに笑うのだった。

アスク公爵とエンブラ公爵は顔を見合わせる。

「ホーリピントとも、話します」

英雄は、傷だらけのドブネズミにも笑いかけていた。

「おどろかないんだな。ご主人さま」

ルカに抱きかかえられたアルスルは、ゆるやかな螺旋《らせん》の階段をおりていく。

「知ってたのか？　王の心臓のこと……」

「……彼が教えてくれたから」

ルカがぴくりとする。

走る王のことだと、言わなくても伝わった。

赤子のようにおだやかな気もちで、アルスルは先導するネズミに話しかけた。

「心が決まったんだね、ホーリピント」

アルスルは彼女を祝福したい気もちになっていた。

なにかを決断するということは、うまくいくかどうかわからなくても、一歩を踏みだすということだから。

「うまくいくことを祈っている」

『……そうしたら、あなたはいつかあたいを狩りにいらっしゃるかしら？』

ホーリピントがふり返った。ルカも立ち止まる。

小さなドブネズミの瞳には、どこか悲しそうな光が宿っていた。

（これほど人間におびえる獣もめずらしい……）

それが自然なのだろう。

アルスルは、人間とネズミがよき友であった歴史を知らなかった。

だが、それは疎遠だったということではない。ネズミほど人の生活に近しい獣もまた、めずらしいはずだ。だから伝えておく。

「あなたはわたしに優しくて、わたしもあなたが好きだと思った……生ごみを漁ったり、ものを齧《かじ》ったり、下水を行き来することは我慢してもらいたいとも感じたけれど。そんなあなたへ……いっしょに暮らしていこうともちかけるのは、失礼なこと？」

本心だった。

ホーリピントは考えこむ。

王の冠に挑もうとしている獣は、慎重だった。

『かならず……おたがいを好きになれないというヒトやドブネズミがいるはずですわ。だからせめて……あたいは線を引きましょう』

「線？」

『……あたいたちは人の街を襲いませんわ。人があたいたちの土地を襲わない限り』

なるほど。

獣らしい。賢くて、徹底している。

アルスルはくすりと笑った。

「交渉決裂……ううん。交渉成立なのかな」

そんなアルスルを、ネズミはじっと見つめていた。

『……本当に。あなたのように尊い御方ははじめてですの』

「そう？」

『はい。だからひとつだけ……お約束を』

ホーリピントは二本脚で立った。

『あたい。あなたのお母さまになってあげると言ったわ』

アルスルはきょとんとする。そんなこともあったかもしれない。

『獣の言葉に嘘はございません……嘘をついてまで、だれかに好きになってもらう必要なんてないから』

アルスルがはっとしたときである。

ぼこん、と。ホーリピントの背中がふくらんだ。

いつもの二倍ほども大きくなったかと思うと、脇腹のかさぶたが開く。ホーリピントは自身の傷に手をつっこんだ。ルカがぎょっとする。

「へ、へイ……」

ぐちゅりと生々しい音をたてながら傷口をかきわけるホーリピントは、やがて、なにかを引き抜いた。透明な滲出液《しんしゅつえき》におおわれた――白銀の装飾品だった。

女王の冠《ティアラ》だと、アルスルは思った。

「……それは……」

『アスラウグの髪飾り、と』

花びらのような黒いハネがついた、髪飾り《ヘグレッド》だった。

(鳥の羽根と……虫の羽？)

二種類のハネが、黒いダリアの花弁のように丸く重ねられている。

竪琴を模した小さな宝冠には、かんざしのような留め金がついていた。その留め金にも不思議なハネとブラックダイヤモンドがちりばめられていて、琴の音色のようにまろやかな音をたてている。

『さしあげましょう。歌をこよなく愛するあなたへ』

アルスルは息をのんだ。

小さな両手で抱えたそれを、ホーリピントは見つめた。

『とある名もなき人外が、その手で彫金したという逸品ですわ。本来は髪飾りでなく鬣《たてがみ》飾りだとか。獣が歌を忘れかけたとき……歌いだしの音を奏でることで、獣を安らがせる至宝なのだそうです』

「……でも」

『眷属とおなじ数の、花びらの砂糖漬けではないけれど……それよりもはるかに価値のあるものでしてよ』

その髪飾りは、まばゆい銀色に明滅しているのだった。

(まるで)

脈動するかのように。

母の心臓に触れるような気もちで、アルスルは髪飾りを受けとった。

『どんな母も祈るものです。かわいいわが子へ届くのは、温かい歌だけでよいと……この髪飾りでその御髪を結いあげるとき、あなたの耳が冷たい歌を思いだすことはないでしょう』

「冷たい歌……」

それがなにか、アルスルにはわかる気がする。そしてまた、温かい歌がなにかも。

だが、そのどちらでもない旋律を聞きとったらしい。ドブネズミは傷ついた両耳へ手をあてて、目を閉じた。

『あぁ……あなたにはこの歌が聞こえますかしら？』

ホーリピントは螺旋階段の下をのぞきこむ。

アルスルは耳をすました。しかし、歌とよべそうな音は聞こえない。ルカも不思議そうにしている。そんな二人を見て、ホーリピントはうなずいた。

『では……これがあたいへの歌なのね』

「あなたへ？」

『……大王からあたいへの、最後の贈りものですわ』

贈りもの《ギフト》。

――大いなる歌。

一行は基幹の最下層へたどり着いていた。

ルカは膝をつくと、名残りを惜しむようにアルスルを抱きしめた。

「そばにいるから。安心してやりな」

ルカを守ってやるとばかりに、ラファエルも翼をかかげた。

彼ら以外の仲間たちは全員――プチリサもまた上の城で備えている。

すべての命がこの手にかかっていることを、アルスルはあらためて自分の心に告げていた。

ルカの手を離れておきあがる。石像になってしまったのかと感じるほど、体が重かった。なんども彼の肩につかまり、ようやく立ちあがったとき。

おごそかなキスがあった。

両手でアルスルの両手をとったルカは、ひざまずいたままつぶやいた。

「……このつづき。あんたが戻ったらさせてほしい」

はたと、アルスルはルカを見返した。

アルスルは――処女である。

だからすこしだけ、ほほが熱くなるのを感じた。うまい言葉がでてこなかったのでしげしげと彼を見つめていると、抱擁がある。

「……その痛みも。快感も」

ルカがささやく。

交わりのことだと、言われなくても伝わった。

「熱も。涙も。醜《みにく》さも。尊さも。だれかとつながりたいと願うとき、人間が必要とするものだと、おれは思うよ……はっきりと人間を感じずにはいられないものなんだ」

彼を伴侶だと信じるようになったのは、いつからだろう。

ルカも誓ってくれている。それでも、二人がまだ本当のつがいではないからだろう。ルカは約束を贈ることで、アルスルを生かそうとしていた。

「おれはあんたに……人間を忘れないでほしい」

アルスルの胸がしめつけられる。

「……うん」

「おれがいるから」

ルカは懇願した。

「だからたのむよ……おれたちがまってるってこと。忘れないで」

まっている。

アルスルはうなずいた。

ならば、アルスルは戻らなければならない。

(……かならず)

ホーリピントが、アルスルのほほへ最後のキスをした。

『母は祈ります。呪われし……ノノノ、祝福されし聖剣が、あなたの道を照らしますよう！』

ルカが簡単に結いあげたアルスルの髪には、あの髪飾りが光っている。金魚草のような指でそれを示すと、ホーリピントはくすりと笑った。

『いつも身につけてらして。目印ですの』

「めじるし？」

『産めよ、増えよ、地に満ちよ！　遠い日、いずれわが眷属が大陸を制するとも……ヒトのわが娘、アルスル＝カリバーンとその群れの子孫を穢《けが》すことはないでしょうッ！』

アルスルは自分の心臓がじんわりと温まっていくのを感じていた。

愛されている――。

その確信が、どれほど自分を支えるのかも。

「ありがとう……母さん」

獣の母と人間の恋人がアルスルを送りだす。

アルスルは前をむいた。

地動王に齧りとられた跡だろう。階段は不自然なところで急にとぎれている。

その下には――底のない、真っ暗な闇が広がっていた。

「……走る王よ」

アルスルはよぶ。

アルスルの角となることを選んだ、獣の王を。

ひと筋だけこぼれた後れ毛に、アルスルは意識をむけた。

引きずるほど長くなった黒髪――たてがみとよべそうなアルスルの毛先から。

水滴がこぼれた。

ぽたぽたと流れて螺旋を描いていき、やがてねじれた大剣となる。

アルスルは両手で走る王をかかげた。

そして。

ひと思いに、地をうがつ。


はじめに光があった。

明るい。

明るい。

明るい！

光は渦のように——内側へ、ねじれていく。

まるで宇宙の台風だ。止まらない。

途中、なんらかの見えない力に阻まれたのか、光は隕石みたいに燃えあがった。重力のようなぶあつい抵抗が働いているのかもしれない。

それでも光は止まらなかった。

黄金色にかがやいて、いっそうきらめきながら前へと突き進んでいく。

ぴっ。

——と、世界に亀裂《きれつ》が入った。

地動王が咆哮《ほうこう》をあげる。

オーロラ・ウォールの尖塔にいた騎士団の兵士たちは、たしかに目撃した。

瀕死の傷を負ったためだろう。数日ほど動かずにいた傷の王が、突如として痙攣《けいれん》し、のたうちまわるのを。

細い光が、流星のように王の胸をつらぬいたのを。

四次元空間にいた人もまた、目撃した。

月ほどの穴が、空いていた。

そこから——瞳が焼けるほどの白い光が、差しこんでくる。

口火を切ったのは、エンブラ公爵の娘であった。

「……太陽？」

温かい、南域《サウス》の陽光だった。

王の影は法則性を失い、光が開けた穴からみるみるうちに崩れていく。サーカスのテントをたたむときのように、あるいは人を魅了する魔法が解けていくように。

傷の王は力つきた。

その背に負った宝物庫の扉が、南域《サウス》の白い荒野で開け放たれたころ。天へとむけられた手足は痙攣をやめていた。王の影から、つぎからつぎへとものがあふれだしてくる。

金銀財宝。

不思議な建物。

無数のコウモリ。

そして——花におおわれた巨大な図書館も。

まっさきに空へ舞いあがったのは、数万匹というコウモリたちだった。

つづいて生きた人間やイヌまでもがでてくるのを発見したオーロラ・ウォールの人々は、今日という日こそ、創造主の奇跡がおきたのだと確信していた。驚愕に震える人々は、傷の王からあふれたものが死骸や人外といった絶望ではなく、生きた人間や失われたはずの遺産——希望であることをたしかめるため、駆けだしていた。

だから。

ほとんどの人間は気づかなかった。

動かなくなった王の胸もとから、いま、ノミのように小さな影が這いだしてきたことを。

一体のドブネズミだった。

獣は、死にゆく王の体に片耳とほほをあてた。

なにかを受け継ぐ儀式のように神聖でありながら、ただ父へ身を任せ、彼の子守唄に安堵する幼子のように無垢でもあった。

その直後である。

ドブネズミの体がふくらんだ。

人外は人の女とおなじほどの大きさへと変貌すると、つぶやいた。

『……さぁ、帰りましょう。わが子たちよ』

地鳴りのような声でよびかける。

そのとたん、オーロラ・ウォールや白い荒野、王の死骸のところどころから、無数のドブネズミたちが飛びだしてきた。

寄る辺ない孤児たちが、母となる者を見つけたかのようだった。

あまたのドブネズミたちを引きつれて。その女は、岩陰に隠れていた鍾乳洞《しょうにゅうどう》へとつづく亀裂にすべりこむ。

『……ヒトのわが娘よ。また逢う日まで……』

新たなる女王は、地の底へと消え去った。

23

ルーン在りし日の、歌よ
ルーン亡き日の饗宴に、あれかし
ルーン亡き日の、父母よ
ルーン在りし日の大地がごとく、あれかし

傷の王よ、女王よ
その傷が癒えずとも
ルーン亡きときは、新たな歌をつむがん

かくあれかし！
産めよ、増えよ、地に満ちよ！
かくあれかし！

地動王《ちどうおう》よ！

〈「地動王賛歌」『王吟集《おうぎんしゅう》』より抜粋〉

24

城郭《じょうかく》都市ダーウィーズ。

鍵の城、正門の城壁——。

からからにかわいた大地は、一年を通して気温の変化にとぼしい。

それでも百万人の人口を誇るダーウィーズは、寒さを感じさせないほどの熱気を宿した大都市である。また今日という日、ダーウィーズはお祭り気分にわいていた。

地下域《ヘル》からはるばるやってきた新たな住人が、ようやく引っ越しを終えるからだ。

『はわわ……』

悩ましい声をあげたフェンリルが、ひっくり返る。

アルスルはかまわずまだら色のイヌの鼠径部《そけいぶ》をなでまわしていた。

『そこ……きもちいです……はわ……』

アルスルが両手でキャラメリゼやコヒバのイイところ——おへそのあたりをていねいにさすってやると、フェンリルもまたとろけきった吐息を漏らす。

『すみません、ウォルフはあまりこういうことをしないので……はわわ……かといって、小さなスカルドにおねだりするのは気が引けるというか……はわわわ……双剣の君、こんなになでなでがお上手だなんて……！』

よろこんでくれたのならよかった。

アルスルは、さらに彼の脚のつけ根をつまんで、甘く揉みしだいてやる。

フェンリルがあえぎ声をこぼした。

『あうぁー……』

オス犬は大開脚したままエビぞりになる。

(はしたない……けしからん)

なんだか愛しくてたまらなくなってきたので愛撫をつづけていると、コヒバがしびれを切らしたように吠えた。

『お、お、おひめしゃま！　コイツとってもふてぶてしいの！』

「でも」

アルスルはフェンリルのお腹に顔をうずめた。

深呼吸すると、犬好きならたちまち虜《とりこ》となる芳醇なにおいが鼻いっぱいに広がる。嗅ぎなれたキャラメリゼやコヒバとはちがったやわらかい香りで、それがいい。

悦楽を感じたアルスルは、しこたまイヌを吸いあげた。

「……冷えた体にイヌがしみる……」

『おひめしゃまっ!!』

『きみのときもそうだったじゃないか……しかたない。僕らのキティは毛むくじゃらと見るや、大好きにならずにはいられないんだから』

キャラメリゼがため息をついたとき。

「おい、兄弟」

呆《あき》れたような声があった。

白髪の少年――ウォルフ＝ハーラル・シェパァドだ。

「時間だ。行くぞ」

それだけで、フェンリルはくるりとおきあがる。

なんとなく名残惜しい気がしたアルスルは、まだら色の耳元でささやいた。

「いつでもきてね」

『そんな……ぼくはウォルフのイヌなのに』

「聞こえてるぞ、アルスル！　他人のイヌを誘惑するな！」

怒声が飛んでくる。だが以前のような、底知れない怒りは感じない。

「ウォルフ」

アルスルは少年の背中へ声をかけた。

「これからも、どうぞよろしく」

ウォルフは肩ごしにこちらをにらみつけただけ。

代わりに応えたのは、相棒のカニド・ハイブリッドだった。

『われら兄弟にお任せください。双剣の君』

アルスルは満足する。

アスク公爵とその相棒の後ろ姿には、自信がみなぎっていた。それだけじゃない。

フェンリルがぴたりとよりそったウォルフは、とても自然だった。生まれたままの姿のように。いまも、小さなやりとりが聞こえてくる。

『……ウォルフ、好き』

「あぁ」

『もう……大好きです』

「あぁ」

笑いをこぼしたアルスルは、城下街を見下ろす。

ブラックケルピィ家の居城——鍵の城の門前に立つのは、この日のため、アスク公爵とともに滞在していたエンブラ公爵一家だった。

「すすすスカルド……無理をしてはいないだろうね？」

「んもう！　お父さまったら、心配しすぎだって言ってるでしょ？」

父エイリーク・ショォトヘアの問いかけを、スカルドは笑顔で吹き飛ばす。

昨日、十一歳の誕生日をむかえたスカルドは、近ごろますますウォルフに似てきた。

そこらの大人より豪快で、イヌ人外《じんがい》よりも勇敢なのだ。

エイリークやショォトヘア家の親族たちによれば、シェパァド家の血にちがいないらしい。

ところがウォルフやグレイに言わせると、あの記憶力と空想癖は、まちがいなくショォトヘア家の血だという。

「これは創造主からの贈りものよ！　あたしはアスクとエンブラのカニド・ハイブリッド！　おねえちゃまだってそうなんだから、ちっとも不思議じゃないわ！」

スカルドの口ぐせだ。

つくづく強い子だと、アルスルは思っている。

「く、くれぐれも無理は禁物だよ、スカルド……ヨルムンガンドも！」

スカルドの用意が万全であることを確認したエンブラ公は、肩にのせていたグンヒルダスと、彼にくっついてきたリンゲを、それぞれオレンジ型のランタンとライム型のランタンへ入らせる。それから、鍵の城の研究者へ合図を送った。ダーウィーズの領民が鈴なりになって見物するなか、主任研究員のバドニクス・ブラックケルピィが指示をだす。それを受けたチョコレイト・テリアが声を張った。

「いいわ……いつでもどうぞ、レディ・スカルド！」

スカルドが城と街をつなぐ大橋のすみに立つ。

それから、城壁にいるアルスルたちへ大きく手をふった。

「おねえちゃまぁ！　ウォルフのおにいちゃまぁ！　アルスルさまぁ！　あたしたちのこと、ちゃんと見ててねぇ！」

『お嬢さん、危ないよ。足もとに注意なさい』

少女のそばには、シェパード犬のアーキ号がぴたりとついていた。

おどろいたことに、チンモクのリクエストを受けていない。おしゃべりなスカルドのたっての願いを聞いて、ウォルフが許したという。アルスルは手をふり返した。

（だいじょうぶ。どこにいてもすぐわかるよ）

スカルドの髪には色とりどりの紐飾りが編みこまれているから、目立つのだ。くわえて、うすいすみれ色の絹のブラウスには、花びらをかたどったニードルレース。黒いベルベットの半ズボンには、剣とブドウの紋章が彫られた銀ボタン。ダーウィーズではリトルプリンセススタイルとよばれている定番の格好を、フェンリルが手直ししたものだ。首飾りにしているピンクグレープフルーツ型のランタンが、胸でシャボン玉のようにゆれていた。まだ中身は空っぽだ。将来、もしグンヒルダスとリンゲの間に子ネズミが生まれたら、その子の秘密基地になるという。

（……希望、か）

アルスルの胸が熱くなる。

スカルドがブーツのかかとで不思議なリズムを打ったときだった。

地面が黒ずんだかと思うと、少女の影が広がった。

あらかじめなにがおこるかを知らされていた領民たちから、歓声があがる。まだ完璧ではないカーテシーをしたスカルドが、はにかんだときだ。

ずるり、と。

影が蠢《うごめ》いた。

すると、ピンク色のリボンのようなものが這いだしてくる。

ちろちろとあたりを探るように動きまわるそれの先っぽは、ふたつに割れていた。

「ロードのおにいちゃま！　ここが新しいおうちよ！」

スカルドが息まいて伝える。

おっかなびっくりという様子で、うすいピンク色のそれはするすると伸びていった。やがて、より大きなものがあらわれる。

人外戦車よりも大きな――顔、だった。

爬虫類《はちゅうるい》。

砂金がまじったような土色のヘビである。

ピンク色のそれは、ヨルムンガンドとよばれたヘビ人外の舌だった。

――は、頌《しょう》、赤き、暖かな――。

遠くから届くようなのに、耳のそばでささやかれているような。

不思議な歌声がダーウィーズ中へひびきわたる。

――へ、頌、尊く、のゆりかご、ケンタウリス――。

鍵の城が日陰となるので、オオヘビには太陽の光が当たらない。しかし、うすい茶の瞳《ひとみ》に真っ青な空が映ったとたん、人外はあわてて逃げこんだ。

城の内堀——稼働区の基幹へ。

「ようこそ。ヨルムンガンド」

城郭都市ダーウィーズの新しい住人。

それはほかでもないオオヘビ、ヨルムンガンドのことであった。

地下域《ヘル》のきびしい自然環境から逃れ、西域《ウエスト》のダーウィーズへやってきたのである。

「新しい家を気に入ってくれたらいいけれど……」

『きっと気に入ります。この街はいつもあたたかくて、すごしやすいです』

フェンリルが自信をもって言う。

鍵の騎士団とオーロラ・ウォールの兵士たちで、花の大図書館の基幹に絡まったヨルムンガンドの胴体をほどくのに、およそ三ヶ月。地動王《ちどうおう》の宝物庫にいたころは、体をほとんど動かせなかったからだろうか、水たまりほどの体積——もはや舌しか影に変えられなくなっていたらしい。全身がほどけるころになって、オオヘビはようやく頭からしっぽまでを影にできるようになった。

昼の太陽で干からびかけ、夜の寒さで凍えかけたこともあったが、なんとか今日をむかえることができたというわけだ。

『これでもう、さみしくないです……ロード・ヨルは人間が好きですから』

ぼくとおなじです――。

ウォルフに半身をくっつけたフェンリルが、つぶやいた。

ヨルムンガンドの頭が内堀へ潜ってから、そのあまりに長い体がスカルドの影から抜けきるまで、二時間。しっぽのさきが稼働区のせまい暗がりへとすべりこんだとき、街中から歓声があがった。


その夜。

アルスルは星を見ていた。

震えるように、無数の星がまたたいている。

(歌うときの息《ブレス》つぎみたい……)

星々の歌は美しいのだろうけれど、アルスルの耳には届かない。

(遠すぎる……もっと、近くで聞けたならいいのに)

目を閉じて耳をそばだててみる。

星の歌声ではなく、――寝息が届いた。

鼓膜を心地よく震わせる、低くてゆっくりとした呼吸の音。アルスルとおなじ寝台で眠りについている、ルカのものだった。その体が鍛《きた》えあげられていること、一糸まとわぬ姿が――彫刻のように美しいことを、アルスルは最近知ったばかりだった。

（……傷も、きれい）

ルカの左足を見つめる。

アルスルの寝台にあがるからと義足を外した彼の、膝から下はない。

走計王《そうふおう》がこのダーウィーズへやってきたとき、失ってしまったからだ。まぬけだったと、いびつな傷痕だと、本人は言う。肉と骨が盛りあがってこぶだらけだからだろう。痛みを感じる日もあるという。哀れに思ったこともあったが、いまはただ愛しい。

（彼を好きだし……傷もひっくるめてルカだ）

ルカが身じろぐ。

おこしてしまったかと思ったが、彼は寝返りをうっただけだった。

ヨルムンガンドの引っ越しにともなって、たくさんの人間がダーウィーズにやってきた。アルスルが眠っている間も、ルカはキャラメリゼやコヒバと交代で護衛をしていたと聞いている。たっぷりと愛を交わした女の腕に抱かれたので、おきてはいられなかったのだろう。

（明日もいそがしい……せめて、よい夢を）

ルカの傷痕にキスをして、アルスルは寝台を抜けだす。

裸の上からぶあつい毛布を羽織ると、バルコニーへでた。夜の荒野へ吐息を吹きかける。息は、霧のように白くなった。もうすぐ冬だ。

熱に浮かされた体をそっと冷ましていたときだった。

ふいに、白い動物が手すりに乗る。

「リサシーブ……」

プチリサだった。

「……お帰りなさいませ」

アルスルはなんとなく気づいていた。

アルスルとルカが秘めやかな時間をすごす、すこし前。

この白猫が、どこへともなく姿を消すことを。そのときおたがいになにをしていたか聞かないのが、暗黙の決まりだった。後ろめたい気もするが、きっと仲のよい父や兄をもつ人は、こんな気もちになるのだろう。

手すりでオスワリをしたネコが、夜空をあおいだ。

『……今夜は、星が騒いでいる』

アルスルははっとした。

『こういう夜には届くことがある……獣《けもの》の歌が。獣の想いが』

歌。

想い。

ぼんやりと反芻して、アルスルは聞いた。

「こちらの……わたしの歌や想いは、届くのかな?」

プチリサがアルスルを見つめる。

アルスルはときおり角の大剣に話しかけ、歌いかけていた。なのに、あれほどアルスルを悩ませたさまざまな言葉は、もうなにひとつ聞こえない。

まるで。

もう話すことはないとばかりに。

『……届けたいか?』

バリトンの声に問われて、アルスルは星の彼方をじっとながめた。

「……うん」

壁にかけられた走る王をふり返る。

「たぶん……そう約束したから、力を貸してくれた」

夜風が、アルスルの長い髪をなでていく。

おしりまで伸びた黒髪をかきあげながら、アルスルは思いをめぐらせた。

(明日、ミスター・エイリークが正式に発表する)

エンブラの復興に着手することを。

花の大図書館がほとんど無傷で発見されたからだ。図書館もふくめて地動王の宝物庫からあふれた遺物はとても運べないものばかりなので、そのまわり——オーロラ・ウォールのすぐ南に、新たな都市を築くという。明日の調印式で、ウォルフがこの証書に調印することも決まっていた。

人生をかけた、最後の大仕事になるだろうとエイリークは言った。

(救えた。大きな希望を……人を)

やり遂げたと言えるのだろう。

だが、それはアルスルだけで成した偉業ではない。

「約束は守らないと」

この想いだけはたしかだ。

しかし、どうすればできる？

はっきりとした図面をおこせず、アルスルが途方に暮れたときだった。

『……年にいちど。今宵のように、夜空が澄みわたる月』

ネコは不思議なことを言った。

『音を奏で、歌をささげるがいい。この街で』

アルスルはきょとんとする。

「……お祭りってこと？」

『騒ぐか、騒がないかはおまえにゆだねられている。ただ……人はうつろいやすい。おまえ一人きりでは、おのれの行いに疑問を抱く日もあるだろう。おのれの行いに心を注げぬ日もあるだろう。また私とて、おまえと彼だけの世界を好ましくは思わない』

知らしめるがいい。

プチリサは朗々と言った。

『彼とは、聖剣であったと。そう人の歴史に刻まれるまで』

謎に満ちた言葉だ。

白猫がこうした言いまわしをするのは、あまりにひさしぶりのことだった。

「……それは予言？」

『わが言葉をどうとらえるかもまた、おまえにゆだねられている』

アルスルの心で灯ったひらめきのせいだろうか。

暗い空に、流れ星が走った。


そして、朝。


「アルスル＝カリバーン・ブラックケルピィ帝国騎士！　アンゲロス公爵修道騎士！　鍵の騎士団団長！」

ひびきわたる祭司のよびかけが、民衆の私語をかき消した。

鍵の城の大聖堂には、帝国中の有力者がひしめいている。来賓席には、ヴィクトリアはもちろん、クレティーガス二世皇帝や皇子ノービリスもいた。

そう。今日という日のため、わざわざダーウィーズへ招いたのだ。

遠眼鏡で祭壇を確認したチョコレイトが、飾り帯――大綬つきの漆黒《しっこく》の正装で身を包んだアルスルをつつく。

「行ってきます」

「あ、まちなさい！」

アルスルが一歩前へでようとすると、チョコがあわてて引っぱった。すこしたたらを踏んだアルスルの後頭部から、竪琴のような、まろやかな音が鳴る。

アスラウグの髪飾りだ。

チョコは蝶みたいにせわしなく動いて、髪飾り《ヘグレッド》を確認する。

竪琴を模した小さな宝冠、かんざしのような留め金に指紋がついていないか。不思議な黒いハネとダイヤモンドにホコリがついていないか。高いところで結いあげたアルスルの黒髪が——伸びたり、水を滴らせてはいないか。

その髪飾りはまばゆい銀色に明滅していたが、大聖堂へと差しこんでくる朝日がアルスルの全身を照らしているので、さほど気にならない。

(明るい……)

よしとうなずいたチョコレイトは、あらためてアルスルの背を押した。

「さぁ、行ってらっしゃい」

「……はい。チョコ」

アルスルはふと思い立つ。すこし改まると、実の母よりもずっとそばで見守っていてくれた女へ、愛をこめてハグをした。

「あなたのおかげ」

「え?」

「わたしが、こんなに大きくなれたの」

アルスルはほほえんだ。みるみる目を赤くしたチョコへ、感謝のキスを贈る。

「行ってきます。マム」

背をむけた瞬間、髪飾りが祝福の鐘のように鳴った。

祝福の歌、かもしれない。

（……あなたにも祝福を。母さん）

人ではない母へ祈りをささげると、アルスルは歩きだした。胸の星章がゆれるのは、心臓がはちきれそうなほど緊張しているからかもしれない。

血のように赤いベルベットの絨毯《じゅうたん》を、アルスルは悠然と歩む。

左右には、帝国中から集まった騎士の称号をもつ者たちがずらりと整列していた。彼ら、彼女らに見つめられながら、アルスルは祭壇へと進む。

（背筋はのばす……急がず……堂々と……）

何百回とさせられた歩行練習も、今日という日のため。登壇したアルスルは、作法を守って胸を張る。

祭司が大きな勲章をかかげた。

「騎士よ……汝《なんじ》に、〈偉大なる聖剣〉の勲章を授ける」

おごそかな宣言のあと、祭司はその勲章をクレティーガス二世へとわたした。

皇帝の手によって、勲章がアルスルの胸もとにとめられる。

大聖堂に喝采がおこった。

「聖剣アルスル＝カリバーン！」

「エンブラの奪還者！　鍵の騎士団に栄光あれ!!」

アルスルは来賓席を見つめる。ヴィクトリアがほほえんでいた。その顔を見られただけで、アルスルの胸がいっぱいになる。

聖剣とは、帝国の最高位の勲章であった。

歴代最年少の叙勲者としても、アルスルは注目されているらしい。

つづいて、ウォルフとエイリークの名がよばれた。二人にもアルスルよりひとつだけ下位の勲章が与えられる。しかしエイリークはというと、一族の席に戻るなり、じっとしていられないスカルドに勲章をべたべたと触られていたし、ウォルフにいたってはすぐさま勲章を外してガラクタのように放り投げようとしていたところを、兄のグレイに止められていた。

叙勲式のあとは調印式だった。

因縁の関係と言われてきた——南域《サウス》のアスク公爵と、地下域《ヘル》のエンブラ公爵。

その二人の名のもと、城郭都市エンブラの復興が高らかに宣言されたとき。大聖堂には、いよいよはちきれんばかりの拍手喝采がおこっていた。

「アスク公爵!!」

「エンブラ公爵!!」

「歴史的な一日に祝福を……!!!」

アルスルは思う。

これもまた、希望だと。

「……リサシーブ」

自分たちにだけ聞こえる声でよぶ。

「ありがとう」

届いていなくてもいい。ただ、アルスルは伝えたかった。

「いつも、わたしを導いてくれて」

愛してくれて。

すると、姿もないのに返事がある。

『そうではない』

バリトンの声が涼しげにひびいた。

『おまえならそうするとわかっていた……だが友よ、届いている』

アルスルは目を閉じて、耳をすました。

『おまえが希望を抱く音も』

友がささやく。

そう。

いま、アルスルの胸は高鳴っていた。

終

わたしたち第五系人の祖先は、狩猟民族でした。

たくさんの小さな部族が、それぞれ城郭《じょうかく》都市を築き、独立していました。

ところがおよそ七百年前、わたしたちをまとめ、支配し、守ってもいた第七系人の七帝《ななてい》帝国が衰退します。そのためにわたしたちは、ひとつの国となって、力を合わせなければならなくなったのです。人外《じんがい》たちの脅威から、命を守るためでした。

人外。

人間より優れた能力をもつ獣《けもの》たちのことです。

人外たちは強く、賢く、長生きで、さまざまな言葉、さまざまな力を操ります。姿を変えたり、影に溶けこんでしまうものもめずらしくはありません。

わたしたちの第五合衆大陸には、星の数ほどの人外がいます。

そして、それぞれの種を束ねる特別強力な獣――人外王も、銀河系とおなじ数ほど発見されています。

人間に友好的な王もいますが、ほとんどは人間を避け、あるいは嫌っていました。なかでも、人間を滅ぼすかもしれないほど危険な人外王は、六体。そのことから、第五系人はいつしか、大陸を六つの地域にわけてよぶようになりました。


東域《イースト》の、月雷王《げつらいおう》。

西域《ウエスト》の、走訃《そうふ》王《おう》。

南域《サウス》の、番狼王《ばんろうおう》。

北域《ノース》の、氷山王《ひょうざんおう》。

空域《ヘブン》の、隕星王《いんせいおう》。

地下域《ヘル》の、地動王《ちどうおう》。


六地域六体——六災《ろくさい》の人外王を駆除すること。

それが、わたしたち第五系人帝国の存在理由なのです。

そしてその偉業をなした英雄が、ただひとり、語り継がれています。

鍵の騎士団の創始者。

かの有名な、アルスル＝カリバーン・ブラックケルピィです。

西域《ウエスト》の走訃《そうふ》王《おう》を駆除した彼女と、城郭都市ダーウィーズを本拠地とする鍵の騎士団は、いくどとなく帝国を助けました。

右手に、牙の小剣——聖剣リサシーブ。

左手に、角の大剣——走る王。

二本の剣をたずさえたアルスル＝カリバーンは、どんな窮地からも生還したことから、大いなる英雄とよばれるようになったのです。人外類似スコアをもつ彼女は、すこし口下手ですが、仲間だけでなく、名も知らぬ人や人外をも大切にする人物だったので、たくさんの人々から信頼されました。

走訃王の討伐から二十年後。帝国一の狩人とたたえられるようになった彼女は、帝国議会《パーク》により、三十六歳でわたしたちの女帝に選ばれています。

マイレディ・アルスルの統治は、いまも続いているのでした。


〈「帝国のなりたち」『帝国議会認定・初等教育書　改訂版』より抜粋〉


女帝アルスルが暮らすダーウィーズは、いまや帝国でいちばん音楽が盛んな城郭都市として知られています。

女帝が考えたお祭り、そう、角の音楽祭が行われる街です！

一ヶ月にもわたってつづく祭典で、最終日に開かれる歌のコンテストには、有名な音楽家が大陸中から集まってきます。

女帝は大の歌好きで、角の音楽祭のため、あのダーウィーズ音楽学校やユニコーン歌劇場を作らせたと言われるほどです。ここでは、すばらしい作品がたくさん生まれました。オーロラ・ウォールでの壮絶な戦いと、アスク公爵とエンブラ公爵の友情を描いたオペラ『花の大図書館とネズミの女王』は、その代表作と言えるでしょう。鍵の騎士団の一員で、作家のスカルド・ショォトヘアもまた、ダーウィーズ音楽学校を卒業しています。

※女性と男性、イヌの肖像画

エンブラ公爵令嬢スカルド・ショォトヘア（上）

アスク公爵ウォルフ＝ハーラル・シェパァドと、その使役犬フェンリル（下）

彼女が書いた冒険譚『子猫と角の大剣』や、戯曲『黒くない王配』、アスク公爵とそのイヌをモデルとした恋愛喜劇『白い巨人と霧の姫』などは、わたしたちもよく知っていますね。これらの作品は大流行し、帝国中の人々から愛されているのです。

〈「コラム　歌の街ダーウィーズ」『帝国議会認定・初等教育書　改訂版』より抜粋〉

あとがき

「忘却城の世界と地続きの、ちがう国のお話を書いてみませんか?」

　編集さんからそんなお話をいただいたのは、新型コロナウイルスが猛威をふるっていた二〇二〇年夏ごろだったかと思います。

　わたしはというと、〈忘却城シリーズ〉の第三巻『忘却城　炎龍の宝玉』を書き終えたばかり。当時勤めていた会社から、「コロナがなんとかなるまで、お店閉めるから」などと、前代未聞の無期限休暇を言い渡される事態にありました。がっかり、とはまさにあのことです。とはいえ世界に絶望していたといえば、嘘になります。

　なにしろわが家では、ほんの半年ほど前、新しい家族を迎えたばかりだったからです。

(しかたない……もういっそ、引きこもって子犬でも愛でるか!)

　そう。

　新しい家族とは、まだ零歳のパピーちゃんでした。

　ボーダーコリーのビビアンです。

　お恥ずかしいことに、この愛すべき鼻たれ犬に出会わなければ、〈六災の王シリーズ〉、ひいては、アルスル＝カリバーン・ブラックケルピィというキャラクターは生まれてこなかったと言っても過言ではありません。今回のあとがきでは、うちのワンコたちと、アルスルちゃんというすこし変わった主人公について、お話ししていきたいと思います。

……はい、すみません。

本作主人公のモデル……イヌなんです。

そしてこのあとがきですが、いつまでもどこまでもモフモフの話がつづきます。本当にすみません。

さて！

それではまず、うちの人外《じんがい》たちを紹介しておきましょう。

オカメインコのコナッツ。オス。十四歳。

シェットランド・シープドッグ（シェルティー）のレジーナ。メス。十三歳。

ボーダーコリーのビビアン。メス。五歳。

みなとても愛らしく、個性的な家族たちです。

なかでも今回の主役であるビビアンは、「世界一頭がよい犬種」（※真偽については後述）の異名をもつボーダーコリーのはしくれだけあって、抜け目ない。まだ乳歯も生えていないのに、先住犬であるレジーナちゃんを出し抜こうと、策略を巡らせているのがびしびしと伝わってくるような子犬でした。

このビビ、そしてレジ――使役犬として改良されてきた祖先をもつイヌたちの生態は、アルスルというキャラクターの人間像と、〈六災の王シリーズ〉そのものにも大きな影響を与えたと思っています。

第一に、イヌ――人間ではない生きものの視点、というおもしろさに気づかされました。わたしの肌感覚でしかありませんが、うちのワンコたちの場合、人間と心が通じ合っている、いわば「家族の時間」は、日々の生活の四～六割くらいではないかと感じています。では残りの時間はどうしているのかというと、言語も感情もない、食欲、睡眠欲、運動欲、そして好奇心の間を行き来する「獣の時間」をすごしているように見受けられます。彼女たちは元をたどれば牧羊犬なので、これでもかなり人間によりそってくれているほうかもしれません。

第二に実感しているのは、まさにこの犬種というもの――連綿と受け継がれてきた血の力はあなどれない、ということです。

使役犬として何百年とおなじ訓練をされてきた種のイヌは、すでに完成した特性を持っているように思われます。生まれる前から、その子の性格や、向き不向きがはっきりと決まってしまう、といえば伝わるでしょうか？　牧羊犬として改良されてきたボーダーコリーやシェルティーなどは、それが顕著です。人間にきわめて従順で、心の機微にも敏感。たとえばシェルティーという犬種の性格として、優しく家族想いですが、繊細《せんさい》でよく吠えると言われています。これは牧羊犬時代、『みんな聞いて！　羊泥棒が来たよ！』と吠えて知らせる役まわりであったためのようです。いわば警報器でしょうか。レジちゃんもまた、来客時の「ピンポーン」に吠える、吠える！　彼女はわたしにとって三頭目のシェルティーですが、一頭目も二頭目も、見知らぬ客人にはびっくりするほど吠える子たちでした。オテもマテもオスワリも並走もできるので、しつけの問題ではないように思います。おなじ飼い主が育てても、ボーダーコリーのビビは、ぜんぜん吠えませんし。

こちらのボーダーコリーという犬種は、家畜たちの道しるべ、もしくは信号機として訓練されてきました。『青なら進め。赤なら止まれ。右に行け。左に行くな』こんな感じで、人間が指示する通りに家畜を誘導してくれます。シェルティーにはない切り替えの早さと、すさまじいスタミナがそれを可能にします。

昨今、ボーダーコリーというと「とても頭がいいんですよね？」とか「世界で一番賢い犬種だってね」などとおほめいただきます。たしかにビビは空気を読む子ですし、うれしいのですが、いざ家族になってみると、ほんのり哀れに思うこともあります。健気すぎて。

賢い、とは。

――人間にとって都合のいいように動く、ということではないか？

そんな疑問と、一種の人間の傲慢《ごうまん》さを感じることもあるからです。

もちろん、ワンコをほめている人には、そんなつもりなどこれっぽっちもないでしょう。ただ、世界一賢いという評価には、あらゆるイヌのなかで、最速で人間の命令を遂行できるイヌ、という意味もまた隠れているのではないか？　そのように思われ――いま、ビビがわたしのノートパソコンに鼻水とよだれをたらしていきました。キーボードがぬるぬるになったのはよろしからぬので、謝罪のヘソ天を要求したところ、しっぽをぶんぶんとふりまわしながら鼠径《そけい》部を見せつけてくれました。——まぁ。とうのワンコ自身が好きで命令を聞いていて、幸せであるなら、それに勝るよろこびはないのです。

話がやや脱線してしまいまして、すみません。

とにかく、そんなビビアンから着想を得たのが、アルスルちゃんでした。

人の時間を生きながらも、人とは異なる視点をもち、獣の時間をすごしている女の子です。

〈忘却城シリーズ〉が群像劇だったとすれば、〈六災の王シリーズ〉では、アルスルという一人の女の子の成長をテーマにしています。彼女を上位の貴族として描いたのもまた、血統書つきのビビやレジを意識していたからだと思います。生まれや既存の文化に対して、彼女ならどう立ち向かうか。そんな姿を描きたかったからかもしれません。アルスルちゃんの、大胆さ。勇敢さ。そして、他者への愛情深さ。それらを実生活のなかで実際に見せて、作者であるわたしを成長させてくれたのは、他ならぬワンコたちなのです。そしてわたしは、こうも思います。このようなあたたかい気もちを、ペット——うちの子からわけてもらった読者の方々は、存外、多いのではないかと。

本シリーズでは、すてきなパートナーに恵まれた人間がたくさん登場しています。

アルスルとプチリサ、キャラメリゼ、コヒバ。

バドニクスとパルタガス。エレインとブルーティアラ。ヴィクトリアとアビィ＝グラビィ。

ノービリスとアガーテ。今作のウォルフとフェンリルもまた、そう。宿命ではなく、偶然に出会った相手と、かけがえのない絆《きずな》を築いた人々です。彼ら彼女らの目を通して、わたしからすべてのコンパニオンアニマルへのありがとうの気もちを伝えられれば、幸いです。

さぁ、ここまでおつきあいいただいた読者の皆様におかれましては、この本を閉じたあと、うちの子や近所のかわいこちゃんを抱きしめましょう。許されるなら、しこたま吸っておしまいなさい。そのお礼に、ボーロやちゅ〜るなどをつつしんで献上すると、なおよろしかろうと思います。

人と動物がおたがいを尊重し合い、おだやかで満ち足りた生涯を送れることを、心から祈っております。

最後になりますが、この場を借りて、今日までわたしを支えてくださった方々にお礼を申し上げます。石井先生、故阪本先生、H・O先生、一柳先生、担当編集の小林様および東京創元社の皆様、ねこ助様、この物語を見守って下さる読者の方々と、さらにデジタル化の時代に紙のファンレターを下さった尊き方々、親族の皆と友人たち、コナちゃん、レジちゃん、ビビちゃん、れいくん。

そして、最愛のお母さんへ。

心から感謝の言葉を贈ります。

イラスト　ねこ助

著者紹介　東京都生まれ。玉川大学文学部卒。第3回創元ファンタジイ新人賞佳作入選。著作に『忘却城』『忘却城 鬼帝女の涙』『忘却城 炎龍の宝玉』『皇女アルスルと角の王』『騎士団長アルスルと翼の王』がある。

聖剣アルスルと傷の王

2025年2月28日　初版

著　者　鈴《すず》　森《もり》　琴《こと》

発行所　(株)　東京創元社
代表者　渋谷健太郎

162-0814 東京都新宿区新小川町1-5
電　話　03・3268・8231-営業部
03・3268・8201-代　表
URL　https://www.tsogen.co.jp
組　版　フ　ォ　レ　ス　ト
暁　印　刷・本　間　製　本

乱丁・落丁本は、ご面倒ですが小社までご送付ください。送料小社負担にてお取替えいたします。

ISBN978-4-488-52909-3　C0193

創元推理文庫

変わり者の騎士団長の恋と成長の物語

ARTHUR AND THE KING OF JUDGEMENT◆Koto Suzumori

騎士団長アルスルと翼の王

鈴森 琴

◆

人間を滅ぼすほど危険な人外《じんがい》、六災《ろくさい》の王討伐をかかげる鍵の騎士団を率いるアルスルは、新皇帝の要請を受けて六災の王の一体である隕星王《いんせいおう》の眷属《けんぞく》、ワシ人外と戦う城郭都市アンゲロスの救援にむかう。一方、アルスルの護衛官となったルカは、アルスルへの恋心を抱きつつも身分のちがいから想いを告げられずにいた。

変わり者の少女の成長を描く、好評『皇女アルスルと角の王』続編。